中央宣传部2020年主题出版重点出版物
贵州省决战决胜脱贫攻坚重点主题出版物

本书获2020年贵州省出版传媒事业发展专项资金资助

苍山如海：东西部扶贫协作丛书

从青岛到安顺

《从青岛到安顺》编写组　编著

贵州人民出版社　青岛出版社

图书在版编目（CIP）数据

从青岛到安顺 /《从青岛到安顺》编写组编著. --贵阳：贵州人民出版社，2021.1
（苍山如海：东西部扶贫协作丛书）
ISBN 978-7-221-15953-3

Ⅰ.①从… Ⅱ.①从… Ⅲ.①报告文学－中国－当代 Ⅳ.①I25

中国版本图书馆CIP数据核字(2020)第248989号

从青岛到安顺
CONG QINGDAO DAO ANSHUN

《从青岛到安顺》编写组　编著

出 版 人：	王　旭
责任编辑：	徐　晶　唐运锋　杨　悦　陈丽梅
封面设计：	源画设计
版式设计：	唐锡璋　陈　晨
封底摄影：	张召杰
出版发行：	贵州人民出版社　青岛出版社
地　　址：	贵州省贵阳市观山湖区会展东路SOHO办公区A座
邮　　编：	550081
印　　刷：	贵州新华印务有限责任公司
开　　本：	787mm×1092mm　1/16
印　　张：	21.25
字　　数：	285千字
版　　次：	2021年1月第1版
印　　次：	2021年1月第1次印刷
书　　号：	ISBN 978-7-221-15953-3
定　　价：	84.00元

苍山如海：东西部扶贫协作丛书
编委会
（按姓氏笔画排列）

主　　任：卢雍政

副 主 任：王楚宏　刘卫翔　孙立杰　李　军　李亚平
　　　　　陈昌旭　邵玉英　姚　海　徐　炯　徐少达
　　　　　戚哮虎　梁　健　焦建俊　谢　念　靳国卫

成　　员：王　旭　王为松　王会军　王保顶　韦　浩
　　　　　尹昌龙　邓国超　古咏梅　叶国斌　冉　斌
　　　　　刘　强　刘兴吉　刘明辉　孙雁鹰　李卫红
　　　　　李海涛　杨　钊　肖风华　肖延兵　何国强
　　　　　张化新　张田收　张绪华　陈少荣　郑　斌
　　　　　钟永宁　骆浪萍　聂雄前　贾正宁　高　嵘
　　　　　黄　强　黄定承　梁　勇　梁玉林　蒋泽选
　　　　　鲍洪俊　窦宗君　蔡光辉　阚宁辉　颜　岭

统　　稿：张　兴　程　立

苍山如海：东西部扶贫协作丛书
编 辑 部
（按姓氏笔画排列）

主　　任：	王　旭	王为松	王保顶	叶国斌	刘明辉
	肖风华	张化新	胡治豪	钟永宁	聂雄前
副 主 任：	尹长东	代剑萍	刘　咏	何元龙	张　斌
	张绪华	陈继光	洪　晓	夏　昆	倪腊松
	蒋卫国	程　立	谢丹华	谢亚鹏	
成　　员：	丁谨之	马文博	卞清波	卢　锋	卢雪华
	刘　焱	李　莹	卓挺亚	尚　杰	唐运锋
	黄会腾	黄蕙心	谢　芳	熊　捷	

《从青岛到安顺》
编委会
（按姓氏笔画排列）

主　编：孙立杰　谢　念
副主编：窦宗君　高　嵘　贾正宁
　　　　李海涛　黄定承　蔡光辉
编　委：郝曙光　张化新　王　旭
组　稿：张召杰　尹长东
统　筹：唐运锋　胡丽华
审　校：王民官　尹延伟　左文婷　冯　志　兰　梦
　　　　曲科宇　朱　雷　向　淳　刘　成　刘　怿
　　　　刘永安　刘其飞　刘泽秀　孙倩琛　李胜根
　　　　杨　曦　杨小友　吴　兵　宋　昆　宋　健
　　　　张　伟　张　赛　张云建　张昕源　陈　超
　　　　金秋时　周祥智　胡　彪　胡玉山　袁国彬
　　　　徐更新　高鹏飞　蓝　冀　滕安正

用心用情深刻记录呈现"千年之变"

当历史来到21世纪的第20个年头,贵州在以习近平同志为核心的党中央坚强领导下,在全省各族干部群众艰苦努力下,如期高质量打赢脱贫攻坚战,实现了全省66个贫困县整体脱贫,历史性地撕掉了千百年来绝对贫困的标签,正以深深镌刻在17.6万平方千米大地上的"千年之变",与全国一道,昂首跨入全面小康,踏上社会主义现代化建设新征程。

习近平总书记指出,我们党是用马克思主义武装起来的政党,始终把为中国人民谋幸福、为中华民族谋复兴作为自己的初心和使命,并一以贯之体现到党的全部奋斗之中。贵州是全国脱贫攻坚的主战场。贵州省委、省政府团结带领各族群众摆脱贫困,始终牢记习近平总书记、党中央对我们的殷殷嘱托,始终坚守矢志不渝的初心、孜孜以求的梦想。党的十八大以来,全省上下牢记嘱托、感恩奋进,大力弘扬"团结奋进、拼搏创新、苦干实干、后发赶超"的新时代贵州精神,强力实施大扶贫、大数据、大生态三大战略行动,不仅夺取了脱贫攻坚战的全面胜利和新冠肺炎疫情防控阻击战的重大胜利,更创造了经济增速在全国连续领先的"黄金十年",在大战大考中交出了一份党中央放心、人民满意的优异答卷。贵州翻天覆地的历史巨变,鼓舞人心,催人奋进,被习近平总书记赞誉为"党的十八大以来党和国家事业大踏步前进的一个缩影"。

　　看似寻常最奇崛,成如容易却艰辛。在打赢脱贫攻坚战的伟大征程中,为了光荣与梦想,许多同志牺牲在了脱贫攻坚一线。贵州全省上下尽锐出战,以不怕牺牲、排除万难的精神状态,实现923万贫困人口脱贫,从曾经是贫困人口最多的省份变为减贫人口最多的省份;全面完成192万人(含恒大集团援建毕节搬迁4万人)易地扶贫搬迁任务,搬迁力度之大、人数之多、影响之深、成效之大,前所未有,世所罕见;纵深推进农村产业革命,连续三年农业增加值位居全国前列;在完成村村通硬化路的基础上,在西部地区率先提出并实现"组组通"公路,在西部地区第一个实现建制村100%通客运,率先在全国使用"通村村"平台;在西部率先实现县域义务教育基本均衡发展,在全国率先实现省市县乡四级远程医疗;东西部扶贫协作山海倾情携手,有力助推了贵州脱贫攻坚……

　　脱贫攻坚,是前无古人的伟大事业。在中国反贫困史上,矗立起的光彩熠熠的贵州里程碑,为中国乃至世界的反贫困事业提供了"贵州样本",书写了中国减贫奇迹的贵州精彩篇章。

　　编纂"贵州省决战决胜脱贫攻坚重点主题出版物"系列图书,旨在全面总结宣传贵州决战决胜脱贫攻坚的巨大成就、宝贵精神、成功经验、先进事迹,讲好"英雄辈出"的脱贫攻坚故事。系列图书全方位、多角度记录和展现贵州脱贫攻坚的辉煌历程,必将为全省各族干部群众以更加昂扬的精神状态,紧密地团结在以习近平同志为核心的党中央周围,坚持以习近平新时代中国特色社会主义思想为指导,承前启后、继往开来、同心同德、拼搏进取,巩固拓展脱贫攻坚成果,续写新时代高质量发展新篇章,奋力开创百姓富、生态美的多彩贵州新未来提供重要的精神营养和文化支撑。

目 录
CONTENTS

一种情谊，跨越山海相连⋯⋯⋯⋯⋯⋯⋯⋯⋯⋯⋯⋯⋯⋯⋯003

产业合作
源头活水何处来⋯⋯⋯⋯⋯⋯⋯⋯⋯⋯⋯⋯⋯⋯⋯⋯⋯⋯023
红星路上故事多⋯⋯⋯⋯⋯⋯⋯⋯⋯⋯⋯⋯⋯⋯⋯⋯⋯⋯029
"榕昕模式"花开西秀⋯⋯⋯⋯⋯⋯⋯⋯⋯⋯⋯⋯⋯⋯⋯036
这里有条"青岛路"⋯⋯⋯⋯⋯⋯⋯⋯⋯⋯⋯⋯⋯⋯⋯⋯039
生机勃勃"菜"之变⋯⋯⋯⋯⋯⋯⋯⋯⋯⋯⋯⋯⋯⋯⋯⋯044
遍地韭黄遍地金⋯⋯⋯⋯⋯⋯⋯⋯⋯⋯⋯⋯⋯⋯⋯⋯⋯⋯050
守得青山见金山⋯⋯⋯⋯⋯⋯⋯⋯⋯⋯⋯⋯⋯⋯⋯⋯⋯⋯052
小兔子并不小⋯⋯⋯⋯⋯⋯⋯⋯⋯⋯⋯⋯⋯⋯⋯⋯⋯⋯⋯057
"小辣椒" 大产业⋯⋯⋯⋯⋯⋯⋯⋯⋯⋯⋯⋯⋯⋯⋯⋯⋯061
"感谢青岛帮扶资金的注入！"⋯⋯⋯⋯⋯⋯⋯⋯⋯⋯⋯⋯065
把"朋友圈"越做越大⋯⋯⋯⋯⋯⋯⋯⋯⋯⋯⋯⋯⋯⋯⋯067

劳务就业

给就业扶贫添把"火" …………………………………… 071

车间建在家门口 ……………………………………… 076

特殊时期的空中"飞的" ……………………………… 081

希望花开在胶州 ……………………………………… 084

"聚指成拳"才有力量 ………………………………… 087

教育帮扶

教育帮扶的山海情谊 ………………………………… 091

"小安""小青"手拉手 ……………………………… 097

山海寄情共筑"梦" …………………………………… 102

镇宁民中有个"胶州班" ……………………………… 106

这样"授人以渔" ……………………………………… 111

这个夏天最好的礼物 ………………………………… 116

美丽的"青岛支教岛" ………………………………… 122

海滨来的"青岛老师" ………………………………… 126

山海情深　放飞希望 ………………………………… 131

此心"安"处　即是我"家" ………………………… 133

健康扶贫

青医来的"博士帮扶团" ……………………………… 138

为了63名心脏病患儿 ………………………………… 145

"心耳康复·光明行动" ……………………………… 148

"再续一年"送光明 …………………………………… 152

普定人民的"健康卫士" ……………………………… 157

一个医生"带火"一家医院 …………………………… 161

做一名有温度的医生 …………………………………………… 164

"蛇"专家的安顺行 ……………………………………………… 169

消费扶贫

多元推动消费扶贫规模化、常态化 …………………………… 172

贵州特产青岛开大集 …………………………………………… 176

"安货"缘何俏销岛城 …………………………………………… 179

打造"黔货安货入青"桥头堡 ………………………………… 183

特别的"百日万店消费季" …………………………………… 187

茶博会上的青岛"客" ………………………………………… 190

安顺茶怎样"出山入海" ……………………………………… 193

青岛市南飘香安顺味道 ………………………………………… 198

"安货入青"好戏连台 ………………………………………… 201

搭平台助"黔货"出山 ………………………………………… 206

携手奔小康

山海同心　决胜小康 …………………………………………… 210

"亲戚越走越近" ………………………………………………… 215

加码　加速　加温 ……………………………………………… 221

退伍兵的新战事 ………………………………………………… 226

吹响精准帮扶集结号 …………………………………………… 229

东西协作的"扶贫+" ………………………………………… 233

青安旅游比翼飞 ………………………………………………… 236

安顺机场"水门"迎接青岛直飞航班 ………………………… 241

跨越山海的战"疫"情 ………………………………………… 243

向深度贫困堡垒发起总攻 ……………………………………… 245

微微星芒　汇聚成光 ·· 248
让"指尖技艺"变成"指尖经济" ································ 253

人物点滴

夏有波：他让"红星"闪耀安顺 ································ 256
陆培师：异乡人　故乡情 ·· 262
李明：两年关岭人　一生关岭情 ································ 265
周舒姚：心许紫云　爱心耕耘 ···································· 269
徐涛：支教，无悔的选择 ·· 273
蔺延良：跨越千里，从"心"出发 ································ 275
刘慧媛：教育让生命更美好 ······································ 277
刘玉姣："医"心扶贫　妙手回春 ································ 281
李昂：既当医生又当"老师" ······································ 285
郭丰利：让法律更有温度 ·· 289
于秋成：真情助力就业脱贫 ······································ 291

领队访谈

王清春：踏石留印促发展 ·· 294
孙宗子：一心一意干实事 ·· 301
管成密：找准帮扶的"接口" ······································ 307
夏正启：同心共抒山海情 ·· 312
高嵘：协作攻坚，决战决胜 ······································ 319

后　记 ··· 325

24载山海相连,携手"黔"行。青岛始终带着真情实意、真金白银,与安顺同发展、共进步。特别是2016年国家启动新一轮东西部扶贫协作以来,青岛与安顺心心相印、手手相牵、环环相扣,倾情相助、倾力帮扶,助力安顺全面打赢脱贫攻坚战。

一种情谊，跨越山海相连

一个在海的那边，一个在山的这边。24年前，相隔2000多公里的山东省青岛市和贵州省安顺市进入同一个历史时点。

1996年，党中央、国务院作出对口帮扶重大战略部署，青岛与安顺从此结下不解之缘。从沿海到山区，从城市到农村，从点对点帮扶到全覆盖结对……青岛人民与安顺人民并肩协作、同心同向，合力向深度贫困堡垒发起总攻。

24载山海情深，携手"黔"行。青岛始终带着真情实意、真金白银，与安顺共谋发展、共同进步。特别是2016年党中央实施新一轮东西部扶贫协作以来，青岛与安顺心心相印、手手相牵、环环相扣，倾情相助、倾力帮扶，助力安顺全面高质量打赢脱贫攻坚战。在2019年度国家东西部扶贫协作成效考核中，青岛与安顺都获得"好"的等次。

绚烂夏日，秀美黔中，安顺大地处处生机勃勃。

在西秀区双堡镇榕昕牧场里，芳草绿野，牛哞阵阵，一罐罐新鲜的乳制品从这里送往千家万户，青岛榕昕集团带来的先进模式和管理经验，填补了安顺市奶牛养殖的空白。

在镇宁自治县贵州红星发展股份有限公司的工厂里，运送原材料、产成品的车辆往来穿梭，生产车间机器轰鸣，穿戴整齐的企业员工忙碌其间，青岛红星化工集团扎根24年，为安顺有色金属产业腾飞插上了翅膀。

在安顺城市服务职业学校笃行楼里，专业教师站在汽车旁开展实训教学，现场各类维修设施俱全，生动灵活的实训讲解，让学生更好地掌握知识、提升技能，青岛的倾力帮扶，让学校的软硬件设施日趋完善，安顺教育得到全面发展和提升……

安顺各行各业百花齐放、蒸蒸日上。这亮丽的风景背后，离不开一个坚实的身影，他远隔千里却又清晰可见，他若隐若现却又真实有力——他就是青岛。

在党中央、国务院的坚强领导下，青岛市委、市政府和安顺市委、市政府始终把对口帮扶作为重大政治任务，挂在心上、扛在肩上、抓在手上，全面落实山东省委、省政府和贵州省委、省政府的工作部署，尽青岛所能、应安顺所需，走出一条从单向帮扶向"双向合作"转变，从"输血式"帮扶向"造血式"帮扶转变，从以资金投入为主向资源共享、产业共建、多元合作转变的双赢路子，共同谱写了对口支援和东西部扶贫协作的新篇章。

青安两地山海情牵，全方位、深层次、多领域协作取得日新月异的成果，一批批挂职干部担当实干，一个个合作平台成功搭建，一个个重大项目投入使用，一件件民生实事惠及群众，一条条公路连通山里山外，一所所学校、卫生室在大山深处次第而起，"青岛园""青岛路"……青岛的印记遍布安顺的山山水水、沟沟坎坎、村村寨寨。

结缘：只为共同发展

让一部分地区先富起来，带动另一部分地区实现共同富裕，这是中国改革开放的初心，更是历史赋予中国共产党领导中华儿女实现中华民族伟大复兴梦的使命。青岛与安顺正是在这样的历史背景下缔结了深厚情谊。

1996年7月，国务院办公厅转发《国务院扶贫开发领导小组关于组织经济较发达地区与经济欠发达地区开展扶贫协作报告的通知》。以此为标志，东部经济较发达地区与西部经济欠发达地区正式开展对口帮扶工作。

2001年，国务院颁布《中国农村扶贫开发纲要（2001—2010年）》，确定了21世纪头10年我国扶贫开发总的奋斗目标，即尽快解决少数贫困人口温饱问题，进一步改善贫困地区的基本生产生活条件，巩固温饱成果，提高贫困人口的生活质量和综合素质，加强贫困乡村的基础设施建设，改善生态环境，逐步改变贫困地区社会、经济、文化的落后状态，为达到小康水平创造条件。

2004年11月召开的全国扶贫开发工作会议提出，继续发挥东部沿海省市的帮扶作用，增加对帮扶地区的财政援助，积极开展部门间、地区间的对口支援；结合经济转型升级和优化产业布局的需要，积极探索经济协作尤其是企业合作长效机制，不断提高东西部扶贫协作工作水平。

对安顺来说，开展对口支援和扶贫协作，是如期打赢脱贫攻坚战的重大机遇，是促进经济转型升级的重大机遇，是加快社会事业发展的重大机遇，是推动改革创新的重大机遇，是扩大对外开放的重大机遇。

安顺市地处滇桂黔石漠化集中连片特困地区，土地面积9267平方公里，总人口约300万人。所辖6个县（区）均为贫困县，其中西秀区、平坝区属片区贫困县，普定县、镇宁自治县、关岭自治县、紫云自治县属国家扶贫开发重点县，其中紫云自治县为深度贫困县；有贫困乡镇53个，其中极贫乡镇2个；有贫困村569个，其中深度贫困村178个。

1996年到2012年，按照"优势互补、互惠互利、长期合作、共同发展"的原则，青岛市将资金、技术、市场、信息、管理等方面的开放优势和安顺市丰富的生物、能源、矿产、旅游等资源优势结合起来，在相互考察访问、深入调查研究的基础上，论证安排多个协作项目，涵盖工业、农业、商贸、旅游、文卫、房地产等多个领域，以经济协作增强"造血功能"，产生了良好的经济社会效益。

加强整村推进，突出产业扶贫。围绕"扶贫开发整村推进、劳动力转移培训、产业化扶贫"三项重点工作，将帮扶资金主要用于援助"温饱村"建设"五小工程":一是村基层组织建设工程,即建设村党支部和村委综合室;二是信息传播工程,设立卫星电视接收转发装置;三是教育建设工程,在较大的村寨建设希望小学,在较小的村寨建设图书阅览室、文化活动室;四是卫生和村容整治工程,即建设卫生室,建厕改厕,发展沼气;五是生产项目建设工程,即建设道路,兴修水利,扶持发展猪、牛、羊、鱼养殖和林果、蔬菜种植。

提供智力支持,夯实扶贫基础。扶贫扶智更扶志,青岛市采取帮助培训干部,吸纳务工人员,派专家传授先进农业技术,派志愿者到贫困地区支教等多种形式,帮助安顺市基层干部增长才干,帮助贫困地区农民提高科技文化素质,为从根本上消除贫困奠定基础。

引进企业落户,带动地方发展。按照市场经济规律实现生产要素重组,找准两地合作的结合点,推动观念对接、市场对接、技术对接、品牌对接,联合发展对双方都有促进作用的优势项目。着力引进大中型农产品加工龙头企业到安顺建立原料生产基地,形成产业化经营格局,促进贫困地区劳动力就业,增加贫困群众收入。大力实施品牌战略,一批青岛名牌企业陆续到安顺落户,发展态势良好。青岛红星化工集团在镇宁自治县投资兴建红蝶钡业公司,生产规模逐步扩大,2000年改制为贵州红星发展股份有限公司,2001年成功上市。青岛红星化工集团还在贵州都匀、铜仁等地建立食品、化工和冷水鱼养殖基地,实现多元化发展,并为周边地区建学校、修公路、拉上电、接通水、安装闭路电视,帮助失学儿童重返校园,等等,助推当地群众生活水平快速提升。

到2012年底,青岛市共援助安顺市对口帮扶资金1.16亿元,实施包括科技教育、医疗卫生、交通水利、农业综合开发、重点产业扶贫、抗灾救灾等各类项目742个,其中:科教项目102个,农村医疗卫生项目44个,交通项目63个,通电项目6个,人畜饮水项目49个,农业综合开发和基础设施建设项目243个,整村推进的"温饱村"和开发式扶贫村项目124个,其他综合类项目111个。随着众多项目的实施，青岛与安顺逐步开展更加广泛的交流协作，在促进安顺农业农村经济结构调整、增强发展活力等方面取得积极成效，有效改善了农村基本生产生活条件，有力促进了农民增收致富。

脚步：紧迫扎实稳健

2013年，国务院办公厅下发《关于开展对口帮扶贵州工作的指导意见》，进一步明确由青岛市"一对一"结对帮扶安顺市，国家发改委专门组织对口帮扶贵州工作启动会议，青岛与安顺之间的关系更加紧密。青岛市始终把对口帮扶安顺市作为贯彻落实东西部扶贫协作战略布局、实现全面建成小康社会战略目标的重大举措，倾情聚力、常抓不懈。

青岛、安顺两地市委、市政府把对口帮扶提升到新的战略高度，纳入重要议事日程，定期召开会议研究部署，加强组织领导，完善制度设计，创新工作模式，丰富帮扶内涵，建立长效机制。强化党政一把负总责的领导责任制，主要领导亲自研究、亲自部署、亲自推进，完善议事协调机制，成立工作专班，建立健全资金保障、项目管理、互访调研等各项制度，形成"高层推动、部门联动、县区结对、全面协作、干部互派、园区共建、资源共享、同心同行、聚焦脱贫，助力小康"的工作机制。

2013年7月，青岛市政府与安顺市政府签订了《关于进一步开展对口帮扶与经济合作战略框架协议》，对基本原则、主要目标、合作领域、工作机制等作出明确规定，提出明确要求。两市协作编制"2013—2015年对口帮扶计划"，进一步明确对口帮扶目标任务，并将其纳入山东省《对口帮扶贵州工作总体计划（2013—2015年）》。两市分别成立了对口帮扶领导协调小组，指导和协调对口帮扶工作；领导小组下设办公室，具体承担对口帮扶工作。巩固和发展县级结对帮扶关系：市南区对平坝区，市北区对西秀区，胶州市对镇宁自治县，城阳区对关岭自治县，即墨市、黄岛区对紫云自治县，崂山区对普定县。根据国家援黔要求，青岛市每年安排3000万元对口帮扶资金，专项用于支持安顺市开展各项扶贫开发工作；安顺市提供相应配套资金，与青岛市援助资金统筹使用，用于当地重点扶贫项目开发。

青岛市历任党政主要领导高度重视、高位推动，心系贵州山区，多次实地考察指导对口帮扶工作，与安顺共商发展大计。青岛市成立了由市委书记、市长为组长的青岛市对口支援工作领导小组，下设共建园区和投融资等六个协调推进工作组，涉及40多个部门，形成了"党委、政府组织研究，部门、区市负责落实，区市参与合作支援，社会各界广泛支持"的工作格局。安顺市委、市政府先后印发《关于进一步推进与青岛市对口帮扶与经济合作有关工作的通知》《安顺市与青岛市对口帮扶与经济合作工作方案》，设立安顺市人民政府驻青岛联络处，成立了安顺市对口帮扶办公室及各工作小组，包括引企入安投融资协调推进工作组、教育合作协调推进工作组、人才培养和交流工作协调推进工作组、现代高效农业（扶贫）示范园区建设协调推进工作组、旅游合作协调推进工作组、共建园区协调推进工作组、综合协调工作组等，建立联席会议制度，定期沟通交流情况、推进工作。

青安两地党委、政府多次互访交流，每年度签订帮扶协议，发展共识不断深化，工作措施不断强化，各项制度不断完善，对口帮扶工作不断取得新突破、新发展、新成效。

优势：互补才能双赢

到2016年底，安顺市有国家标准下贫困人口28万人，贫困发生率11.31%。同时，安顺地处黔中经济区核心区，是国家新一轮西部大开发着力推进率先发展的重点经济区，是国家重要的能源基地和"西电东送"工程的主要供电点，是民用航空产业国家高技术产业基地，区位条件优越，文化资源丰厚，旅游资源富集，能源资源丰富，立体交通便捷，民族风情浓郁，气候温润宜居，具有巨大的发展潜力。

根据党中央的部署要求，青岛与安顺签订了"十三五"扶贫协作框架协议，进一步巩固和发展了县级结对帮扶关系：市南区对平坝区、市北区对西秀区、崂山区对普定县、城阳区对关岭自治县、即墨区对紫云自治县、胶州市对镇宁自治县、莱西市对西秀区、西海岸新区对经济开发区。两地深入推进"携手奔小康"行动，构建"1+N"工作格局，即1个市级层面的战略合作协议，多个部门、区县层面的对口协作协议。坚持自身发力、向外借力相结合，按照对方所需、我方所能的原则，加快推进青岛与安顺的资源优势有机融合，突出组织领导、人才交流、资金使用、产业合作、劳务协作和携手奔小康等重点任务，从单向帮扶向双向合作转变，从政府帮扶向社会多元帮扶转变，投入不断加大，措施更加精准，工作有力有效。

青安两地聚焦脱贫、同心同行、携手奔康，党政主要负责同志相继带队到结对地互访、考察，推动92个镇街、252个村（社区）、135家企业、34家社会组织、318所学校、88家医院参与结对帮扶，实现对深度贫困村、贫困县中小学、乡镇卫生院结对帮扶全覆盖。青岛市组织100个强镇（街道）、100个强村（社区）、100个强企开展"一对一"结对帮扶"三百工程"，推动结对帮扶提质优化，全力巩固拓展劳务、携手奔小康、医疗卫生、教育文化、旅游等领域扶贫协作，实现双方共同发展，互惠共赢。推动资金、项目、人才等资源向深度贫困县、极贫乡镇、深度贫困村汇聚，组织引导企业、社会组织、爱心人士等社会力量参与支教、支医、文化下乡、科技推广等扶贫协作，确保全面打赢脱贫攻坚战。支持安顺创建全国扶贫开发攻坚示范区，开展"美丽安顺·美丽乡村"建设，每年将一定数量的村庄纳入建设计划。位于安顺市龙宫风景名胜区内的桃子村，借助青岛援助资金，支持农户发展家庭旅馆28家，每家旅馆年收入3万元以上，被农业部授予"全国最美丽休闲旅游乡村"称号。

积极引导企业到安顺投资开发，加快青岛-安顺共建产业园区建设。规划面积为90.4平方公里的青岛-安顺共建产业园区被国家发改委批准为全国循环化改造示范园区。青岛华通国有资本运营（集团）有限公司与青岛红星化工集团共同注册共同成立了青安产业投资开发有限公司，总经理冯明在安顺待了两年，安顺的白菜和萝卜让他夸赞不已。在青岛-安顺共建产业园区里，青安产业投资开发有限公司组织实施了总面积7万平方米的青岛安顺产业中心项目，四星级酒店、商场、展厅、写字楼、单身公寓等都被这栋24层楼的建筑囊括其中。园区为招商引资发挥了集聚平台和孵化器作用，宏达塑胶、熊猫精酿啤酒、绿野芳田绿色蔬菜深加工等项目加紧建设。

青岛红星化工集团充分发挥在安顺20年的发展优势，巩固拓展产业扶贫新模式，形成"传统模式+转型升级+扶贫协作"样板。2018年，青岛红星化工集团在安顺市投资工业辣椒推广种植，配套建设辣椒油树脂和辣椒红色素深加工项目，项目总投资1.9亿元，采取"研发—种植—生产加工—销售—利益分配"全链条产业模式和"国有企业+平台+合作社+贫困户"绑定发展模式，以合同形式锁定收购价格，实现加工带动种植、种植促进加工，通过深层次融合发展做到靶向扶贫。当年辐射带动农户种植辣椒1万亩，每亩产值4000元，全产业链直接和间接带动3000多人就业，带动1600多贫困户700多人增收。

青岛与安顺注重资金项目绩效评估，完善项目检查验收和效果评估办法，以项目绩效评估确定工作方向和资金投向。建立健全项目管理机制，规范完善项目资金管理办法，加强对项目和资金的管理。青岛市制定了《青岛市对口援助资金管理办法》《青岛市与协作地区扶贫协作和对口支援财政专项资金使用管理办法》，明确权责、规范流程，提高资金使用的合理性、安全性和实效性，成功探索帮扶资金"使用可持续"的做法。安顺市出台了《青岛企业在安投资优惠政策》《青岛企业到安顺投资优惠办法》等系列政策，找准产业合作的切入点和突破点，提高行政效率，降低商务成本，为进驻企业提供优质高效的服务。2019年，安顺市修订《青岛市对口支援财政专项资金使用管理办法》，实行"专账专户、专门管理、专款专用、封闭运行"的"三专一封闭"制度。青安两地纪委监委签订协议，对扶贫协作项目资金加强监督检查，确保帮扶资金用到刀刃上，所有帮扶资金均未出现违纪违规使用情况。

新一轮东西部扶贫协作启动以来，青岛市共帮扶安顺市财政资金11.04亿元，其中投入深度贫困地区6.45亿元。聚焦解决"两不愁三保障"和饮水安全问题，先后实施援建项目814个，带动18.63万贫困人口脱贫，助力安顺优先解决看病难、上学难、住房难、吃水难、行路难、增收难等民生迫切需求。引进企业82家，实际完成投资28.92亿元，带动8万余贫困人口脱贫增收。

产业：帮扶渐入佳境

青岛与安顺把产业合作作为稳定脱贫的根本之策，发挥市场优势、资源优势，着力改善投资营商环境，大力实施"引企入安"，把贫困主体嵌入产业链、价值链，通过产业发展真正让贫困群众受益，通过产业升值带动增收致富。

传递青岛农业产业成功经验，建立"企业+基地+农户"模式，支持带动安顺发展现代农业，帮助发展农村集体经济，带动农民增收致富。按照市场需求，帮扶安顺发展蔬菜、马铃薯、烤烟、油茶、核桃、中药材、茶叶、草地生态畜牧业、乡村旅游、农产品加工十大扶贫产业，积极推进安顺无公害农产品、绿色食品、有机食品等优质农副产品供应青岛市场。安顺市聚焦脱贫攻坚，因地制宜、因村制宜，找准特色"农"字项目，引导注入帮扶资金，以一个点带动一个产业、带富一方农民。

探索产业扶贫"以需促供"新模式。针对安顺无优质鲜奶生产企业的实际，青岛榕昕集团在西秀区投资1.5亿元，高起点、高标准打造现代化国家级生态示范观光牧场。项目规划用地2000余亩，与当地合作社联姻，采用奶牛肉牛寄养回收、牧草种植收购、鲜奶连锁供应、生态休闲体验等多种方式，带动当地产业结构调整。一期工程带动农户1000余户、3000余人增收致富；二期工程和两个各3000头的优质肉牛标准化养殖场建成后能带动农户2000多户、6000多人增收致富，形成促进农民增收、农业增效、农村繁荣的"榕昕模式"，走出了一条东西部共同受益、企业和帮扶地共赢发展的新路子。普定县将特色蔬菜韭黄作为"一县一业"主导产业，利用青岛帮扶资金建设韭黄生产基地。以镇级平台公司普定县茶山荷海扶贫开发有限责任公司为实施主体，带动全县韭黄种植面积扩展到10万亩，成为引领农民脱贫致富的支撑产业。关岭自治县为解决易地扶贫搬迁安置点、中心村的就业问题，投入青岛帮扶资金创办扶贫车间8个，将就业培训与订单生产、来料加工相衔接，推动建档立卡贫困户向产业工人转变，直接带动贫困人口310人脱贫。关岭就业扶贫车间模式彻底改变了农村贫困劳动力单纯依靠土地获得收入的生产生活方式，激发了贫困群众依靠辛勤劳动增收脱贫的内生动力，使群众在家门口就能就业，工作、顾家两不误。

实施消费扶贫，助推"安货入青"。按照"先有市场，后建工厂"的思路，通过举办展销会、产品推介会、风土民情展等多种方式搭建市场平台，帮助安顺在青岛举办绿色产品推介会、贵州风情展等经贸洽谈活动。借助电商、爱心礼包等形式，积极推动茶叶、蜡染制品、食用菌、金刺梨加工品、红芯红薯等优质农副产品供应青岛市场，极大丰富了青岛市民的"菜篮子"。依托青岛农产品深加工和国际大市场，有些安顺企业还与世界级采购商签订了购货合同,使安顺特色产品通过青岛口岸出口到了日本、韩国、香港等国家和地区。安顺市在青岛成立了茶叶营销推广联盟,开设了7家农特产品体验店和12家茶叶直营店,销售安顺茶400余吨,销售额达6200万元,带动安顺茶生产基地的11000多农户增加务工收入,其中直接带动贫困户1200户,人均增收1500元。青岛军民融合食品保障有限公司与安顺签订农特产品购销协议,采取"基地+市场+互联网"模式,大力推进消费扶贫,10大类34种产品在东西协作网上平台安顺馆登陆。

加强旅游资源共享,实现优势互补。安顺旅游资源丰富,拥有黄果树瀑布、龙宫2个5A级景区,全市景区面积占总面积的12%以上。青岛与安顺加强旅游深度交流与合作,发展"山海游""生态游"等特色旅游,共同开发、山海互补。两地相互推出旅游景点门票优惠、过路费减免、航班补贴等政策,共同推动地方特色旅游资源开发,在旅游发展规划、旅游项目策划、旅游活动推介、旅游人才培训等方面相互提供支持和帮助,促进旅游产品互推、客源市场互动。青岛崂山风景区与安顺黄果树、龙宫景区结成友好合作单位,崂山风景区、极地海洋世界等向安顺市民推出门票免费或半价的优惠政策。2014年11月7日20点40分,"追梦青岛 走进安顺"号空调旅游专列将青岛市民带到了美丽的安顺大地,也为两地旅游合作开创了新局面。2016年3月,贵州省旅游局与安顺市政府在青岛举行"山地公园省·多彩贵州风"旅游推介会,向全国首次发布"安顺大黄果树山地全域旅游系列产品",针对青岛市民推出"一次旅行,终身免费"优惠政策。青岛至安顺航线自2017年3月开通以来,客座率保持在80%以上,为深化双方互为旅游目的地的全域旅游提供了便利。

人才:一池春水涌动

东西部扶贫协作不仅体现在产业共赢上,更体现在人才紧密联系中。

2017年、2019年，青岛市选派两批挂职干部共30人，分别在安顺挂职两年，其中1名地厅级领导挂任安顺市委常委、副市长。安顺市累计派出100多名干部在青岛挂职1年，其中1名地厅级领导挂任青岛市政府副秘书长。建立完善工作联系协商制度，定期召开相关工作会议，研究扶贫协作重大事项。

青岛赴安顺挂职干部始终坚持以安顺为家，以安顺发展为己任，想安顺之所想、急安顺之所急，围绕安顺发展建言献策，帮助安顺出点子、想办法，引项目、抓招商，干实事、求实效。同时，为安顺干部传授好经验、好做法、好思路，在项目落户、招商引资、招才引智等方面主动加强对接，搞好协调服务，为安顺加快发展提供更多支持。加强宣传动员，引导鼓励社会各界参与安顺市扶贫事业，推动双方各民主党派、工商联、人民团体及企业建立沟通联系机制，推进双方多领域多部门交流合作，争取更多的社会力量助推安顺打赢脱贫攻坚战。累计在青岛举办各类培训班250多批次，为安顺培训各类人才17280多人次。

两地在建立互派干部挂职交流制度的基础上，有针对性地增加教育、医疗、农业、科研、法律等专业技术人才交流批次和人次。2016年以来，青岛市累计选派专业技术人员670多名帮扶安顺。2017年以来，贵州省及安顺市相继和青岛签订人才对口帮扶合作协议、劳务合作协议，开展全方位的人才、就业合作。2018年1月在青岛市揭牌成立青岛-安顺劳务协作工作站，3月在青岛市人才服务中心揭牌成立贵州省青岛劳务协作服务站，为贫困群众实现转移就业脱贫开辟渠道。青岛市制定下发《关于做好青岛市扶贫协作地区建档立卡贫困劳动力就业脱贫工作的意见》，对安顺市等地建档立卡贫困劳动力到青岛就业出台了岗位补贴、租房补贴、自主创业、技能培训等鼓励性措施，引导帮扶双方以就业技能培训、医院护工、家政服务等为切入点，推行校企合作、"订单式"培训等模式，确保有外出务工意愿的贫困劳动力实现精准输出、有效接收、稳定就业。安顺市制定出台《兑现落实吸纳建档立卡贫困劳动力稳定就业补贴等经办规程》

《关于进一步加强东西部劳务协作实施方案的通知》等政策文件，对有关劳务协作补贴、具体经办流程等作了明确规定。2019年，安顺市、县两级与青岛方面联合开展就业培训班85场，培训人数4365人，举办专场招聘会72场，达成就业意向4616人。安顺向青岛有组织输送劳务人员264人，其中建档立卡贫困劳动力192人，占年度任务数的192%。2016年以来，青岛市累计吸纳安顺来鲁到青就业劳动力2000多人。

青岛证监局倡导辖区上市公司、拟上市公司履行社会责任，积极参与扶贫协作安顺工作。在前期意向摸排、召开项目对接会、一对一沟通的基础上，辖区12家上市、拟上市公司到安顺捐助16个社会公益项目，涉及国家级贫困县希望小学、乡镇卫生院等基础民生，共计约700万元。同时，围绕东西部合作、军民融合、文旅创意等产业领域进行调研，青岛双星、特锐德、华仁药业、利群股份等企业分别与安顺签署了合作框架协议，项目涉及废旧橡塑绿色生态循环利用、城市充电网建设、合作型腹透中心建设、农副产品"黔货出山"等，通过示范、引领、带动，将资本市场"活水"包括产业、资金、市场、技术、信息、管理等引入安顺。特锐德与安顺公交出租车有限公司正式签订合同，致力于打造"城市公交+可对外开放"的城市充电网。青岛双星伊克斯达（安顺）废旧橡塑绿色生态循环利用项目已经开工，项目达产后预计实现年销售收入约2.5亿元，利税约5000万元。

资源：教育医疗共享

十年树木，百年树人。青岛与安顺在东西部扶贫协作中成功创新"教联体"模式，从广度、深度、高度、频度四个维度拓展教育合作。采取"走出去""引进来"相结合的方式，加强两市院校间在师资培训、教学观摩、示范讲学等方面的合作交流，在科研机构、科技企业、人才培等方面加强合作。以推动城乡义务教育一体化为目标，共同探索实施全链条式教育帮扶新途径。支持安顺实施"9+3"义务教育及三年免费中等职业教育计划；启动"安顺市乡村学校爱心帮扶工程"，安排安顺乡村学校校长和骨干教师分期分批到青岛优质学校跟岗培训，已累计培训乡村校长303人、教师168人。

青岛市组织中小学校与安顺市357所学校建立"手拉手"结对帮扶关系，推进校际间互访交流及优秀骨干教师支教、学习常态化。胶州市在镇宁寄宿制民族中学设立"胶州班"，从高一开始连续3年，每年选派9名优秀全科教师组团支教。2019年高考，"胶州班"一本录取7人、二本录取21人，其中10名贫困家庭学生，取得学校教学史上的最好成绩。开设"空中课堂"，向安顺2.4万名教师免费开放山东省教师研修网络平台，通过"互联网+"网上直播、互动交流的方式，实现教学资源共享，每年节约培训经费2000万元。青岛大学附属黄果树民族中学成为青岛大学在青岛市以外设立的第一所，也是唯一一所附属中学。

青岛教育系统发起创办了致力于帮助农村地区、偏远地区学校发展和教师成长的志愿者团队——"支教岛"，从最初几个人，逐步发展到涵盖国内知名专家、学者、教授、一线名师和名校长、爱心企业家和在校大学生，乃至海外华人、外国留学生在内的万余名志愿者，凝聚起"名师联盟""校长联盟""家长联盟""大学生联盟""心理联盟"五大爱心联盟，服务范围扩展到贵州、甘肃等10余个省份，入选全国社会扶贫志愿服务典型案例。

青岛与安顺深化医疗合作，成功探索"医联体"模式，通过援建医院、远程诊疗、医生培训交流等方式，提高安顺市医疗保障水平。2016年以来，两地开展医疗机构"一对一"结对帮扶93家，帮助建设技术协作型医联体7家，新建学科（专科）100余项，填补医院空白新技术60余项。选派的卫生管理、医疗技术等方面人才的专业涵盖了医学管理、临床医学、中医药和公共卫生各个领域，帮扶的二级学科达30多个，指导省级科研立项5项。青岛市海慈医疗集团协助安顺市中医院开设了产科；青岛大学附属医院协助西秀区人民医院开设了重症医学科、骨关节外科特色专科、腹部微创特色专科和医学影像特色专科；青岛市中心医疗集团协助安顺贵航三〇二医院开设了乳腺外科和脊柱外科；青岛市疾控中心与安顺市疾控中心联合建设了安顺市视频安全风险监测实验室；青岛市中心血站与安顺市中心血站联合建设了输血医学研究所和临床输血质量控制中心；青岛市妇儿医院与安顺市妇保院建成了远程会诊中心，极大地方便了两地妇女儿童专业医学专家的交流和危重患者就诊。

组织开展慈善义诊。青岛阜外心血管病医院、中国红十字基金会、青岛市慈善机构和爱心企业等筹措资金450多万元，实施"天使之旅—走进安顺"行动，把安顺85名贫困家庭先天性心脏病患儿接到青岛免费实施手术治疗。齐鲁医院（青岛）18个学科28位专家到安顺普定县现场义诊1000多人次，普定县人民医院挂牌"山东大学齐鲁医院（青岛）帮扶协作医院"。

弥补医疗技术设施短板。协调北京大学人民医院等知名医院帮助安顺建设学科（专科）。青岛市中心医院帮扶安顺市中心医院开设首个规范化乳腺外科，开创了门诊乳腺良性肿瘤麦默通微创旋切术，填补了安顺市该项技术空白。即墨区帮助紫云自治县引进移动信息化公卫体检平台和2辆移动信息化体检车，建立移动信息化公卫体检平台、家庭医生签约平台和高血压管理平台，为辖区老百姓提供便捷的公共卫生服务。青岛森麒麟轮胎股份有限公司捐助100万元用于安顺市开发区乡镇卫生院的建设项目。

紧盯脱贫攻坚短板中的短板，实施"残健共奔小康"行动。把提高残疾人创业就业能力放在重要位置，精准开展残疾贫困农户帮扶工作。安顺市依靠全国残疾人信息专调数据平台，完成建档立卡贫困残疾人监测系统数据录入和比对工作，将24289名残疾人纳入精准扶贫数据库，分类施策开展帮扶。利用青岛帮扶资金540万元，成功创建省级示范基地4家、市级示范点8家、培育点6家，安置残疾人就业216人，其中贫困人口124人，建成省级扶贫基地18家、市级示范点41家，辐射带动就业1000多人。整合青岛帮扶资金和其他培训资源，组织开展盲人按摩、电子商务、种植养殖等适用技术培训30期。引导、扶持残疾人家庭创业186户；扶持安置残疾人就业企业和辅助性就业机构各1家；建成规范化盲人按摩机构9家。

前路：合作美景无限

安顺干群的笑脸，是东西部扶贫协作结出的累累硕果，处处彰显着青岛倾力帮扶的真章。

"感谢胶州帮扶，送来了扶贫车间，我家今年搬到小区里，政府安排我到车间工作，加工布娃娃裙子、小包包、装饰品等，现在做的小裙子是两毛钱一件，加上补贴的，能拿到三毛钱，平均一天能挣近百块钱。"在镇宁自治县景宁小区胶州市援建镇宁扶贫车间内，工人杨小玲一脸笑意地说。在胶州市的大力支持下，镇宁自治县引进义乌桢颖饰品有限公司，成立镇宁自治县新桢颖饰品有限公司，主要从事饰品、箱包、玩具、布料、耳罩、民族工艺品的生产、加工、销售。公司位于镇宁自治县易地扶贫搬迁点景宁小区内，带动广大搬迁人口实现就近就业，促进搬迁群众"搬得进、稳得住、能脱贫"。

"项目建设之初，遇到资金缺口问题，青岛对口帮扶资金及时到位，弥补肉兔养殖项目的资金缺口，我们得以对项目进行标准化、现代化建设和升级，青岛帮扶雪中送炭。"在普定县玉秀街道肉兔养殖基地，波玉村驻村第一书记杨涛感激地说。得益于现代化养殖场的建设，养殖规模上来了，销路也打开了，通过肉兔养殖产业利益联结覆盖人民、新和、波玉、景湖等11个村的贫困人口191户577人，壮大集体经济力量，成为产业助力群众脱贫的重要手段。

从1996年到2020年，青岛对口帮扶安顺已经24年。长期以来，青岛市委、市政府以高度的政治责任感和民族使命感，怀着对贵州、对安顺各族人民的深情厚谊，动真情、真扶贫，投入了大量的人力、物力、财力，在扶贫开发、产业合作、园区共建、劳务输出、人才培训等方面做了大量卓有成效、艰苦细致的工作，极大地改善了安顺贫困地区的生产生活条件，有力地促进了安顺经济社会快速发展。安顺市常怀感恩之情，珍惜帮扶之机，借好帮扶之力，将青岛的项目、资金、技术、人才、管理等优势与安顺的能源、资源、劳动力、气候、市场等优势结合起来，真抓实干、攻坚克难，持续开展"引企入安"大招商、"引客入安"大推介、"安货入青"大协作、"劳务入青"大服务、"青安交流"大互动，用足用好帮扶资源。在青岛市"尽责帮、尽心帮、尽力帮、尽情帮"的助推下，安顺市依托自身优势，不断深化改革、扩大开放，全力实施大扶贫战略行动，推动各项目标任务落地落实。

24年来，青岛与安顺山海携手、共谋发展、共同进步，在资本、技术、理念、文化上交融互通，为经济社会发展注入了新的活力，拓展了新的空间，探索出了许多好做法、好经验，打造了东西部扶贫协作典范。两地紧盯脱贫目标，落实帮扶协议，携手共建、合力攻坚，在决战决胜脱贫攻坚中加强固定资产投资、夯实基础设施建设、扩大招商引资、牵手同步小康，城乡居民收入大幅提高、基础设施显著改善、综合实力明显增强，贫困县、贫困村、贫困人口都实现了脱贫摘帽，打赢脱贫攻坚战取得决定性胜利，各方面实现了跨越式发展。

脱贫攻坚有期限，东西协作无止境。青岛与安顺两地党委、政府坚决以习近平新时代中国特色社会主义思想为指导，深入学习贯彻习近平总书记关于东西部扶贫协作的重要论述，全面落实党中央、国务院和两地省委、省政府的决策部署，携手并肩、锚定目标、一鼓作气、务求全胜，确保高质量打赢脱贫攻坚战。依托东西部扶贫协作建立的良好合作基础，青岛与安顺将以平台思维、市场逻辑、资本力量、双赢理念，进一步深化开放发展、产业协作、人文交流等领域的战略合作，推动双方协作向持久深度迈进，在国家"一带一路"倡议和新时代推进西部大开发战略的统领下，共同助力国内大循环和国内国际双循环，携手书写高水平对外开放和高质量发展的新篇章。

开展新一轮东西部扶贫协作以来,青岛市与安顺市依托地方特色优势,把招商引资作为对口帮扶的关键一招,围绕安顺市"八大百亿级产业、九大重点农业产业"和贵州省服务业创新发展"十大重点工程",突出抓好产业合作、产业扶贫,不断扩大产业链效应、放大合作"朋友圈",吸引更多东部企业、青岛企业投资建设产业园和产业基地,支持发展特色产业,增强"造血"功能,为贫困地区、贫困人口脱贫致富提供产业支撑。

产业合作

源头活水何处来

　　山东青岛，开放前沿，发展高地。

　　贵州安顺，投资洼地，创业热土。

　　开展新一轮东西部扶贫协作以来，青岛市与安顺市依托地方特色优势，把招商引资作为对口帮扶的关键一招，围绕安顺市"八大百亿级产业、九大重点农业产业"和贵州省服务业创新发展"十大重点工程"，突出抓好产业合作、产业扶贫，不断扩大产业链效应、放大合作"朋友圈"，吸引更多东部企业、青岛企业投资建设产业园和产业基地，支持发展特色产业，增强"造血"功能，为贫困地区、贫困人口脱贫致富提供产业支撑。

　　几年来，青岛的华通集团、榕昕集团、双星集团、新希望六和、熊猫精酿等一批企业先后落户安顺。"群凤"齐舞，"龙"腾"虎"跃，"引企入安"，硕果累累，为安顺市高质量发展注入了源头活水。

"精准"就是着眼点

　　进入新时代，随着交通条件日益改善，自然资源和要素保障进一步丰富提升，政策红利集聚并逐步释放，新型工业化、新型城镇化迅速推进，旅游产业化逐步扩大，农业现代化因生态良好优势突出，战略性新兴产业加快兴起，安顺市迎来了历史性的发展机遇，逐渐成为投资的沃土。

青岛与安顺瞄准"打造示范样板、走在全国前列"的目标，推进青岛所能与安顺所需有效结合，分别出台了《关于支持青岛市企业赴扶贫协作地投资兴业的实施意见》和《青岛企业到安顺投资优惠办法》等支持政策，深化"引企入安"，发挥产业帮扶长效作用，为更多领域、更深层次交流合作注入了活力和动力。

深化合作，行动迅速。安顺市党政主要领导亲自带队，前往青岛等地开展招商对接。各县（区）党政主要领导靠前指挥，密集召开专题会议研究产业链招商，带队外出开展产业招商，出面洽谈推进重大项目。

2014年4月，由青岛市政府引荐，青岛华通集团与西秀区政府签订《青岛安顺产业发展园产业中心项目投资协议书》，投资建设占地44亩的产业中心综合体项目及占地400亩的产业园区项目，并代建西五号路，拉开了两市共建产业园区、深化扶贫协作的序幕。

2016年3月23日，安顺市在青岛举办招商引资推介会，西秀区双堡镇生态示范观光牧场建设项目等10个项目签约，投资总额达36.4亿元。双方的合作不仅有利于促进青岛对安顺的深度帮扶，还增进了企业家对安顺的了解，分享安顺发展红利，实现互惠共赢。

2018年2月28日，安顺市面向青岛上市企业举行招商引资项目对接会，重点推介安顺市的投资环境，让各位企业家进一步了解安顺，共享机遇，共谋发展。此次对接会，初步达成华仁药业大健康、海利尔辣椒基地、青岛双星轮胎裂解、红星发展辣椒素等产业合作类项目12个。

围绕重点，精准招商。安顺市调动社会力量参与，聚焦重点产业、东西部扶贫协作城市、劳动密集型企业找资源、寻对象、引企业。2019年，安顺市、区（县）两级党政主要领导赴省外开展招商活动61次，签订合同项目52个，投资总额308.36亿元；成功在北京、青岛等地举办军民融合暨现代装备制造产业、旅游产业、东西部扶贫协作等9个专场招商推介会，引进项目144个，投资总额1266.61亿元。组织人员赴青岛开展小分队招商47次，对接企业171家，接待客商赴安顺考察308人次。在两地的共同努力下，2019年引进青岛企业到安顺投资项目23个，实际到位资金14.13亿元，带动贫困人口2883人。

2020年，为积极应对新冠肺炎疫情影响，青岛、安顺创新项目推进手段，"线"下谋划，"线"上沟通，开展网络"面对面"洽谈，于2月28日举行了2020年青岛安顺东西协作合作项目网上集中签约仪式。在青岛、安顺两个会场，总投资约8亿元的8个项目顺利签约。既有新希望六和关岭自治县30万头商品猪养殖、榕昕牧业西秀区1000亩皇竹草种植、红星山海生物镇宁自治县3000亩高辣度辣椒种植、龙耀食品普定县脱水蔬菜深加工等农业生产项目，直接带贫益贫，也有青岛出版集团贫困中小学共享图书室、中信国安丰硕堂（安顺）肿瘤精准治疗中心、体悟心理培训智慧帮扶中心等教育、医疗、文化类项目，持续培育内生动力。

产业升级的"一股绳"

一次次精准对接，一个个项目签约，形成招商引资的蝴蝶效应，推动"引企入安"不断迈上新台阶，刷新合作领域，为安顺市打赢脱贫攻坚战引入了新的生力军。企业签约后，安顺市和青岛市咬紧目标不放松，强化前方与后方协同作战机制，坚持前后"一条心"，两地拧成"一股绳"，真枪实弹、真抓实干，以更加优惠的政策服务企业，推动项目落地生根，精准、融合、深度、联动地持续推动东西部协作产业合作取得实效。

2019年5月24日，双星集团与安顺市普定县政府签署协议，决定投资建设一处废旧轮胎绿色生态循环利用智能化工厂。这也是继双星在河南建成全球首个废旧轮胎绿色生态循环利用"工业4.0"智能化工厂后所建设的第二个工厂。项目签约后，普定县倾情服务，促进项目早落地、早投产。2020年6月5日，双星集团废旧轮胎绿色生态循环利用项目正式开工，占地面积约120亩，计划总投资1.5亿元，每年可处理废旧轮胎5万吨。项目建成后，将有力促进安顺市经济发展，助力"无废城市"建设。

双星集团是2018年科技部"固废资源化"重大科技专项废旧轮胎循环利用领域唯一的中标企业。在项目研发过程中，双星集团联合东南大学、中国石油大学、青岛科技大学等9所著名高校，汇集100多名教授专家的智慧，攻克了全球废旧轮胎循环利用领域的17大关键技术和世界性难题，开发出绿色裂解和炭黑再生装备，填补了全球空白。废旧轮胎绿色生态循环利用示范工厂技术可把废旧轮胎处理转化为40%的初级油、30%的环保炭黑、20%的钢丝和10%左右的可燃气，真正做到"吃干榨净"，实现废旧轮胎处理的"零污染、零残留、零排放、全利用"。因为采用了模块化设计和RCOS（远程控制运营服务）区块链平台，项目具有很强的可复制性。双星集团在普定县建设的废旧轮胎绿色生态循环利用智能化工厂，将为全球快速复制推广废旧轮胎绿色生态循环利用示范工厂技术和方案。

在青岛援派干部帮助下，普定县针对祖代兔的培养、饲料加工技术、屠宰冷藏和韭菜的加工利用等短板，围绕韭黄、肉兔产业，及时编制补链、延链、强链招商项目，开展定向精准招商。借助亚洲最大的肉兔良种繁育基地、青岛市唯一拥有欧盟出口代号的肉兔加工企业康大集团，引进世界上最先进的肉兔品种法国纯种伊拉兔曾祖代繁育基地，实施肉兔饲料厂技术升级扩产工程，配套建设肉兔屠宰冷藏厂；同时引进山东龙耀食品韭菜加工车间落户，总投资近3000万元，将实现年供3000只曾祖代兔、5万只父母代种兔、肉兔饲料15吨和年加工2万吨韭菜的目标。

2020年6月5日，青岛-安顺2020年度东西部扶贫协作项目集中开工、竣工。总投资9亿元的青岛双星废旧橡胶绿色生态循环利用项目、康大祖代兔育种场等8个项目集中开工；总投资10.4亿元的西秀区嫁接苗辣椒产业一二三产融合发展项目、平坝区5万亩高标准蔬菜示范区建设项目等10个项目集中竣工。

好项目、大项目落地安顺，延长、补齐了产业链条，促进了区域经济结构调整和产业换档升级，增强了当地脱贫致富的能力，提升了产业合作的长期成效。

脱贫致富新路径

一直以来，青岛与安顺发挥各自优势，推动产业互补，建成了一批带动力强的产业项目，在助力安顺脱贫攻坚中发挥了重要作用。

青岛榕昕集团落户发展，填补了安顺市奶牛畜牧业的空白，成为引领群众脱贫致富的龙头企业。

盛夏，阳光照在西秀区榕昕牧场的牛棚子上，黑白斑纹的奶牛争吃草料。"我们的奶牛听音乐、喝山泉水、吃营养套餐、做按摩、住世外桃源。生产的鲜奶品质优，深受市场青睐。"贵州榕昕康乐生态有限公司总经理吕东君说。

在榕昕牧场食堂，西秀区花恰村村民谢品与另外几位村民正在为游客准备午餐，一个个精致的小火锅和新鲜的牛肉切片、蔬菜摆放得整整齐齐。"今天有60位客人在这里用餐，这些食品全是我们牧场自己生产的，游客都称赞好吃又放心。"谢品一边干活一边说。他2017年到榕昕牧场工作，负责交通运输，后来在企业的培养下成为行政管理人员。他乐呵呵地说："现在每个月有3000多元的工资，日子比以前安逸多咯。"

2016年，青岛榕昕集团带着先进的发展理念，在安顺市西秀区双堡镇大坝村建立了集奶牛生态养殖、鲜牛奶生产供应、有机果蔬种植、特种种植、生态休闲观光旅游、餐饮住宿等为一体的现代牧场。通过"公司+基地+合作社+农户"的运营模式，与军马村合作社签订种牧草合同，组织农民种植甜高粱、黑麦草等牧草，带动当地的农民增收致富，并在很大程度上解决了当地农民的就业问题。

公司养殖奶牛数百头，建设现代化挤奶厅，配备先进的挤奶设备，采用数字化信息系统指导生产；规划建设占地200亩的榕昕黑牛养殖场，利用高科技培育优质肉牛品种——日本神户黑牛和种进行繁育育肥，已在蔡官镇养殖神户黑牛680头。以此为基础，打造出生态种植—生态养殖—高端产品加工销售—全程生态可参观的一条龙产业体系，每年接待观光游客1万多人次，形成东西部扶贫协作的"榕昕模式"。

2020年4月29日，在关岭自治县永宁镇康寨村，山东新希望六和投资5亿元的15万头生猪养殖项目开工。该项目实行"公司自繁自育+规模化养殖场+地方养殖合作社"的运作模式，种场建成投入使用后，将布局6750头母猪和年出栏15万头商品猪，年总产值将达7亿元，能有力提升当地畜牧标准化和科学化养殖水平，有力保障安顺市生猪增产保供，升级行业养殖模式，带动贫困人口脱贫致富。

青岛市多方助力安顺市搭建展示舞台、合作桥梁，放大招商"朋友圈"，创新招商平台，拓宽招商渠道，强化产业合作招商，推进更多带动强、辐射广的产业合作项目落地生根，枝繁叶茂，开花结果。

如今，"引企入安"硕果满枝，工业企业、特色农业企业、就业扶贫车间等纷至沓来，推动安顺特色产业升级，引领广大贫困群众脱贫致富，走出了一条产业协作的崭新道路。

红星路上故事多

当青岛红星化工集团（以下简称"青岛红星"）1995年毅然决定"西进"贵州、扎根安顺镇宁时，就已经将相距2000多公里的这两个地方紧紧联系在一起，缔结了山海永恒的情谊。从沿海到山区，从城市到农村，从转型到协作，青岛红星开启了一场史无前例的扶贫战役，打造了东西部扶贫协作的典范模式。

青岛红星在镇宁24年的发展实践，将东部企业的品牌、技术、经验优势与西部地区的丰富资源相结合，由最初单向的企业带动发展到经济合作、产业对接、互利共赢的新阶段，从单一的投资帮扶发展为"企业+就业+产业"的脱贫模式，从单纯的企业行为发展为政府、企业、社会合为一体的协作机制，实现了由"输血式"扶贫到"造血式"扶贫的升华，谱写了东西部协作共赢的灿烂篇章。

一群人的变迁

群山环抱、绿树掩映下的厂区是一片繁忙景象：运送原材料、产成品的车辆往来穿梭，生产车间机器轰鸣，穿戴整齐的企业员工忙碌其间。

"1996年建设初期，我作为镇宁本地的退伍军人，被红星发展优先聘用入职。"贵州红星发展股份有限公司（以下简称"红星发展"）人力资源部副部长卢家文回忆道，"刚进公司的时候，什么都不会，只是一名普普通通的安保人员。"经过20多年的培养成长，卢家文从公司原料厂、煤矿厂、保卫部、安全部等多部门的一线职工成长为一名中层管理人员。

"1995年，公司还在修建厂房的时候我就退伍入职了，那时候在工地上啥都干，哪里需要就往哪里走。"红星发展安全部副部长罗启功回忆道，"当时在工地上，不仅是我们在干，公司的领导干部也是亲力亲为和我们一起干活，这种齐心协力的奋斗精神，让我坚定了在公司发展的决心。"在随后的20多年里，罗启功被派到不同的厂区历练，每到一处都有定期的指导培训，让他实现了从一名普通工人到技术工人的转变，最终成为了红星发展的一名管理人员。"镇宁是我的第一个家，部队是我的第二个家，而红星发展就是我的第三个家。"罗启功深有感触地说道。

"一人进红星，全家齐脱贫；三人进红星，全家奔小康。"这是在镇宁当地人人皆知的一句口号，依靠红星改变人生，成为镇宁当地群众的愿望。贵州红星发展股份有限公司党委副书记陈频介绍，从红星踏进镇宁开始，就把"扎根镇宁，优先聘用当地人，大力培养当地人才"作为一项基本发展理念。如今红星发展直接和间接带动就业近2000人，90%的职工为当地人，70%的管理人员为公司培养的本地人才，红星发展镇宁公司员工年均收入已从建厂之初的5800元增长到目前的6万元。

一个地方的发展

青岛红星深扎镇宁20余年，不仅推动了当地相关产业的发展，更是为镇宁的社会经济发展带来勃勃生机。

"可以说，红星发展落地镇宁以后，给我们带来了翻天覆地的变化。"在距离红星发展100米的街面上，一家餐馆里来往食客络绎不绝，餐馆老板李大勇乐呵呵地说起了他与红星发展的故事。

"以前呀，我们这个地方的人又穷又闲，偷盗的事情特别多。"

63岁的李大勇是镇宁丁旗人，过往的丁旗可谓乌烟瘴气。但自从红星发展落地后，一切都改变了。"红星发展来了以后，优先聘用本地人，大伙有活干了，腰包鼓起来了，风气就越来越好了。"看着家乡的风气越来越好，日子越过越富裕，2012年李大勇一家人开起了餐馆，而餐馆的客源大多是红星发展的员工。"我这个餐馆，就是因为有红星发展的支撑才能经营下去，对此我心里也很感恩。"红星发展带来了新生活，如今李大勇的餐馆每日的营业额在2000元左右，在家门口过上了小康生活。

红星发展附近的街道曾是一片荒凉，而随着红星发展的到来，大大小小共有十余家餐馆拔地而起，往来车辆川流不息，一派勃勃生机。

"红星发展对于当地的带动，不仅体现在就业和产业上，更体现在社会的方方面面。"陈频说，"红星发展是通过收购镇宁的老旧工厂改造而成，尽管操作上要比建立全新企业复杂，但经济效益、社会效益、环境效益非常显著。"从经济效益上看，这种模式盘活了破产企业的存量资产，同时也降低了投资成本，减少了浪费和重复建设；从社会效益上看，投资所在地通常工业经济基础薄弱，就业机会很少，原破产企业的职工被吸收到新企业中来，大大减轻了社会负担，有助于社会稳定；从环境效益上看，尽可能地利用破产企业已经占用、无法复耕的土地，大大缓解了经济增长与保护土地的矛盾。

随着红星发展产业链不断向高技术、精细化、高附加值延伸，同行业、上下游行业企业也纷纷落户，集聚效应不断扩大，形成产业集群，带动了所在地相关产业升级，成为镇宁发展的新引擎。

一个企业的壮大

青岛红星是一家具有近50年历史的国有特大型生产企业。20世纪90年代，面对日趋激烈的市场竞争，为培植新的增长点，实现多元化发展，红星化工集团作出到西部投资创业的战略决定。

1995年，青岛红星花300万元买下贵州省镇宁自治县龙岩飞机制造厂全部厂房、设备，利用各方筹集的8000多万元资金，组建成立镇宁红蝶钡业公司。

"此前镇宁的大部分重晶石资源未被开发，或者仅有少量被打成矿粉，甚至直接将原矿销售出去，附加值极低，每吨只能卖一二百元，资源价值得不到应有的发挥。"红星发展是贵州第一家利用重晶石生产碳酸钡的企业，工业产品的价值是原矿的10多倍。随着科技创新和技术进步，公司不断开发出用于高档陶瓷、液晶玻璃面板、电子材料等的高纯产品，价值又提升数倍。

落地镇宁后，青岛红星将多年积蓄的力量在西部广阔的舞台上释放出来，牢牢抓住当时CRT电视快速向中国转移的历史机遇迅速壮大。经过三个阶段不断地调整改革，1999年，贵州镇宁红蝶钡业公司整体改制组成了贵州红星发展股份有限公司；2001年，经中国证监会批准，红星发展股票获准在上海证券交易所上网发行，发展进入了快车道。

2012年，国务院下发《关于进一步促进贵州经济社会又好又快发展的若干意见》，明确提出"鼓励发展非金属精细化工，在安顺、铜仁建设全国精细碳酸钡生产和研发基地"这一利好消息，为红星发展在全球新一轮钡盐产业竞争中提供了全新的政策机遇。

天时、地利、人和。红星发展加速整合东西部产业、资本和机制优势，向精细钡、锶盐产品和新型锂离子二次电池产业链挺进。如今，红星发展已是国内顶尖的多品种钡、锶盐无机化工基础材料和电化学行业锰系列产品生产制造化工企业，年产值5亿元左右，每年上缴税收7000多万元，在镇宁累计上缴税金9.4亿元。

在转方式、调结构深入推进大背景下，红星化工集团被业界贴上西进"先锋者"的标签，一时好评如潮。而红星西进战略取得的成功愈发凸显出强大的示范效应，沿海地区一批知名企业接踵"西南飞"。

一种模式的形成

当决战脱贫攻坚、决胜同步小康的号角吹响，青岛红星开启了新的扶贫协作模式。2018年，青岛红星与镇宁自治县共同出资设立贵州红星山海生物科技有限责任公司，推广种植高辣度辣椒，并配套投资建设辣椒油树脂和辣椒红色素萃取深加工项目，在"农村产业革命、精准脱贫"上迈出新的步伐。

走进贵州红星山海生物科技有限责任公司辣椒培育大棚，工程师李族德一边观察着辣椒的长势，一边将数据记录在本子上。"这个产品叫RS3-DI，是一种新型辣椒，目前企业正在生产以辣椒为原料的辣椒油树脂和辣椒红色素。这种产品亩产利润可达5000元左右，企业按2元/斤收购，计划在镇宁种植1万亩。"李族德说。

"目前我们主要产品有辣椒油树脂和辣椒红色素，主要用于食品添加剂和调味品行业，同时在生物农药、船舶防腐防污、军工防爆喷雾和警用催泪瓦斯、医药消炎止痛和减肥等领域的应用也越来越广。红星山海生物自主研发的高辣度辣椒，辣素含量大于4%，是目前世界范围内唯一可规模化种植的高辣度辣椒品种，具备产量高、可采摘周期长、抗病性强等特点，以及适宜高海拔山区坡地种植及精细化加工等突出优势。"谈到高辣度辣椒，贵州红星山海生物科技有限责任公司副总经理潘秀成如数家珍。

为带动更多的贫困群众依靠产业发展致富，在当地党委、政府的积极支持下，红星山海生物在丁旗镇、马厂镇等乡镇发展辣椒种植。农民种植的辣椒采收后销售给企业，企业将辣椒加工为工业产品，既提高了产品附加值，同时又增加了农民收入，实现了农产变工产的华丽转身。

红星山海生物采取"企业+农户"的模式保底价收购，以建档立卡贫困户为帮扶核心，为农户提供种子和技术并拓展种植范围。通过产业拉动，创建一批县级、乡级特色辣椒高效种植示范基地。丁旗镇新房村46岁的辣椒种植户张艳拖着一车辣椒前来交货,她一边卸货一边说:"今年我家种了5亩辣椒,与企业签订了保底价收购协议,4个月的纯利润达6000多元。许多村民看到后,明年准备种植。"

红星山海生物是青岛红星在贵州倾力打造的绿色产业精品工程,计划种植高辣度辣椒5万亩,分两期建设日投料50吨和30吨辣椒油树脂和辣椒红色素萃取生产线、一条中试生产线、一个日烘烤鲜椒500吨的烘烤基地。生产操作全部实现自动化控制,配套高标准调配设备和研发设施,是国内首家全方位规模提供高质量辣椒油树脂的生产企业。萃取项目达产后,年可生产辣椒油树脂1600吨,辣椒红色素400吨,其他附属产品1万吨,年销售收入4.3亿元,利税9500万元,可直接带动当地1.6万农户增收,间接带动5万农民受益。

一种深刻的启示

资源互补共赢发展是推动力。东部地区作为先发展地区,拥有品牌、技术、先进管理模式等方面的优势,而西部地区则有资源禀赋,是能源集聚地。东西部扶贫协作,重在实现"品牌+资源"的出色嫁接。青岛红星在20世纪90年代面对发展困境时,冷静地分析企业所面临的现实,在实事求是、深入细致的调查研究基础上,跑遍了重晶石、天青石矿山和重要煤矿,实地考察原料、能源状况,最终决定向西部、向贵州发展,把红星多年形成的信誉、市场、技术、管理等优势同贵州的资源优势结合起来,实现了优势互补、协作共赢。同时,坚定不移地走好向高精尖强方向发展之路,整合各种优势资源,在壮大企业的同时,也为镇宁、安顺经济社会发展做出了重要贡献。

"造血式"帮扶是手段。青岛红星采取"企业+就业+产业"带动模式,通过产业聚集效应,拉动物流、餐饮等发展,让当地群众通过创业、务工等方式增加收入，实现脱贫致富，构建企业"造血式"帮扶的良好格局。20多年来，青岛红星为周边地区建学校、修公路、接上电、通上水、安装闭路电视，帮助失学儿童重返校园，坚持每年开展捐资助学、助困等活动，公益支出达到上千万元。企业热心公益、扶贫济困，在当地百姓中树立了良好的口碑。

产业共建是致富目的。2017年，青岛红星积极响应精准扶贫、精准脱贫的号召，放大自身技术优势，在安顺实施了高辣度辣椒种植及萃取深加工项目，通过产业发展推动当地精准扶贫工作向纵深发展。在产业发展模式上，项目覆盖了农技推广、农业种植、科技研发、农产品精加工及销售等诸多方面，搭建了集培育种植基地化、生产加工工厂化、销售营销渠道化于一体的一二三产业紧密融合的全产业链条。在利益联结机制上，采用"企业+平台+合作社+贫困户"绑定发展模式，充分整合外部资源参与精准扶贫，以建档立卡贫困户为帮扶核心，真正做到"靶向扶贫"。农民种植由平台提供种苗，由技术人员手把手教授，既"授人以鱼"，让农民在收入上有实实在在的获得；也"授人以渔"，让贫困群众在产业发展实践中接受技能培训，提高种植技能和市场意识，帮助他们由零散种植户向现代产业农民转变。在市场风险防控上，对农户实行保护价收购，让农民的种植有计划有目的，有效规避了盲目性种植的风险。在这种模式下，不断帮助贫困群众提高认识、更新观念，唤起贫困群众自我脱贫的斗志、决心和信心，帮助他们尝到脱贫的甜头，扶起脱贫的志气，挺起脱贫的腰板，真正激发出脱贫致富的持久动力。

"榕昕模式"花开西秀

如果只是简单帮一个项目，往往只能解决有限的几个就业岗位；如果只是简单帮一份资金，往往只能解决一时一事的困难。青岛榕昕集团在安顺市西秀区帮扶的"牵一接二连三""榕昕模式"（牧草养殖、奶牛养殖、系列奶产品加工和城市奶吧、休闲体验观光），把贫困群众紧紧地纳入产业化经营链条中，让他们从一二三产业融合发展中持续获得收益，从而摆脱贫困。

莱西市与西秀区从2016年建立东西部扶贫协作关系以来，以产业对接为着力点，积极引导本地优势企业榕昕集团到西秀区进行全产业链投资，有力促进了农民增收、农业增效、农村繁荣。"榕昕模式"，花开西秀，分外娇艳。

一切源于一个思考——如何让扶贫协作取得实实在在的成效？如何解决扶贫中常常遇到的"没资金、没动力、没特色"问题？

为此，需要找到扶贫协作双方的特色与优势，精准对接扶贫协作产业。基于这一认识，莱西市党政主要负责同志多次带队赴西秀区考察调研。后经过反复论证，莱西的产业优势和西秀的产业需求逐渐明晰：莱西是山东省畜牧业大市，养殖规模全国领先；西秀则气候宜人、环境优良，具有发展奶牛、肉牛养殖的有利条件，尚无奶牛养殖企业，鲜奶供应还是一片空白，有着巨大的市场开发价值。

"嗅出"协作的产业方向，莱西市找到了在莱西市场深耕多年、拥有"牵一接二连三"成熟经营模式的榕昕集团。这家于2004年成立的企业，以奶牛肉牛养殖为主业，经营范围涵盖奶产品加工、肉牛屠宰加工、奶吧经营、旅游观光等各个产业环节。近几年，随着周边市场饱和，企业发展遇到了瓶颈，急需开拓新的发展空间。了解到这一情况后，莱西市顺势而为，组织企业负责人到西秀区进行了多次深入考察。

找到发展新空间，企业动力十足。2016年8月8日，榕昕集团在西秀区双堡镇大坝村开始建设高起点、高标准、现代化、国家级的生态农牧产业园。项目总投资1.5亿元，规划用地2000亩，主要从事奶牛生态养殖、鲜牛奶生产供应、科技培训、生态休闲观光旅游、休闲康养等。一期项目建设已投资5600万元，规划养殖优质奶牛1000头，目前存栏奶牛380头。项目全部投产后，日产鲜牛奶18吨，主要生产巴氏鲜奶、酸奶等优质奶制品。2020年以来，榕昕集团下属的榕昕康乐生态有限公司和榕昕黔牛有限公司累计投入1500余万元，以"公司+基地+合作社+贫困户"的运营模式，发挥产业带动作用，带动当地调整农业产业结构，带动农民脱贫致富。

榕昕集团与军马村种植专业合作社签订种植牧草合同，组织农民种植甜高粱1000亩，提供奶牛养殖饲草饲料。一亩甜高粱产量2.5万—3万斤，收购价格0.20元/斤，纯收入可达到4000元左右，过去老百姓种植传统的农作物，一亩玉米的收入只能达到500—600元，仅此一项，农民每年增收数百万元。"榕昕集团与合作社签订了食草饲料种植合同，实行统一供种、统一播种、统一收割、统一送货、统一结算'五统一'，组织贫困户种植甜高粱、黑麦草、燕麦草等1000余亩，直接带动周边1000余贫困户脱贫致富。"贵州榕昕康乐生态有限公司负责人吕东君说。"公司在二产用工方面使用当地农民，月薪资2600—3500元，高于当地其他行业用工的300—500元。目前，使用当地农民工200余人。""在三产方面设立鲜奶吧连锁店，全部建成后，鲜奶吧连锁店达到100家以上，可提供就业岗位300个以上。目前，已设立鲜奶吧（销售点）23处，安置用工52人。"

为带动优质肉牛产业发展，公司还在西秀区蔡官镇规划建设了3000头规模的肉牛养殖示范场，2017年9月开工建设，2018年3月建成投产。如今，已养殖优质肉牛1000头，带动建档立卡贫困户374人。

为解决畜牧业粪污难处理、疫病难控制、价格难调控的"三大难题"，榕昕集团运用国际领先的生物发酵床生态养殖技术，不仅解决了粪污处理难题，而且真正实现了零污染、零排放。榕昕奶牛饮山泉水，吃营养套餐，住天然氧吧，得益于优异的气候环境和硬件设施，疫病难控制的问题也得到了很好的解决。牧场产的鲜奶直接从生态养殖区送到奶吧和餐桌，距离较短，流程可控，能够有效保证食品质量安全。

"坚持高起点、高标准、高质量建设和可持续发展的原则，以建设成为中国最美生态休闲观光牧场、国家级生态型农牧业示范区为目标，推动以牧草种植、奶牛养殖、肉牛养殖、系列奶产品加工和城市奶吧、高端牛肉产品加工销售、休闲体验观光为主的'牵一接二连三'模式，不断精进产业链条，努力谱写东西部扶贫协作产业发展新篇章。"吕东君信心满满。

2018年，贵州榕昕康乐生态有限公司被认定为贵州省农业产业化经营省级重点龙头企业。2019年7月，被授予"贵州'千企帮千村'精准扶贫行动先进民营企业"称号。

这里有条"青岛路"

安顺市西秀区有一条"青岛路"。这条全长3800米、宽30米的大路贯穿青岛-安顺共建产业园，无声地诉说着青岛与安顺东西部扶贫协作的精彩故事。

驾车从G60沪昆高速安顺东匝道出口驶出，会发现矗立在对面山顶上的"青岛-安顺共建产业园"牌子格外醒目。沿着园区大道直行4公里，青岛-安顺产业园核心区映入眼帘：华通大酒店拔地而起，成为园区地标性建筑，迎接着四面八方的宾客；酒店不远处，厂房鳞次栉比，一栋挨着一栋，熊猫精酿、宏达塑胶等企业落户，填补了安顺在这些行业领域的空白。

在青岛、安顺共同协作下，历时6年，这里从一片荒芜的土地变成了活力四射的发展热土，整个园区建设总投资额突破7亿元。华通大酒店于2019年8月18日正式开业，熊猫精酿于2020年7月投产，成为安顺工业引擎的主阵地。青岛-安顺共建产业园区的建成投用，使青岛对口帮扶安顺，实现了由单项帮扶向双向合作、由"输血"式帮扶向"造血"式帮扶、由政府帮扶向社会多元帮扶的转变，铸就了合作共赢新篇章。

如今，随着企业、项目投入运营，青岛-安顺共建产业园带动效应越发显现，见证着两地深化对口帮扶、资源共享、优势互补、共同发展的历史足迹。

探索扶贫协作新路

从1996年开始到2020年底，青岛对口帮扶安顺已有24年。我国启动新一轮东西部扶贫协作以来，青岛与安顺再次携手，共筑脱贫致富小康梦。

与之前的对口帮扶不同，经过多次对接、调研、洽谈，2013年9月，青岛、安顺两地政府将西秀产业园区确定为"青岛-安顺共建产业园"，以合作共建园区为载体，实现两地的资源共享、优势互补、产业链接、共同发展。园区距中心城区仅4公里，距贵州省会贵阳市仅90公里，距黄果树机场15公里，西有安顺煤矿专线铁路，北接安普高速出入口，东邻沪昆高速、贵安大道、两所屯铁路货运站，地理位置优越，交通便利。

共建园区规划为起步区和扩展区。起步区包括电子信息产业园和健康产业园，主要承接青岛电子信息、休闲养生、生物制药、食品加工、医疗器械等与电子信息、健康有关的产业项目。起步区位于西五号路至安普高速之间的范围之内，面积约8.5平方公里。区域范围内的基础设施建设和企业招商引资由青岛市负责，青岛的企业先期入驻该区域，带动共建园区发展。青岛-安顺共建产业园拉开了两地产业合作共建的序幕，青岛、安顺两地政府按照"政府主导、企业主体、市场运作、互利共赢"的共建合作原则高标准规划建设，致力于将共建产业园区建成东西部合作的新典范。

2014年4月，西秀区政府与青岛华通集团签订《青岛安顺产业发展园产业中心项目投资协议书》，青岛华通集团投资10亿元在共建园区建设44亩的综合体项目和占地400亩的产业中心项目。为方便项目推进，青岛华通公司在安顺注册成立了安顺市青安产业投资开发有限公司，作为在安顺项目投资、建设、经营管理的主体。公司不仅将自身获得的优惠政策提供给入园企业，还为青岛入园企业提供最优惠的条件，积极吸引央企、知名公司入驻园区。

2014年8月12日，大型机械开进现场，在"噼噼啪啪"的鞭炮声中，青岛-安顺产业发展园产业中心项目正式开工，标志着青岛市新一轮对口帮扶安顺市重点项目的建设大幕拉开。轰轰烈烈的建设，让这里一年一变样。先后修通园区大道，解决水、电等配套设施，引进企业建厂房、强业态。如今，园区交通四通八达，基础设施完善，集酒店、商务办公、会展服务为一体的青岛-安顺产业园综合体项目建成，酒店拥有233间客房和120间酒店公寓式客房，6间大型会议场地可同时容纳近千人商谈就餐，有力提升了产业园区配套服务设施档次。

招商引资盯住"精准"

进入青岛-安顺共建产业园，熊猫精酿机器刚安装完毕，工人正在调试，调试好后将投入生产。作为青岛-安顺产业园招商引资项目，熊猫精酿从招商洽谈到落地、建厂房，都获得了园区周到的服务。"熊猫精酿的引进，可谓是优中选优。"安顺市青安产业投资开发有限公司董事长徐继林说，"在啤酒精酿行业，全国有四五千家，我们从中选择实力强、市场渠道广的熊猫精酿，共同在安顺投资。"

熊猫精酿有限公司进驻后，青安产业投资开发有限公司投入5000万元入股，并依托自身优势，提供金融产品，帮助企业融资，协调国家开发银行贷款5000万元，解决公司投产后所需资金难题。"我们不仅将自身获得的优惠政策提供给入园企业，还将为青岛入园企业提供最优惠的条件，为企业提供融资等支持，全力助推企业落地发展。"徐继林说。

解难题、优服务、促发展。从园区开始建设，青岛-安顺共建产业园就与西秀区政府紧密协作，共同推进园区开花结果。"我们深化共建平台，健全机制，精准招商、精准服务，打造良好的营商环境，合力推动园区发展壮大。"西秀产业园管委会副主任朱忠伟说，"从园区开始建设，我们就建立精准服务项目清单，对已经开工建设的项目进行梳理，建立项目清单台账；建立精准招商项目清单，对正在进行招商洽谈项目、已签约还未投产的企业建立沟通服务台账和问题台账，跟踪服务；建立企业困难问题清单，派专人及时与企业沟通，了解企业存在困难和问题，细分企业困难和问题类别，分类别研究解决；建立服务企业责任清单，企业需要政府和园区管委会协调解决的困难和问题，明确解决责任人和解决时限，园区管委会统筹推进协调解决。"

从2014年开始，青岛-安顺共建产业园持续开展招商引资，青岛等地的企业先后落户发展。2016年12月12日，青岛-安顺共建产业园区招商引资企业签约，澳柯玛集团、青岛市华通科技有限公司、灯塔味业公司、青食股份公司、她他生物公司、青果食品公司、鼎商动力软件公司7家企业与西秀区签订协议。目前，青岛-安顺共建产业园产业中心已有安顺华联宏达塑胶有限公司、熊猫精酿（安顺）酒业有限公司等4家企业落地。随着企业落户，西秀产业园采取专班服务，在园区建立帮扶共建园区项目发展机制，建立"一名领导、一个班子、一套人马、一帮到底"的工作机制，负责抓好共建园区重大项目的落地及建设、跟踪服务工作，帮助企业协调解决在建设、生产、经营过程中遇到的困难和问题。通过帮助企业建立用工台账、校企合作、专场招聘、委托培养、联合办班、短期培训等方式搭建就业供需平台，为共建园区项目提供稳定的用工保障，解决企业用工难问题。

工业崛起借力标杆

青岛-安顺共建产业园正在成为安顺借助外力，加快工业化进程，推动产业全面升级，实现经济跨越发展的重要载体。

在熊猫精酿酒业有限公司生产厂房内，暂存仓、粉碎机、自动清洗系统、酵母打培系统、发酵罐等生产设备安装完毕。"一期工程设备已经安装完毕,等待调试后,7月就可投入生产,届时,精酿啤酒将成为安顺又一亮点项目。"熊猫精酿酒业有限公司负责人陈正自豪地介绍车间的生产工艺,"投产后,通过我们的销售渠道,把产品销往全国乃至国外市场。"根据行业数据显示,精酿啤酒在啤酒行业的占有率只有2%左右,市场空间大。熊猫精酿一期总投资9600万元,设计年产量3万吨,达产后,年产值可达6.6亿元。

与传统啤酒不同,熊猫精酿根据安顺特色,加入当地的产品元素,创造出多种口味的精酿啤酒,可满足消费者的各种口感需求。"我们利用金刺梨等安顺优质农产品资源,将其加入到精酿啤酒中,既让啤酒有了安顺元素,也可彻底解决金刺梨深加工问题,形成金刺梨大产业,带动更多的贫困户通过种植金刺梨脱贫致富,助推脱贫攻坚取得全面胜利。"陈正说。该公司正全力研发威士忌,欲打造啤酒生产线和威士忌生产线相结合的生产新格局。

除了熊猫精酿,宏达塑胶项目研发的生物降解材料已得到全世界的认可,不但能推动种植业发展,而且能够保护环境、留住青山绿水,具有显著的经济效益和社会效益。西秀区许多农业合作社正在与该企业商谈下一步的深度合作。以建设青岛-安顺共建产业园为抓手,积极拓展合作领域,创新互惠共赢模式,提升合作质量,全力助推西秀区高质量发展。

青岛-安顺共建产业园将全面深化改革,创新体制机制,推进产业结构调整升级,促进产城互动,并不断加大招商引资力度,强链、补链、延链,把主导产业做大做强,朝着千亿级产业园区的目标迈进。

生机勃勃"菜"之变

2020年6月,阳光如火一般洒在安顺市平坝区天龙镇—乐平镇的"十里五万亩"高标准蔬菜产业示范区,让这里充满了生机与活力。平整的坝子里,机耕道纵横相连、喷灌设施整齐布局、大棚拔地而起,生菜、包菜、韭黄、冬瓜、山药、香葱等产业绿意盎然,形成一幅美丽的产业画卷。

这美丽的风景,倾注了平坝区纵深推进农村产业革命的心血,也展现了青岛市及市南区对口帮扶的成效。2019年以来,平坝区利用青岛扶贫协作资金和项目,修通了连接着"十里五万亩"高标准蔬菜产业示范区的产业路并完善了水肥一体化设施。青岛帮扶资金注入产业项目,破解资金难题,推动项目实施,让基地产业蓬勃发展,村庄发生了翻天覆地的变化,群众成了职业工人,有租金、挣薪金、分红金,昂首阔步走上全面小康的康庄大道。

打通园区大动脉

走进天龙镇高田村高标准蔬菜产业示范基地,一条笔直平坦的大道横贯基地,成为基地通往外界的"大动脉"。这条利用青岛帮扶资金建成的产业路,成为发展的"催化剂"。

"青岛对我们的帮扶力度非常大,可以说心连心、系真情。"在基地上查看蔬菜长势的高田村党总支书记朱高学说,"2019年,我们利用青岛对口扶贫协作资金，修建了这条长2.4公里的产业路，打通了我们产业发展的最后一公里，让生产的农产品直接运送到市场。"

过去，高田村还是一个封闭的山村，全村17个自然村寨，20个村民小组，建档立卡贫困户310户1065人，基础设施薄弱、经济发展滞后、产业结构单一，群众生活十分艰难。"以前的高田村，穷得叮当响。"朱高学介绍说，"外村人常说'养女不嫁高田男'，村里人说'有男跳出高田山'。"

致富，一直是高田村群众的期盼。2018年底，平坝区确定把高田村打造成贵阳市蔬菜保供基地，这里的群众得知消息后欢欣鼓舞。2019年初，引进贵阳市农业农垦投资发展集团有限公司共建高标准蔬菜产业示范基地，平坝区负责基础设施建设，公司负责产业发展和市场销售。当年2月，核心区高田村正式拉开建设序幕，青岛资金帮扶的产业大道率先动工。仅1个多月时间，这条连接山里山外的产业大道建成，创造了基础设施建设新速度。

一场前所未有的农村产业革命启幕，包菜、生菜、西兰花等蔬菜在这块热土上蓬勃生长、持续上市，源源不断地销往广东、香港等地。高田村告别了进村要骑马、运输靠人背马驮的历史，一条连心路让农产品不到10小时就能运到广东市场。

2020年初，平坝区扩展建设"十里五万亩"高标准蔬菜示范区，以高田村为起点，一直延伸到乐平镇塘约村，涵盖天龙镇和乐平镇的9个村。利用青岛帮扶资金和帮扶项目，修建运输便道、铺设通水管网，实现道路通达率和生产用水管网覆盖率100%。

从高田村出发，沿着"十里五万亩"高标准蔬菜产业示范区行进，一路上蔬菜长势喜人，满地满田，蔚为壮观。在青庄坝区，一条条生产便道纵横交错，水管网沿路而建，基地基础设施基本完善。"今年，我们投入1400万元青岛市扶贫协作项目资金，修建3.3公里产业路，打通了产业发展的'大动脉'。"平坝区乐平镇党委副书记梅培海说，"修建产业路的同时，我们还建设高标准蔬菜基地浇灌设施，加快坝区产业发展的步伐。"如今，该基地机耕道相互串联，喷灌设备整齐分布，产业欣欣向荣。

青岛一笔笔真金白银的投入，一个个扶贫协作项目的实施，让"十里五万亩"高标准蔬菜产业示范带道路相连、沟渠相通，为产业发展保驾护航。2019年以来，平坝区"十里五万亩"高标准蔬菜产业示范区共获得青岛市及市南区对口帮扶资金2661万元，修通园区运输生产便道24.92公里，铺设通水管网15公里，实现了科技种养殖，规模化、科技化、现代化的路子越走越宽。

项目为产业插上翅膀

平坝区"十里五万亩"高标准蔬菜产业示范区的建成，成为蔬菜产业规模化、标准化、体系化的典范。

高田村推进高标准蔬菜示范基地建设伊始，就走"公司+合作社+农户"的发展路子，采取"三权共股、三主共赢"的模式。村集体土地所有权、农民土地承包权和经营权"三权"入股合作社，坚持农户主体、合作社主推、公司主导，推动土地股权化、经营专业化、种植市场化，实现三方共赢。先期1475亩，种植了10多个品种的蔬菜，与云南春天国际达成合作，每天都有蔬菜上市，源源不断地运往广东等地市场，产业发展实现加速。

青岛不仅提供资金和项目，还指派专家、技术人员，对高田村的农民进行技术培训，解决农业产业发展中的难题，提高群众的组织化、科技化水平，让产业发展真正落到实处。

在青庄坝区，项目资金的注入激活了产业发展的"密码"，形成蓬勃之势。"感谢青岛市的大力支持，让我们青庄坝区发展劲头更足。"望着生长茂盛的蔬菜，乐平镇党委副书记梅培海激动地说。这里，一条条产业道路贯穿坝区、排水沟相继连通；一块块山地整合后，与平坦的坝区相连成片；一栋栋蔬菜大棚整齐划一，高效农业郁郁葱葱……作为贵阳市蔬菜保供基地，经过近4个月的打造，青庄坝区与高田村并驾齐驱，成为"十里五万亩"高标准蔬菜示范区的核心基地。

一大早，乐平镇镇级平台公司——贵州鼎兴高山农业有限公司组织农户开展冬瓜管护工作，90多名工人分工明确，打孔，插竹竿，用线绑牢、固定，一排排冬瓜架子立了起来。"我们的冬瓜产业得以快速发展，离不开青岛市对口扶贫资金的帮助。"贵州鼎兴高山农业有限公司负责人朱勤江说。

2020年初，贵州鼎兴高山农业有限公司在做好青庄坝区土地统一流转的基础上，计划种植300亩冬瓜。然而，由于该公司在全镇实施的产业规模大，资金压力也十分巨大。此时，150万元青岛援助资金投入到产业发展中，解决了资金难题。随后，开展冬瓜育苗、移栽，4月底，冬瓜苗下地栽种。一个多月的时间，冬瓜藤蔓长出1米多长，工人立刻搭了竹架。"再有一个月，冬瓜藤就可上架，年底可收获，每亩产量1万公斤以上。"朱勤江说。"我们依托平台公司统一流转土地，采取'龙头企业+合作社+农户'的方式，聚焦省级样板坝区创建指标，打造青庄坝区高标准高质量的样板田、科技田、效益田。""我们整合了2700万元资金来完善基础设施建设，主要包括机耕道、产业大道与高位水池的修建，以及在园区内搭建育苗、冷库、喷灌、大棚等一系列设施。"

按照"高起点规划，高效益推进，高标准建设"的原则，青庄坝区冬瓜、香葱、金花葵、山药、毛豆等产业齐头并进，铆足劲生长，一个"天天有蔬菜，季季有瓜果"的农业种植示范区已经形成。

共画一个同心圆

在青岛市及市南区的对口帮扶下，平坝区"十里五万亩"高标准蔬菜产业示范区内的各个村庄都在经历着巨变，蔬菜产业蓬勃发展，村民的钱袋子渐渐鼓起来了。

在高田村，村民冯唐春乐呵呵地说："现在是天天有活干，天天有钱赚，一个月光是在合作社帮忙就有2000多元的收入。"2019年，高田村创新利益联结方式，采取"返租倒包"模式，村民根据公司和合作社统一规划，返租基地土地种植蔬菜，种出来的蔬菜由合作社统一收购。村民李树伟"返租倒包"耕地24亩，一年实现总产值32.16万元，净增纯收入13.3万元，比单纯务工收入增加10万元。

如今，高田村家家户户住上小洋楼，人均可支配月收入突破万元。高田村不仅成为省内重要的蔬菜保供基地，生产的蔬菜更远销香港、澳门等地。在坝区产业驱动下，全村集体资产超过2000万元，村集体纯收入达到30.38万元，高田村党总支部被评为2019年全省脱贫攻坚先进集体。

乐平镇制定了种植规划和一整套标准化管理模式，将土地经营权通过市场方式面向社会开放，种植能手、龙头企业、专业合作社统一流转土地，推行"返租倒包"新模式，形成规模化的土地配置，解决了普通大户因土地局限而发展受限的问题，实现了土地资源的双向优化配置。

乐平镇人张应值和侄子从镇级平台公司流转540亩土地，种植金花葵，带动当地易地扶贫搬迁户和村民务工。在金花葵种植基地里，20位村民正在锄草。陈忠秀干劲十足，谈到现在的收入，她笑呵呵地说："在基地天天有活干，一天务工费100元，再加上8亩土地流转费用，一年下来有2万元左右的收入。"

"连片种植，机械化、规模化容易多了，节约成本，还提高了土地利用率。"香葱种植大户张发勇乐不自禁。他一直种植香葱和蔬菜，技术成熟、市场稳定，但因受土地限制，以前种植比较分散，管理成本高。2020年初，看到青庄坝区土地得以规模化整治，基础配套设施逐渐完善，他第一个到乐平镇青庄坝区指挥部，申请流转500亩土地种植香葱，并很快签订了土地流转协议。现在，张发勇的香葱基地上，香葱绿油油，长势喜人。香葱大面积种植，带动了周边农户就业，让农民变成了产业工人。

村民朱勤翠手脚麻利，锄草、施肥，庄稼把式耍得麻溜。"前段时间种香葱、栽冬瓜，赚了几千块钱。只要勤奋，天天都有活路做，收入有保证哟。"她笑哈哈地说。2020年3月13日，张发勇给务工的52位村民发放工资5.86万元，其中11位建档立卡贫困户，每日每人还额外增加工资50元。拿到工资的那一刻，村民笑逐颜开。

像张发勇一样，青庄坝区的五六十位种植能手纷纷返租土地，通过土地集中、资金集中、技术集中、人力集中，实现自身创收的同时，辐射带动广大农户增收致富，为贫困户的务工就业创造了机会，实现了企业价值和社会价值双提升，走出了一条产业可持续发展之路。目前，青庄坝区辐射带动农户5247户20403人增收。

窥一斑而见全豹。平坝区"十里五万亩"高标准蔬菜产业示范区已与北京鸿谷绿农公司、深圳好上好生鲜连锁等蔬菜终端开展直销直供订单合作，引进经营主体6家，种植大户26户，合作社2家入驻，园区9个村3100户的12650人人均增收1000元，解决了500人就近就业、就地务工，增收致富的前景更加广阔。

遍地韭黄遍地金

盛夏时节，普定县10万亩韭黄飘香，处处洋溢着丰收的喜悦。当地农民躬身收割、洗净捆好的韭黄，由县平台公司收购后立即发往市场——从田间地头到市场的无缝对接增加了产业效益，为农户带来了实实在在的收入。

普定县是青岛市崂山区结对帮扶的扶贫协作县，有着160多年的韭黄种植历史。最早规模种植韭黄的是白旗村，2014年，"白旗韭黄"获得国家地理标志产品保护。

2018年，普定县经过广泛调研，决定将具有悠久种植历史、良好经济效益、市场竞争优势的韭黄作为"一县一业"的主导产业重点发展，以水母河流域高效农业示范园为核心，辐射带动全县韭黄产业向基地规模化、生产标准化、产品绿色化、营销品牌化方向发展。青岛市及崂山区累计安排对口帮扶资金4000余万元，支持普定韭黄产业发展。经过一年多的迅猛发展，全县韭黄种植面积扩展到10万亩，分布在12个乡镇，占贵州省韭黄种植面积的95%以上，年产量6万吨，形成"贵州韭黄在安顺，安顺韭黄在普定"的大产业格局。青岛市组织农科专家巡回指导，通过175个合作社（村级公司）推动韭黄产业实现标准化、规模化发展。目前，普定韭黄远销广州、安徽、上海、浙江等地，正在全力打造全国最大的韭黄生产基地，闯出了一条"种得活、卖得脱、划得着"的农业产业新路。

2019年，普定特色产业研发中心投入使用，拥有产销调度、产品展示、产业研发等多种功能。研发中心围绕韭黄等特色产业进行了品种比对、栽培方式等多个方面的实验；建立了大数据调度平台，依托这个平台对全县韭黄进行数据追溯和生产、销售等的调度，不断储备大数据库，对生产进行精准指导。同时，作为高校与科研院校的实训和科研基地，还可以巩固提升产业发展成果，助推城乡一体化和乡村振兴。2019年11月1日起，普定韭黄"国家品牌计划—广告精准扶贫"公益广告登陆央视，连续一个月在央视各大频道黄金时段播出。

韭黄产业的健康发展，带动农村经济、农民生活面貌发生了深刻改变。焦家村处于"化处镇水母河流域农业产业示范园"的核心区，园区还包括水母、白果两个村，共种植韭黄面积1万多亩。焦家村的4个韭黄洗涤车间，每天有75个人干活，按洗涤一斤0.7元计算，每人每天可挣到200—300元。化处镇文化中心负责人韩兴和算了一笔账："一亩地割一刀韭黄可产2500斤左右，一年可割两刀以上，经过清洗后，每亩可产3000斤成品，每斤价格5.5元，亩产值最低也有1.65万元，是种玉米的20多倍，种水稻的10多倍。"

化处镇焦家村73岁村民王昌友家共有6亩地，以前种玉米，一年只能收五六千斤，现在土地流转给公司种植韭黄，每亩流转费800元，他还成了公司聘请的运输员，每个月2000多元工资，年收入达3万多元。

化处镇化新村村民张和顺也因韭黄而致富。三年前，家人生病，孩子上学，他家成了村里有名的贫困户。村里发展韭黄产业，他申请"特惠贷"5万元入股到村级公司，自己在基地上班，从工人一直干到基地种植负责人，现在每月工资3000元，加上年终入股分红，一年收入3万多元。

普定县以村级公司和示范园区为载体，引用"秀水五股"发展模式，风险兜底、利益共享，构建"利益联结"共同体，让农民实打实地获得韭黄产业发展的效益。如今，韭黄产业在普定遍地开花，惠及贫困户2500余户，贫困人口1万余人。韭黄成为引领农民脱贫致富的支柱产业，一个个叶黄如金、茎白如玉的财富故事正在上演。

守得青山见金山

2020年盛夏，一场蒙蒙细雨后，麻山腹地的紫云自治县，层峦叠嶂的群山开启了新的律动。

格凸河镇落科村，山野上遍布着一个个蜂箱，忙碌的蜜蜂翩翩起舞；浪风关国有林场，一朵朵喜人的大球盖菇次第破土而出；猫营镇的山坳里，一批刚从山东空运过来的西瓜苗，正在保温棚里有序接受幼苗防疫……

迎着灿烂的阳光，走进紫云自治县，到处涌动着产业发展的激情。坝区里，蔬菜葱茏，村民抢时节，栽种红芯红薯；山坡上，蓝莓、冰脆李挂满枝头，丰收在望；森林里，食用菌、生态养鸡蓬勃发展，形成一幅美丽的产业致富图。

这是紫云自治县决战决胜脱贫攻坚的产业实践，也是东西部扶贫协作的生动写照。

发挥生态资源优势

生态环境，是紫云的名片。国内罕见的"盲谷"原始森林、世界最大的洞穴格凸河苗厅、亚鲁王故里、原生态苗寨……展现了漫长而壮丽的生态演变奇迹。

生态环境，也曾是紫云的伤痛。地处麻山腹地、属滇桂黔石漠化集中连片特困地区，是贵州省内喀斯特脆弱生态环境条件下区域贫困的典型。

生态环境，最终成为紫云的出路。2014年，贵州省对地处重点生态功能区，不具备新型工业化发展条件的紫云等10个县取消GDP考核指标，考核由地区生产总值向扶贫开发工作成效转变。

向山地要经济、向生态要发展。紫云积极调整思路，以农业产业结构调整为突破口，深入推进生态文明建设、山地特色农业和旅游业融合发展，贫困人口由2014年底的10.53万人减少到2019年的1.294万人，贫困发生率从28.68%下降到3.58%。

守得青山见金山，森林覆盖率达67.12%的紫云，正持续推进"林业+产业"融合发展，山上种油茶、林间养蜂忙、林下菌菇香、林内蛋鸡跃……

"紫云生态底子好，很长一段时间里，群众却只能守着'富饶的贫穷'犯难。"紫云自治县林业局局长金家顺认为，盘活森林资源，是破题的关键。其中，政策、资金、技术是突破点，企业、市场是核心，生态、发展双赢是目标。

近年来，紫云自治县以绿色经济发展为导向，依托丰富的森林资源，对照"八要素"找差距、强弱项、补短板；以科技为支撑，科学打出"林+"组合模式，发展林下菌、林下鸡、林下蜂"短、平、快"主导产业，同步推进油茶、中药材、精品水果和其他林下种植养殖等特色产业发展。在政策支撑上，先后出台《发展林下经济助推打赢脱贫攻坚实施方案》《"三坚持三联动"发展壮大林下经济的实施意见》等文件；在基础设施建设上，已铺通种植养殖点用水管道8000余米、电线4000余米、硬化道路10000余米；在资金支持上，整合扶贫资金、涉农资金、深度贫困县专项扶贫补助资金、银行产业发展基金等共计1.74亿元用于发展林下经济。

目前，全县已完成林下菌种植2000余亩、林下鸡养殖70余万羽、林下蜂养殖2万余群，林下产业产值6.5亿元，覆盖联结贫困户12000户5万余人，户均增收5000余元。

"在推进林下经济产业发展的同时，我县计划发展油茶3万亩，其中新建2万亩、改培1万亩，不断完善特色林业种植结构，让群众享受到更多长效的生态红利。"金家顺介绍。为充分发挥生态资源优势，超常规推进农村产业革命，确保高质量打赢脱贫攻坚战，紫云自治县正在紧锣密鼓地推进特色油茶种植和改培项目。

促进林下经济开花结果

产业要发展，必须以问题为导向，结合实际找准切入点，着力破解产业发展的瓶颈制约。

紫云自治县部分村庄和农户有养殖林下鸡、林下蜂的传统和经验。为进一步挖掘传统，提升群众种养殖技能，紫云自治县相关部门一方面邀请农业、林业及养殖专家到县里调研指导；另一方面，又深入到有养殖经验的农户家中请教，把现代技术和传统技艺有机结合。同时，通过在不同类别林地探索和实验，有效破解了利用林下坡地种植食用菌技术、使用松枝覆盖保温并加快食用菌生产速度两大难题，探索形成了一套符合山区林地种养的新模式。

扩大产业辐射面。产业规模化发展是参与现代市场经济竞争的必然要求，是持续稳定占领市场、不断延长产业链的根本前提。省林业局、省农业农村厅等部门聚焦深度贫困，在政策、项目、资金、技术方面给予紫云极大的支持和帮助。紫云自治县以浪风关林场为示范，辐射带动全县12个乡镇（街道）233万亩林地发展壮大林下经济，统筹发展林下蜂3万群、林下鸡100万羽，林下菌3000亩。

2020年春季，紫云新增林下菌1000万棒、林下鸡50万羽，持续巩固好林下蜂2万群，紫云绿色经济活力奔涌。

一个个产业在麻山腹地发展起来，紫云自治县决战决胜脱贫攻坚的劲头越来越足，群众增收致富的路子越走越宽，为全面建成小康社会奠定了坚实基础。

谋划林下养种产业

走进紫云自治县国有浪风关林场，漫山参天的松林下，大球盖菇、林下生态蛋鸡、林下养蜂等"短、平、快"产业从山脚向山顶延伸，蔚为壮观。

"我们的大球盖菇已经种下去20多天，再过一个月左右就可出菇，经济效益可观。"站在林场山顶，紫云自治县国有浪风关林场负责人王从军俯瞰，大球盖菇种植基地已覆盖上稻草和松针，工人正忙着除去杂草。据了解，大球盖菇每亩年产量达5000—6000斤，按照每斤2.5元计算，每亩年产值可达1.25万元以上，让昔日杂草丛生的林下山地焕发生机。

大球盖菇是国有浪风关林场发展林下经济的主要产业。2020年7月，紫云自治县充分发挥浪风关林场优势，着力打造林下经济样板。通过多方考察，引进深圳优纤贝集团，由该公司和紫云鸿顺林业生态投资开发有限公司进行合作，优纤贝集团负责技术、管理、市场销售，采取"龙头企业+平台公司+合作社+农户"运营模式，国有浪风关林场提供资源组织实施，村级合作社具体负责协调工作，建档立卡贫困户利用产业到户、资金入股分红、投工投劳、参与管理等方式实现利益联结。

如今，大球盖菇种植面积达千亩，全面投产后，年产值将达上千万元。按照两亩利益联结1户贫困户的利益联结机制，明确贫困户在产业发展各个环节上的利益分配，确保贫困户稳定获得收益，可带动五峰街道、松山街道、城东街道当地和易地扶贫搬迁贫困户500户户均增收3640元，1750人脱贫增收，有效解决两个街道易地扶贫搬迁贫困户的后续就业问题。同时，发展林下生态鸡，共建设鸡棚200个，目前已养鸡4.4万羽。按照每棚利益联结1户贫困户，可带动贫困户200户户均增收4200元，700人脱贫增收；300余箱中蜂养殖，按10箱利益联结1户贫困户，可带动30多户农户户均增收5600元。

紫云自治县积极搭建产销对接平台，为农民提供有效就业岗位，因地制宜建立林下经济产品流通体系，不断优化林下经济产品流通渠道，畅通林下产品销路。同时，从事林下种植、养殖等立体复合生产经营，使农林牧各产业实现资源共享、优势互补、循环相生、协调发展的生态农业模式。为高质量打赢脱贫攻坚战，紫云自治县以林场为龙头带动，联结村级合作社，利益联结贫困户，闯出了一条"场村联动、示范带动"的林下经济助力脱贫攻坚新路。

小兔子并不小

2020年6月3日一大早，位于普定县黄桶街道大兴村的肉兔养殖基地培训中心很热闹。

"肉兔养殖的防疫、接种等过程中，我们都要注意哪些问题呢？"安顺鲁黔农牧科技有限公司技术部经理陈志祥一笔一划在黑板上写下要点，耐心地为几十个群众做肉兔养殖技术培训。

普定县定南街道朱官村养鸡大户陈观华是接受培训的群众之一。他说，基地会定期开展免费肉兔养殖培训，往年他都是养鸡，大家都说肉兔效益好，今年也想养几百只试一试，抓住机会，赶紧来学习一下肉兔养殖技术。

山东鲁黔技术人员现场开展肉兔养殖培训

"我们向群众提供的养殖技术培训都是免费的，培训费用由东西部扶贫协作资金承担。"普定县扶贫协作办负责人马晓东为大家释疑解惑道。

"养兔子究竟有没有搞头？"几年前，一句发问，道出普定县干部群众对肉兔养殖产业选择的疑惑。发展产业，钱从哪里来？贵州人没有食用肉兔的习惯，兔子卖去哪？太多的疑虑需要——解答。

2018年以来，普定县将肉兔产业作为全县主导产业，加大东西部扶贫协作力度，引进青岛鲁黔生态农牧科技发展有限责任公司，成立了安顺鲁黔农牧科技有限公司，通过技术培训、技术合作、销售渠道的建立，持续带动普定县肉兔产业健康发展。全县已开设肉兔养殖技术培训班35次，培训人数达1500人次，在农村培养了一大批懂技术的饲养员，形成了一批有技术支持的乡村养殖企业。

作为普定县肉兔产业发展龙头企业，除了让肉兔饲养员掌握养殖技术外，安顺鲁黔农牧科技发展有限责任公司还要针对全县种兔的繁殖做技术攻关。公司作为贵州省农科院草业研究所养殖试验示范基地，依托先进养殖技术，对全县的肉兔从种兔选育、人工授精至出产全程实施统一科学指导与服务。

普定肉兔养殖基地

安顺鲁黔农牧科技发展有限责任公司销售部负责人高玉增说，公司在青岛拥有很多年的肉兔养殖技术经验，随着近年来市场供不应求，便将扩展肉兔养殖目光瞄准了普定县。"川渝市场肉兔需求量大，我们山东养兔虽然历史悠久，但随着夏季气温升高，肉兔代谢变慢，产仔率低，商品兔出栏量下降。"相反，在普定，由于四季气候温凉，和川渝地区交通便利，加之青岛扶贫协作资金的助力，肉兔养殖有着很强的产业发展优势。

如今，在以安顺鲁黔农牧有限公司为龙头的企业带动下，普定肉兔产业迅速发展壮大，肉兔远销至四川、重庆、广西等地市场，并带动周边不少群众参与到肉兔养殖产业中来。

在普定县补郎乡和谐村肉兔养殖基地，陶九妹夫妇正在饲养兔子。"养兔子嘛，其实也不难，细心点、仔细点就好。"2018年，经过培训后，陈方金夫妻俩成了和谐村养殖基地的养殖员，她乐呵呵地说："早些年，在福建打工，一家人除去生活开支，没有剩余的钱。现在回到村里养兔，两人月收入4000元，不仅不耽误农活，还能照顾到家里的老人与孩子。"

政府主导，党建引领，百姓支持，活用村级公司这个载体，肉兔产业发展顺风顺水，产业规模不断扩大，正带动更多群众脱贫致富。2019年底，普定县利用青岛对口帮扶资金200万元，以及地方财政扶贫资金，在黄桶街道新增一个种兔存栏1万余只的大兴村养兔项目，旨在打造以鲁黔农牧科技有限公司为核心基地的天雁玉兔园，辐射带动周边合作社、大户发展肉兔养殖。

崂山区挂任普定县委常委、副县长的李新萌表示，为进一步完善普定肉兔养殖产业链，崂山区和普定县加深合作，从青岛市引进康大食品有限公司，打造集祖代种兔良种繁育、饲料加工、屠宰加工等为一体的全产业链，其中一期项目是祖代繁育基地建设项目，正在加快厂房建设，该项目将填补普定县没有种兔场的空白。"这个项目总投资1300万元，其中，青岛扶贫资金投入800万元，投产后，年繁育生产优良种兔将达3万到5万只。"如今，来自青岛的一笔笔对口帮扶资金注入，一家家知名龙头企业入驻，为普定肉兔养殖产业注血，为产业发展增添无限动力，进一步增强了产业在全国大市场的竞争力和抗风险能力。

肉兔产业效益好不好，要看兔子卖得好不好。为拓宽肉兔产业的销售渠道，普定县专门成立了兔子行业协会，搭建专门的兔子行业信息交流平台，方便销售信息共享。对外，通过外宣、招商、外出考察等方式，拓展销售市场，同川渝地区商家签订销售协议，建立起稳定的市场联系；对内，协会联系各兔子养殖场，提供商品兔销售数量、地点及联系人等，建立市场供需清单，大大增强了普定县肉兔产业应对市场的能力。

小肉兔成就脱贫致富大产业。包含青岛市帮扶资金2365万元，普定县累计投入资金5131万元，实施肉兔产业项目125个，培育建成肉兔规模养殖场83个（正在建设常年万只规模场4个），累计年出栏肉兔420万只。通过采取"村公司+贫困户""10+2"等模式，把实施肉兔产业发展与扶贫利益链接有机结合，由村集体公司与贫困户签订入股养殖分红协议，以不低于入股资金10%的标准进行保底分红，连续分红三年，全县肉兔产业利益链接带动10263户贫困户实现增收。

"小辣椒" 大产业

胶州市承担着与安顺镇宁自治县的扶贫协作任务，把辣椒产业作为重要"抓手"，坚持政府、企业、市场、社会有机结合，突出"准、实、好"三字要诀，通过辣椒小产业优势互补，助推扶贫大协作共赢发展，实现了东西互助手拉手、共同致富奔小康的目标。

产业选择"准" 让小辣椒成为扶贫"造血"主力军

"输血"式送钱送物对贫困地区脱贫摘帽固然重要，但真正要实现可持续发展还得依靠产业"造血"，这也是贫困地区实现稳定脱贫、全面建成小康社会的治本之策。因此，产业选择尤为重要。胶州市在产业选择中着重体现三个结合：一是所能和所需相结合；二是优势和合适相结合；三是效益和带贫相结合。

胶州市是全国最大的辣椒加工出口集散地。全市从事辣椒加工贸易的企业有360多家，2019年辣椒交易额达130多亿元，辣椒出口量占全国80%以上，形成了从种子研发、辣椒机械研制、加工贸易的全产业链条。安顺镇宁在辣椒种植的自然条件、人力资源等方面的优势得天独厚，种植辣椒较传统作物经济效益更高，更能有效带动贫困人口脱贫致富。为此，胶州市把辣椒作为助力镇宁加快发展的主导产业，与胶州辣椒加工贸易企业相关的辣椒订单面积发展到4万多亩。

带贫作用"实"　让贫困户在产业发展中实现稳增收

产业扶贫的核心是突出带贫益贫功能，真正让贫困户参与到产业发展的各个环节中。围绕充分发挥辣椒产业的带贫功能，胶州市不断强化"三大举措"，带动当地更多贫困人口实现了脱贫。

订单定价让农户安心。采取"公司+合作社+基地+农户（贫困户）"的产业化发展模式，与农户提前签订订单，实施统一供苗、统一管理、统一回购，切实解决了贫困户的后顾之忧。

技术支持让产品优质。胶州市农业部门和辣椒协会每年定期组织辣椒专家到镇宁，对辣椒种植户进行"保姆式"技术培训，从椒苗培育、覆膜滴灌，到病害防控、田间管理，全过程、全环节提供技术保障。帮助贵州镇宁自治县引进投资3.8亿元的红星山海生物科技辣椒色素萃取项目，并将目前世界上唯一可规模化种植的辣素含量最高的辣椒品种RS3进行订单种植。2019年，该公司在镇宁自治县发展订单面积2万多亩，带动建档立卡贫困户1500多户，收入是种植传统作物的8倍。

政府主导让服务高效。为支持辣椒产业发展，带动更多贫困人口参与并实现脱贫，胶州市制定出台支持辣椒产业扶贫协作工作方案，建立工作专班，定期调度，

辣椒串起"山海情"

引导鼓励更多辣椒加工贸易企业到镇宁发展。依托"上合示范区"中铁联集集装箱中心站优势，开通4条国际班列、7条省外班列，特别是胶州至乌鲁木齐、霍尔果斯等专线的开通，为新疆、贵州、甘肃贫困户的辣椒向国内以及"一带一路"沿线国家销售提供了便利。

双赢效果"好"　　让区域在协同发展中得到互促并进

东西部扶贫协作不仅仅是单向帮扶，更应实现双向互动、优势互补、共赢发展。围绕这一目标，坚持"三动并举"，不断取得点上促动、线上拉动、面上联动发展的新成效。

强化招商引资，点上促动。总投资3.8亿元的贵州镇宁山海生物科技辣椒色素萃取项目计划3年内发展辣椒订单种植6万亩，带动当地农户1.6万户，其中建档立卡贫困户2600户。项目的落地实施，不仅充分发挥了带动贫困户脱贫致富的作用，而且对当地产业结构转调创起到了积极作用。

突出链条培育，线上拉动。随着镇宁辣椒产业的逐年发展与壮大，产业结构也逐步发生了改变，从简单的原料供给逐步向种子培育、订单种植、加工出口等高附加值全产业链迈进。

注重多方协作，面上联动。为实现互促并进，胶州与镇宁共同成立扶贫协作联盟，每年定期召开联席会议，形成以胶州为中心，以辣椒产业为

辣椒丰收

媒介，各扶贫协作地联动融合、优势互补发展的新局面。对胶州而言，贵州、新疆、甘肃等协作地辣椒产业的快速扩展，一方面提升了胶州企业参与构建社会大扶贫格局的责任担当，另一方面也为相关企业拓宽了市场，提供了优质充足的原料供给。胶州柏兰食品集团公司总经理郭磊说："通过在协作地区订单种植辣椒，极大地助推了企业发展。以前企业加工贸易所需要的辣椒产品都是全国各地四处收购，不仅质量难以保障，而且数量也难以满足企业发展需求。从2009年开始，公司响应国家号召，到新疆、甘肃、贵州等地进行订单种植，截至2019年底已发展订单面积50多万亩，公司产值达到7.6亿元，是2009年的10倍。"

"感谢青岛帮扶资金的注入！"

"如果没有青岛的资金帮助，我种的猕猴桃恐怕要全烂在地里了！"

2020年6月，盛夏时节，安顺市普定县马官镇金荷村的猕猴桃种植基地负责人刘家松站在挂满猕猴桃的基地里兴奋地说。基地旁，挂着一块"崂山-普定共建残疾人创业就业基地"的牌子，这是刘家松2019年为基地改的名字。在此之前，这里还叫普定县金荷村种养殖基地。

说到基地改名的原因，刘家松娓娓道来。

个头不高、皮肤黝黑的刘家松，尽管患有眼疾，却靠着顽强的生活信念，从浙江打工多年返乡后，尝试种植猕猴桃创业。2017年，他开始种植400亩猕猴桃，却没想到，因为资金配置不合理，到了后期，没有剩余的钱搭建水泥柱，猕猴桃全都"躺"在了地上。

"这样子下去，会严重影响猕猴桃正常生长，到底该怎么办？"正当刘家松愁眉苦脸之时，青岛市崂山区帮扶干部在调研后发现了这个问题，

刘家松的猕猴桃种植基地

刘家松在基地里查看猕猴桃长势

经过研究协商后，决定给予刘家松50万元扶贫资金支持。很快，刘家松利用这笔救命资金，迅速搭建了猕猴桃基地的石柱子。看到刘家松的基地机耕道未实现全覆盖，又拨出54万元，帮助基地修建了2公里的机耕道。路通了，车子直接开进地里，肥料等农用物资的运输变得非常方便。

就这样，为了感谢崂山区的支持，刘家松毅然将自己基地的名字改为"崂山-普定共建残疾人创业就业基地"。刘家松还与金荷村50户建档立卡贫困户建立了利益联结机制，每年分红750元以上，并大量使用贫困和残疾劳动力务工，日均带动务工就业40人以上。

"没有他们的帮助，我当时都打算放弃了。"刘家松表示，改名的原因是，希望时刻提醒自己不忘青岛崂山的"雪中送炭"，时刻提醒自己要更努力回报社会，将来还会继续努力，进一步发展壮大自己的产业，带动更多贫困劳动力和残疾人增收致富。

如今，不只是猕猴桃种植，刘家松还通过猕猴桃套种茄子、韭黄等蔬菜，提高土地的单位亩产值。他打算免费向老百姓提供猕猴桃苗，培训猕猴桃种植技术，带动更多周边群众种植猕猴桃增收。

把"朋友圈"越做越大

2020年是脱贫攻坚收官之年。青岛市立足与安顺市24年山海协作的坚实基础，聚焦提升东西部扶贫协作水平，突出产业帮扶，不断扩大产业链效应，放大产业合作"朋友圈"，壮大特色产业优势，确保青安产业合作的稳定性和可持续性，使"输血式"支援逐步向"造血式"帮扶转变，创造了一系列精准有效的"青岛战法"，助力安顺决战决胜脱贫攻坚。

着力点：补链延链强链

产业兴则百姓富。产业扶贫是稳定脱贫的根本之策、致富之源，产业兴旺是驱动脱贫攻坚与乡村振兴的重要引擎。新一轮东西部扶贫协作开展以来，青岛市政府引荐青岛华通集团与安顺市西秀区政府签订《青岛安顺产业发展园产业中心项目投资协议书》，拉开了两市共建产业园区、深化扶贫协作的帷幕。2020年5月，总投资4.2亿元、建筑面积7.5万平方米的青安共建产业园产业中心综合体项目开始试运行，用工人数达到130人；投资8600万元的西五号路已投入使用；400亩产业园区先后引入4家企业建厂生产，整个园区建设总投资额已经突破7亿元。

2019年以来，围绕改善产业结构、提升产业层次，凭借面向全国、全球的"国际客厅"，青岛各级各部门及扶贫协作前方指挥部的挂职干部，切实提高政治站位，不断增强责任感、紧迫感，以当仁不让的精神状态和奋发有为的实际行动，积极把开放优势转化为产业链招商成效。结合当地

丰收的韭黄　　　　　　　　　　肉兔养殖基地

实际，精准施策，加大力度，通过产业链招商引入项目，不断扩大补链延链强链效应，努力打造全国东西部扶贫协作新样板。

安顺市普定县是青岛市崂山区结对帮扶的对口县。按照中共贵州省委"来一场振兴农村经济的深刻的产业革命"的重大部署，普定县将具有良好经济效益、市场竞争优势的韭黄种植和肉兔养殖作为"一县一业"重点发展，利用对口帮扶资金支持175个合作社发展规模化种养殖，韭黄年产量6万吨，出栏商品兔400万只，先后带动贫困户4649户18596人增收，取得了实实在在的带贫益贫成效。围绕韭黄、肉兔产业，及时编制补链延链强链招商项目，积极开展定向精准招商，引进青岛康大集团和山东龙耀食品等项目，延伸、完善产业链，有力地促进了区域经济结构调整和产业换档升级，增强了当地脱贫致富的能力，确保了贫困群众持续稳定增收。

求深度："输血""造血"并举

近年来，青岛市不断深化东西部扶贫协作，多方助力安顺搭建展示舞台、合作桥梁，放大招商"朋友圈"，创新招商平台，拓宽招商渠道，强化产业合作招商，保持扶贫协作深度。2019年，在安顺市促成签约投资产业项目23个，投资额14.13亿元，一二三产融合发展，直接带动贫困人口2883人增收。

进入2020年，落户安顺的产业合作"朋友圈"持续扩大。由青岛双星培育的新产业，废旧轮胎绿色生态循环利用"工业4.0"智能化工厂正式开建，总投资1.5亿元，每年可处理废旧轮胎5万吨，实现了废旧轮胎处理的"零污染、零残留、零排放、全利用"，助力贵州全省"无废城市"的建设。青岛华通集团参股引进的熊猫精酿项目占地43亩，一期投资9600万元，满产产值预计3亿元，后期还将探索利用当地优质农作物开发新的啤酒品种，填补了当地精酿啤酒的空白，促进了安顺市资源加工利用型项目向引进高端产品及智能制造的升级转变。

在深化产业合作、实现帮扶"输血""造血"并举的同时，青岛市还积极协助安顺稳定拓展以市场为导向的产销对接。一方面，在青岛市区扩大生鲜农产品展示销售的终端建设，设立了安顺绿色农产品旗舰店和展销中心，与贵州省特别是安顺市的种养殖基地和合作社建立团购团销机制。另一方面，助力"黔货""安货"共享青岛开放优势，注重把各类高端展会作为扶贫协作"升级加力"的重要机遇，注重面向东部沿海省份市场和海外市场的推介展示。青岛年货大集、青岛国际啤酒节、青岛市民节、"齐鲁金秋美食节"暨首届齐鲁厨师艺术节、亚洲畜牧博览会、中国国际营养健康食品产业博览会、中国茶产业博览会、中国零售业博览会、日韩（青岛）进口博览会、上海合作组织秘书处"华东葡萄酒之夜"活动等现场，都能看到精彩亮相的安顺展位。"展会搭台、扶贫发声、消费唱戏"，推动优质"黔货""安货"出山入海，2020年以来面向东部省份的销售额突破9000万元。

提精度：特色产业当先

到2020年实现现行标准下农村贫困人口全部脱贫，是党中央向全国人民作出的郑重承诺。脱贫攻坚全面收官面临的任务十分艰巨，还有不少硬仗要打,而突如其来的新冠肺炎疫情,又给脱贫攻坚带来了新的困难和挑战,必须付出更加艰辛的努力。特殊时期必须有特别的担当作为,青岛与安顺两地携手同心,聚焦贵州省深入推进农村产业革命重点发展的茶叶、食用菌、蔬菜、生态畜牧业等12个农业特色优势产业,线上线下齐发力,持续推进产业招商协作,以期壮大优势,使青安扶贫协作更具精度。

2月28日,在疫情防控的关键时期,一场别开生面的网上签约仪式在青岛、安顺两地同时展开。新希望六和商品猪养殖、红星山海生物高辣度辣椒种植、中信国安丰源堂(安顺)肿瘤精准治疗中心等8个总投资8亿元的协作项目集中签约,近70%的投资额投向当地农业特色优势产业,既展示了青岛和安顺阻击新冠肺炎疫情、抢抓产业协作的勇气,更彰显了两地携手发展、坚决按时高质量打赢脱贫攻坚战的决心。其中,新希望六和股份有限公司在安顺市关岭自治县流转1000亩土地,一期投资5亿元建设年出栏15万头商品猪的养殖项目,采用"公司自繁自育+规模化养殖场+地方养殖合作社"的运作模式,达产后产值约7亿元,可实现绿色生态养殖、生猪增产保供、带动农户脱贫致富的目标。

针对尚未摘帽的深度贫困县的主导特色产业,青岛挂职干部积极外引内联,接洽烟台永和食品实地考察设厂加工出口蔬菜产品,围绕紫云自治县的林下鸡探索推出了"期货+保险"金融扶贫模式,提高了抗风险能力。

围绕易地扶贫搬迁"搬得出、稳得住、能脱贫"的目标,着重在就业服务体系建设中发挥招商引资企业的积极作用,分类指导找准招商引资切入点,招引企业拓展搬迁群众就近就业和增收空间。已在安顺引进建设劳动密集型扶贫车间72个,帮助1794名贫困劳动力就近就业。

劳务就业

给就业扶贫添把"火"

稳就业就是稳经济、稳社会，也是稳民生、稳人心，更是助力打赢脱贫攻坚战的有力抓手。2016年以来，安顺市17.89万名建档立卡农村贫困劳动力累计实现就业17.61万人，4.1万名易地扶贫搬迁劳动力累计实现就业3.67万人，实现了"一户一人以上就业"的目标。

数据背后是青岛与安顺东西部扶贫协作的重要成果，一个个精彩的脱贫故事讲述着两地携手共进、决战决胜脱贫攻坚的深情厚谊，在黔中大地上谱写了一曲曲就业扶贫的幸福赞歌。

要让政策暖人心

实现稳就业，要靠政策暖人心、安人心、鼓人心。安顺市先后制定一系列扶持政策，确保工作有效落地。

"现在，我在这里一个月有3000多元的工资，加上政府每人每月1500元的就业援助费和县里下拨的800元补助，总共收入加起来有5000多元呢！"在青岛务工的紫云自治县火花镇兴合村赵先丽讲起自己的近况。2019年夏天，刚刚大学毕业的赵先丽因为暂时没有找到合适的工作非常担忧。后来在安顺市就业局和火花镇党委、政府的协调、对接下，顺利找到了在青岛西海岸新区瑞博职业培训学校的文员工作。

为推进东西部扶贫协作就业扶贫工作，调动赴青岛工作贫困群众的就业积极性，安顺市先后制定了《进一步加强东西部劳务协作实施方案》等系列政策，明确了"贫困劳动力在山东稳定就业1个月以上的，按月给予每人每月1500元的就业援助费；对安顺人力资源中介引导贫困劳动力到山东稳定就业达3个月以上的，给予每人1000元的一次性职业介绍费"等扶持举措；并对青岛、安顺两地优惠措施进行政策叠加，切实加大对安顺贫困劳动力赴青转移就业的扶持力度，不断扩大有组织的劳务输出规模，超额完成协议目标任务。

强化服务也是平台

位于安顺市西秀区产业园内的安顺人力资源服务产业园分外热闹。每天，产业园咨询大厅内，前来应聘、招工的人络绎不绝。在大厅的信息发

群众在安顺市人力资源服务产业园内咨询

布电子大屏上，滚动播放着山东地区各企业用工需求，信息包括了企业名称、需求工种、需求人数、岗位待遇、联系电话等。通过这个屏幕发布的信息，群众可以自行选择后，在工作人员的指导下，做好相关登记，与用工方取得联系，经过线上沟通达成意向后，顺利实现异地就业。

安顺人力资源服务产业园于2020年4月底揭牌开园，总建筑面积1.55万平方米，旨在发挥多地资源整合和辐射作用，实现区域优势互补、同频共振、协同发展，助推多地共谋人力资源发展新篇章。产业园区秉承"促进就业、扶持创业、按需培训、互助合作"的原则，以"空间集聚、资源共享"为抓手，凝聚"行业集聚、孵化培育、创新引领、人才汇集"核心功能，形成集人力资源市场供给、需求、服务三位一体的交流、合作、提升平台，为服务企业（机构）提供全方位便捷服务，着力打造功能突出、优势明显、效益稳定的省级人力资源服务产业园。

"现在，园区刚刚开园，楼上入驻的企业有的还在进行办公区内装。" 产业园管理办公室主任罗胜介绍。开园一个月，先后有17家企业在产业园开展招聘工作，累计进场咨询人数1113人，达成就业意向522人，现场完成签约就业意向人数115人。

安顺市人力资源服务产业园电子大屏上发布的青岛就业信息

入驻西秀区产业园的安康福医疗科技有限公司人力资源负责人向欣说，工厂还在生产口罩等医疗物资产品，需要大量用工。"这几天一直在开展生产线工人招聘，每天到现场咨询的人不少，每天有7到8个工人达成基本就业意向。"向欣一边忙着填表，一边介绍道。

家住西秀区蔡官镇龙井山村的徐旺往年一直在广东东莞打工，因为新冠肺炎疫情，决定留在家乡工作，恰好遇上西秀区产业园的企业招工，顺利找到了工作岗位。

除了搭建就业服务平台外，安顺市还组织开展东西部扶贫协作就业培训等活动，帮助更多群众稳定就业。2020年4月，青岛市与安顺市积极对接，组织了青岛·安顺"五星级酒店与餐饮业"职业培训与就业创业活动，通过培训加补贴政策，助力更多贫困群众就业。

安顺各区（县）每年都会举行多次大规模的东西部扶贫协作专场招聘会，大量来自青岛及山东其他城市的企业走进乡镇和易地扶贫搬迁点开展现场招聘，帮助更多群众就业，推动实现"一户一就业"目标。

"政府还包车送我们去工厂，一个月下来有5000多元的收入。"前不久还在为找不到工作发愁的关岭自治县关索街道大桥村村民罗辉，原本以为今年无法出门打工了，但经过关岭就业局积极对接，帮他在青岛找到了工作岗位。

贫困群众端稳了"饭碗"

2020年2月26日，一趟特殊的"包机"载着安顺155名务工人员飞往青岛就业，其中有149名是建档立卡贫困户，占比96%以上。

据介绍，经安顺和青岛两地党委、政府多次沟通评估，此次青岛方面组织45家企业提供1065个工作岗位给安顺外出务工人员。安顺各级各有关部门跨区域、跨部门协同作战，帮助农民工尽快返岗，加快企业复工步伐。155名务工人员分别前往海信、新希望六和、九联集团、国恩科技等企业工作。

2020年是脱贫攻坚决战决胜之年，安顺市上下一心，集中精力投身攻克深度贫困堡垒，积极帮助国家级贫困县紫云自治县促进疫情防控期间有就业意愿的劳动力特别是贫困劳动力尽快就业。共"点对点"输送紫云自治县1万余人赴市外企业就业，紫云未脱贫的1.29万人口中，有劳动力的5783人全部实现就业。

近年来，安顺市人社局与青岛市人社局达成《青岛市—安顺市劳务合作协议》，组建成立安顺驻青岛劳务协作工作站及驻站临时党支部，积极推动合作事宜落地见效。2018年以来，安顺市共引导劳动力到青岛就业669人，其中建档立卡贫困劳动力577人；与青岛举办33期培训班，培训建档立卡贫困人口1967人次；与青岛共建扶贫车间72个，帮助4635人就近就地就业。

在东西部对口帮扶机制下，青岛和安顺两地人力资源不断深度融合，为农村劳动力转移就业提供帮助，闯出了一条就业扶贫之路，取得可喜成效，让更多贫困群众端稳了"饭碗"。

车间建在家门口

盛夏时节，阳光照射在安顺大地上。关岭自治县易地扶贫搬迁安置点，在青岛市援建的就业扶贫车间内，机器快速运转，"嗒嗒"声不绝于耳。工人忙碌赶生产，有的制作鞋子，有的生产电子元件，有的生产工艺品，弹奏出就业扶贫的现代乐章。

"产业+就业"走出新路子

机器轰隆响，工人生产忙。在关岭自治县百合街道同康社区启鑫电子厂，四条生产线全线投入生产，工人分工有序，组装、加工、包装，耳机成品不断下线。

"我主要对加工好的耳机进行检测，不合格的挑出来，不让一个质量不过关的耳机销售到客户手中，这是整个生产线最重要的一环。"生产线上，员工申顺敏一边检测耳机一边说。作为易地扶贫搬迁户，她家以前居住在花江镇深山里，交通不便、生产生活环境差，一家人生活开销靠外出打工维持。2019年8月，她家搬进百合街道同康社区，开启了新的生活。但是，因为离老家远，种不了地，还要照顾小孩，一家人的生活来源就此断掉。正当她和丈夫商量着怎么把收入提上去时，关岭自治县依托青岛市城阳区的帮扶，引进了启鑫电子厂等车间，不仅丰富了当地产业，还让搬迁户有了就业的好去处。当知道工厂招聘工人时，申顺敏第一批报了名，顺利进入车间上班，有了一份稳定的工作。"下楼走几分钟就到工厂咯，简直安逸得很！真的就是楼上住人、楼下上班哟，一个月工资2000左右，还有时间带娃娃，照顾家里。"有了稳定收入，申顺敏悬着的心总算放下了。

搬迁户袁彬彬已经当上车间主管，每个月工资3000多元。从搬迁入住到上班，只花了一个多月时间，这让她感觉非常温暖。她家2019年5月从坡贡镇凡化村搬迁至同康社区，应聘车间员工后，前往安顺市总部进行培训，培训结束后返回关岭担任了车间主管。"在家门口就业，不但工作稳定，能够照顾家庭，还学会了一门生产技能，这是以前想都不敢想的事情。"袁彬彬说。

关岭自治县启鑫电子厂是2019年引进的扶贫企业，专门从事耳机加工与生产，工作厂房设置在易地扶贫搬迁点的扶贫车间。同康社区作为关岭自治县最大的易地扶贫搬迁安置点，安置了1788户8312人，其中贫困户就有1554户7278人。百合街道相继引进5个扶贫车间，让搬迁群众能够就近就业，掌握一技之长，逐步实现安居与乐业并重，搬迁与脱贫同步。

在安顺市西秀区东屯乡集镇街顺熙鞋业有限公司车间内，打胶、缝合……忙碌的生产线上，40多位村民娴熟地加工成品鞋。东屯乡磨玉村村民虞红英动作麻利，作为一名老员工，她一天能缝合鞋面700多件，每月收入3000元以上。"家门口就业就是好，收入不低，还可以照顾家，日子越过越有奔头。"虞红英一边缝鞋面一边说。她家以前靠种地为生，生活过得十分艰苦。三年前，当扶贫车间开到东屯乡，政府部门送岗到家，虞红英成了顺熙鞋业有限公司的一名员工，入职培训、上岗……经过三年的磨练，她已经成为车间里的熟练工，担任缝合组小组长，还带两个徒弟。现在，她还带动村里的姐妹前来务工。

如今，安顺顺熙鞋业有限公司9条生产线全线开通生产，吸纳就业人数45人，已成为带动和巩固农民在家门口上岗就业，助力增收脱贫的有效渠道。

西秀区就业局局长杨红艳说："为帮助贫困劳动力、易地扶贫搬迁劳动力就近就业，我们依托青岛援建的优势，发挥特色产业优势，打造一批

'就业扶贫车间'和扶贫产业基地，挖掘岗位，多渠道促进贫困劳动力、易地扶贫搬迁劳动力就业，帮助他们增收致富。"

通过引入青岛企业项目或争取帮扶资金支持，在各乡镇、易地扶贫搬迁安置点设立扶贫车间72个，吸纳带动就业4636人，其中建档立卡贫困劳动力就业1813人，在解决就地就近就业的同时，有效缓解了"留守儿童""空巢老人"等社会问题。

就业培训推进智志双扶

随着就业扶贫车间投产，安顺市与青岛市聚焦组织、培训、就业三个环节，本着实际、实用、实效的原则，突出培训的针对性和适用性，根据贫困劳动力就业需求和行业需求，采取形式多样的灵活方式，因地制宜、因人制宜开展有针对性的职业技能培训，确保贫困劳动力有效就业，实现扶志与扶智双提升。

2019年6月，在镇宁自治县易地扶贫搬迁安置点景宁小区，由镇宁自治县巧手民族蜡染刺绣工艺坊承办的胶州镇宁东西部扶贫协作景宁小区非遗"布依族刺绣"培训在紧密开展，易地扶贫搬迁户数十人参加了培训。培训课上，非遗传承人梁海兰向"绣娘"讲授刺绣技巧，鼓励学员在传承历史文化的同时融入现代元素，实现民族文化多元发展。通过系统、专业的培训，不断提升"绣娘"的指尖技艺。精彩的讲解后，梁海兰手把手传授给她们刺绣技艺。妇女们飞针走线，在布匹上绣着各种图案，栩栩如生。培训还进行同步网络直播，"绣娘"的作品同步接受网上预订，销售覆盖面不断拓宽，直接提升了"绣娘"的经济收入，使搬迁点群众通过就业"致富桥"，不断创建"幸福家"。"通过培训后，'绣娘'将进入公司上班，通过制作刺绣手工艺品，实现增收致富。"梁海兰说。

在关岭自治县百合街道同康社区，为了让搬迁群众"搬得出、稳得住、有事做、能致富"，街道办事处建立了"一户一册""一人一档"培训就业档案。根据搬迁群众意愿和实际情况，采取劳动力向外输出和就地就近就业创业结合的方式，开展就业服务，并组建就业专班。2019年6月，关岭自治县百众信合劳务分包有限公司成立，就业专班负责摸底提供就业数据，公司负责收集岗位，组织群众输往就业点，齐心协力帮助搬迁群众解决就业难题，保障了"一户一人"稳定就业。

2019年，关岭自治县累计对易地扶贫搬迁户开展技能培训378人，培训后实现就业310人，有组织开展劳务输出赴青岛等120余人次，解决公益性岗位就业83人次，通过扶贫车间及县内产业园区企业吸纳就业430余人次，并对已经搬迁入住的未就业、未参加培训的搬迁户实现培训全覆盖。"就业培训直接针对就业扶贫车间所需开展，提升群众的技能，激发他们努力脱贫致富的内生动力，实现就业增收致富。"安顺市扶贫办副主任王秀勇说。

不仅如此，安顺市还加强易地扶贫搬迁就业服务平台建设，84个易地扶贫搬迁安置点实现就业创业服务中心和就业创业工作指导站全覆盖，为易地扶贫搬迁劳动力寻求岗位推介、政策咨询、就业援助等服务搭建了平台载体。

离土不离乡也能增收致富

"踏踏踏"，走进景宁小区胶州市援建镇宁扶贫车间——镇宁自治县新桢颖饰品有限公司，伴随着工人们踩着一台台缝纫机的声音，一个个不同款式和色彩的手工制品很快成形。

"我以前房子都塌了，现在有新房住，以前要去外边打工，现在家门口就能赚钱，日子越过越有奔头。"踩着缝纫机麻利干活的胡梅笑着说。

原来，之前胡梅和丈夫常年在外打工，丈夫去工作，她就照看两个孩子，生活很窘迫。以前想回老家，但家里的房子因长时间没人住垮塌了。2018年，在易地扶贫搬迁春风惠及下，胡梅一家从扁担山镇搬迁到景宁小区，一家人住上了80平方米的楼房，她和丈夫放弃多年在外打工漂泊的日子，双双在扶贫车间里工作，每个月能拿3000—4000元，生活越来越好。

同样在扶贫车间就业的搬迁户杨小玲满是感恩之情。她说："感谢胶州帮扶，送来了扶贫车间，我家搬到小区里，政府安排我到车间工作，加工布娃娃裙子、小包包、装饰品等，做的小裙子两毛钱一件，加上补贴的能拿到三毛，平均一天有近100元收入。"

这个车间是扶贫协作资金支持的项目之一。2018年，在青岛胶州市对口帮扶资金的大力支持下，镇宁自治县引进了义乌桢颖饰品有限公司，成立了镇宁自治县新桢颖饰品有限公司，主要从事饰品、箱包、玩具、布料、耳罩、民族工艺品的生产、加工、销售。公司位于镇宁自治县宁西街道谐美社区景宁小区内，占地面积700平方米，带动了建档立卡贫困人口实现就近就业，促进搬迁群众"搬得进、稳得住、能致富"。车间项目2018年11月正式投产运营，现有平车等设备100台，职工120人，所生产商品主要销往美国沃尔玛、加拿大一元店、英国乐购等国际知名连锁店及国内市场，因为是纯手工打造，目前处于供不应求的状态。

"目前全县有56个这样的扶贫车间，通过统一提供原材料统一销售，让农户们楼上带孩子、楼下挣票子、居家过日子。"马厂镇政法委书记孙章德介绍。安顺市推进扶贫车间进乡镇、进易地扶贫搬迁安置点就业扶贫计划，多渠道开辟就业岗位，让贫困群众"离土不离乡、就业不离家"，实现就近就地就业，持续稳定增收。

特殊时期的空中"飞的"

在新冠肺炎疫情防控的特殊时期，一架"包机"，破空飞起，迎风直上。

2020年2月26日，安顺黄果树机场迎来了一架特别的航班。这架航班号为SC4944的专用航班搭载着155名返程复工的安顺籍务工人员飞往青岛，其中有149名属建档立卡贫困人口，占比96%以上。

两地情缘，山海一家，蓝天白云作证！

疫情面前，安顺的脱贫攻坚，青岛的复工复产，都在经受考验。如何实现劳务输出地和输入地精准对接，帮助贫困劳动力有序返岗成为双方亟待破解的"难题"。

早在几天前，青岛市已陆续派遣多班次专列客车，载送安顺籍外出务工人员返程复工。这一次，青岛和安顺，以超常规的举措，把"点对点"直达的暖心画面镌刻在兄弟城市间的深情厚谊里。

当日上午11时，黄果树机场广场边，等待乘机的务工人员有序集结。务工人员头戴式样统一的白帽，帽子上醒目的"安顺"，是他们共同的名字。

检视口罩佩戴、引导保持距离、搬运行李物品……除有序执行好车辆调配及人员送达任务，安顺各级人社部门当仁不让地担当起机场"临时"地勤人员。

安顺市人力资源和社会保障局局长袁化龙说，疫情期间，青岛与安顺两地人社部门立足各自实际，积极沟通对接、创新思路办法，合力打破疫情"封锁",在人力资源方面互通有无。

随着全国各地复工复产大幕开启,经过多次沟通评估,青岛方面组织45家企业为安顺籍外出务工人员提供1065个工作岗位。此次组织的155名务工人员将分别前往海信、新希望六和、九联集团、国恩科技等企业工作。

"这趟航班是我们黄果树机场2020年的第一次航班,为服务好赴青岛务工人员,机场116人全员在岗,对办公室、机场大厅、候车厅等区域执行严格的消杀措施,并配合好航班做好各环节沟通处置。"黄果树机场董事长杜涛说道。

特殊时期"包机",不那么简单。承担载运任务的山东航空公司各位机组成员和工作人员费尽心思,讲科学、讲担当、讲专业,不讲代价。

来一程,仅载5人;去一程,满载返青!

"这也是我们今年第一次为务工人员开通专机和航班。"山东航空贵阳营业部经理王晓勇介绍,山东航空专门申请了包机航班计划,从青岛调配飞机"空飞"至安顺执行这趟"复工包机"。

为便于青岛企业接回员工,山东航空多方协调,将原计划次日0时25分到达青岛的经停航班调整为17时整抵达的直飞航班,实现了"点对点、一站式"航空运输服务。

为提升乘机手续办理效率,山东航空贵阳营业部将最新防控措施和行李规定提前告知旅客,在机场设置专门接待点,协调开设专用值机柜台和安检通道,并在登机口协助旅客通过手机完成线上健康申报表登记,并为旅客配备了正餐。

此外,山东航空还采取了一系列措施,全力确保旅客健康安全。包括推出复工包机包座、间隔就座等服务;对航空器执行严格的航前和航后消毒程序;联合易宝支付、华夏保险为"打飞的"返工人员准备了免费的新冠肺炎保险。

"第一次坐飞机,新鲜。"

"坐飞机去打工,以前想都不敢想。"

"特别期待、特别激动。我会在青岛多学习技术,多挣点钱,让家人过上好日子。"

正午时分,满怀着期待、兴奋、激动各种情绪,在工作人员引导下,务工人员们有序登上舷梯。

云霄之上,有关切;山海那头,有亲人。

当日下午17时,"包机"准时抵达青岛流亭国际机场。

特殊时期的"飞的",使命已达!

希望花开在胶州

希望是附丽于存在的，有存在，便有希望；有希望，便是光明。有了希望，便有了改变生活的动力；有了希望，便有了奋勇拼搏的力量。

在东西部扶贫协作中，青岛胶州市结对帮扶安顺镇宁布依族苗族自治县，围绕强化产业扶贫、就业扶贫，在扩大产业合作上下功夫、在劳务技能培训和就业传送上下功夫，确保远方的朋友如期高质量完成脱贫攻坚任务，与全国人民同步实现小康。

2020年3月，36岁的焦老笔第一次离开家，到了一个她以前没有听说过的地方——青岛胶州市。

焦老笔是镇宁自治县本寨乡跳花村建档立卡贫困户，家里有3个孩

在镇宁自治县异地安置贫困劳动力集中地点开展胶州—镇宁东西部劳务协作专场招聘活动

子，一家仅依靠养殖的4头母猪生活，日子过得紧紧巴巴。抚养一大家子，焦老笔不是没有想过办法。但无学历、无技能，大字不识的她，只能去当地建筑工地上找活干，可工资不高，最主要的是不能完全稳定下来，无法长久维持家庭的支出。

2020年，新冠疫情来势汹汹。正为全家的生计犯愁时，她得知县上有企业招聘会。原来，胶州市人社局将招聘会办到了贵州镇宁自治县，各企业积极响应号召，派专人驻扎，广泛吸纳贫困劳动力就业。特殊时期，焦老笔从县人社局这场特殊的"招聘会"上，第一次知道了"青岛胶州"有远方朋友惦记着他们，第一次知道了"青岛星跃铁塔有限公司"这么一个企业。

然而，从小没读过书的焦老笔心中充满疑虑：自己没有技能，远赴胶州就意味着家里小孩无人看管，而且长途跋涉是否会染上新冠肺炎……为此，青岛星跃铁塔有限公司人事部积极做好疏通讲解工作，并详细掌握了镇宁自治县的疫情情况以及她个人家庭情况。当得知公司会安排专车接送她们到胶州开工时，她才开始一点点打消顾虑。

3月中旬，她和20多位老乡来到了胶州。在星跃铁塔公司的帮助下，她被安置到打包车间工作。企业提供食堂和住宿，但他们还是遇到了"挑战"——很多人都不适应青岛的气候、环境、饮食等，加上车间里大多是山东人，彼此之间用方言交流，自己又不会普通话，便萌生了回家的想法。

招过来，还要服务好。星跃铁塔公司作为胶州市东西部就业帮扶重点单位，是2018—2019年胶州市接纳、安置就业帮扶人员数量最多的企业。公司安排了一名驻企负责人，随时了解他们的想法，为大家解决各自的问题。经过公司细心引导，他们不断克服困难，逐渐适应了环境。

两个多月的时间，焦老笔已经成长为流水线上的一名产业工人。虽然她只是认简单字母、比对形状，但没有差错的工作效果让她信心十足。关键工资也颇为可观——5月，扣除保险等费用，她的工资到手5103元，这比在老家一年的收入还高。

手里拿着工资，焦老笔开心地笑了，她说："来的时候很犹豫，但是我现在坚信我的决定没有错，我都不知道该感谢谁，帮助我的人太多太多，谢谢他们给我希望。"现在的焦老笔已经完全适应了胶州的生活，变得更加自信、更加充满希望。

和焦老笔一块到星跃铁塔务工的，还有镇宁自治县革利乡六村的饶仁海。家中的几分薄田有时候甚至供不起全家人的口粮。5月的工资到手4000多元，他留了一点备用，其他几乎全部打回了老家，医治家中患有癫痫的小儿子。儿子给了他动力，胶州给了他希望。

2020年上半年，从镇宁来胶州务工的贫困户有45人，焦老笔、饶仁海只是其中之二。为了鼓励他们走出来、留下来，胶州市出台了系列保障政策，对来胶就业的对口协作地区建档立卡贫困人口每月给予就业补贴800元、房租补贴500元、保险补贴200元，每年报销2次往返交通费用。同时，建立了常态化"暖心服务"机制，开展专人结对，让来胶务工人员安心工作、开心生活，力促他们留得安心、干得舒心、厚植希望。

"聚指成拳"才有力量

"英明国策联西东，山海共圆中国梦。同步小康手拉手，精准帮扶显真情……"这是来自黔中大地的歌谣，是当地群众对党中央东西部扶贫协作和对口支援政策的深情诠释。

就业一个　脱贫一家

2012年以来，位于安顺经济技术开发区的安顺城市服务职业学校与青岛多家职业学校建立了对口帮扶关系，强化"校企合作"、产教融合，中等职业技术教育驶上了"快车道"。

2013年，青岛市政府专项帮扶1000万元资金，修建安顺城市服务职业学校实训大楼，极大改善了实训教学条件。2018年，青岛西海岸新区军民融合学院无偿援建安顺城市服务职业学校3D打印实训室。目前，安顺城市服务职业学校相继建成了"贵州省汽车运用与维修专业实训基地""中央财政支持的旅游服务与管理实训基地""工艺美术名师工作室"等7个实训基地，建立了3D导游实训室、客房实训室、餐饮实训室、调酒实训室、茶艺实训室等16个旅游功能实训室。同时，学校还与北京顺峰集团、广船国际有限公司、浙江台州椒江宾馆、上海王朝大酒店等30多家企业建立了校企合作关系，为学生搭建了长期稳定的实习就业平台。

以建设"双师型"教师队伍为目标，加快构建内容完备、特色鲜明、管理规范、相互衔接的职业教育教师培养培训制度体系框架，提升职业教育教师培养培训工作整体水平。2014年以来，青岛外事服务职业学校每年都要派出部分领导和骨干教师，到安顺城市服务职业学校开展两校交流活动，开展专项培训指导，促进教师专业成长；同时安顺市服务职业学校也会选派师生到青岛外事服务学校、山东轻工工程职业学校等实力雄厚的职业学校跟岗学习，实地了解沿海发达地区的职业教育，开拓师生视野。与重庆长安汽车集团合作，引进汽修项目组4名技术专家到校任教，直接参与到教学、教研工作中，进一步培养和提高汽修专业教师教育教学能力和学生实际工作能力。

坚持"职教一人、就业一个、脱贫一家"的目标，多措并举强化人才培育培养模式。2013年以来，安顺市城市服务职业学校与青岛外事服务职业学校联办"航空旅游服务专业"，强化外事工作人才培养。2016年以来，旅游专业学生参加贵州省职业院校技能大赛，共有5人荣获省级一等奖，参加全国导游资格考试过关率连年达60%以上；导游专业学生每届都有多人在贵州省内旅行社就业，年薪达到10万元以上。2018年以来，输送两批学生32人到企业就业，第一批学生最低工资3500元，最高7500元。

同时，学校利用职业优势，对区内包括建档立卡贫困户在内的农村劳动力开展培训，其中创业培训47人，农村实用技术培训80人，家政服务培训60人，计算机培训33人，为周边的普定、关岭、西秀等区（县）开展专项培训3000余人次，助力决战决胜脱贫攻坚。

爱心公益　　情暖人心

"虽山高水远，但我们情深意长，六马镇遭受灾情，我们心心相念，感同身受，大灾面前，亲如一家。"2020年6月16日，一场充满"温暖"的捐赠会在镇宁自治县六马镇举行。

受雨季影响，镇宁自治县六马镇受灾严重。胶州市红十字会得知灾情后，立即对接了解情况，及时为镇宁自治县六马镇捐赠现金5万元，以及价值50400元的棉褥560床，用于帮扶六马镇和沙子乡遭受暴雨侵袭的灾后扶贫工作。"献出绵薄之力，是为了让同学们住得放心，学得安心，共渡难关，鼓励同学们勤奋向上，努力学习，茁壮成长，回报社会，主动投身到社会主义事业建设大潮中来。"胶州市红十字会副会长李维芸说。

除了公益组织的帮扶，在脱贫攻坚、扶贫协作的道路上，也涌现出许许多多爱心人士。他们的深情奉献，温暖着每一个角落，让两地人民的感情越来越深，让对口帮扶的路子越走越宽。

郭青伟退休前是青岛市嘉峪关小学校长，1998年就到贵州教育帮扶。作为一名教育专家，他发现当地大部分学前教育教师教学能力较差，于是帮助多批学前教育教师到青岛市接受培训，并促成了一些村办小学设立学前教育班。

青岛市新世纪学校教师郭臻曾在贵州省支教半年。支教期间，他联系青岛市亲朋好友，让他们一个家庭帮扶一位当地贫困孩子。随着帮扶的逐步深入，双方家长和孩子们关系越走越近，像亲戚般往来。目前已有100多个孩子得到帮助。

企业帮扶　　同心协力

"社会责任肩上扛，一路'黔行'奔小康！"在全国向贫困发起决战决胜总攻的时代背景下，青岛上市公司积极履行社会责任，共同为安顺脱贫攻坚"加油助威"。2018年3月31日，12家青岛上市和拟上市企业共捐助安顺市15个社会公益项目，资金总计619万元。其中：青岛森麒麟轮胎股份有限公司向紫云大营镇妹场小学捐赠40万元，向关岭自治县永宁镇太平庄小学捐助40万元用于食堂项目建设；青岛赛轮金宇集团股份有限公司向黄果树安庄小学捐赠60万元；青岛港国际股份有限公司向镇宁自治县简嘎乡中心学校捐赠30万元；民生控股股份有限公司向普定县马场小学捐赠30万元；海尔集团向关岭坡贡镇大田坝小学捐赠40万元用于综合楼建设项目。据不完全统计，青岛市、区两级政府和有关部门累计投入安顺校舍建设资金达4120万元；青岛各界累计援助安顺教育扶贫项目46个，涉及资金达4340万元。

"造血式"扶贫是企业帮扶的亮点。青岛帮扶企业带来技术和市场，与资源丰富的安顺合作，共同挖掘资源优势，发展地方经济，带动更多人就业增收、脱贫致富。城阳区从资金支持、教育帮扶、劳务协作、社会帮扶等方方面面开展立体式帮扶，用温情、真情不断温暖两地兄弟情义，共同为两地百姓谋福祉。在与关岭自治县结对帮扶的基础上，城阳区组织6个街道、29个社区、12家企业与关岭12个乡镇（街道）、40个村签订了结对协议，其中深度贫困村35个。积极引进青岛铜扣冠饰品有限公司、青岛民革"两办一基地"及青岛民革冰雪小镇康养基地项目、青岛辉佳旺食品有限公司、鑫源环保关岭智能水务系统制造项目、新亚航置业商贸物流城项目等，助力当地脱贫攻坚。

构树产业是关岭自治县东西部扶贫协作的主推产业之一。2018年，青岛赴安顺挂职干部从四川成都引进成都安之源生态科技有限公司到关岭投资兴业，建成构树种植、饲料加工、家畜养殖"三位一体"种养殖示范基地。截至目前，全县已种植构树4000余亩，收购构树原料370吨，生产构树饲料500余吨（构树饲料中添加谷物等饲料），利益联结建档立卡贫困户1152户5172人，平均每户分红134.9元，6个村集体平均分红9250元。

教育帮扶

教育帮扶的山海情谊

　　从1996年党中央、国务院决定开展东西部对口帮扶以来，青岛与安顺两座城市就结下了"山海情谊"，风雨同舟24载。两地教育系统密切联系、深化合作，特别是青岛市教育局在建立"手拉手"结对帮扶学校、校长挂职锻炼、骨干教师培训和教育信息化建设等方面给予了安顺市真诚帮助和鼎力支持，有力助推了安顺教育事业又好又快发展。

　　2013年7月，青岛市教育局与安顺市教育局正式签署《教育友好合作协议》。从此，两地教育部门和学校不负重托、以诚相待，主动对接、频繁互动，拓宽了对口帮扶渠道。两地把人才培训作为对口帮扶的基础性工作，既立足当前解决实际问题，又注重创新机制长远发展，为安顺教育人才的培养打下了良好的基础，构建了对口帮扶"大教育"格局。

跟岗学习　启思路推教改

　　2016年9月，在安顺市第一幼儿园新教室里，李娜老师正在大三班带领小朋友们唱诵百家姓，"赵钱孙李周吴郑王，冯陈褚卫蒋沈韩杨……"抑扬顿挫的童音在校园里回荡。在茶艺活动室，何姣老师正在给小朋友们示范泡茶的程序，悠扬的古琴声中，小朋友们全神贯注，清香的茶味浸润着孩子们的心田。这是安顺幼教老师到青岛学习后进行教学改革的一幕。

时间回溯到2015年，安顺与青岛两地之间的校际合作以"手拉手"的方式结对帮扶，安顺市选派教师、管理干部到青岛进行跟岗学习，青岛市选派教师、管理干部到安顺市指导帮扶，建立了互派交流学习机制和教育教学信息资源互通共享机制。青岛市五十八中、十七中等10多所学校到安顺开展了教育交流活动；安顺市一中、二中、民中、民职、城市服务学校以及各县区有关学校共派出150名教师到青岛对口学校跟岗学习。3年间，两地有130余所学校建立了合作关系。

安顺市民族中等职业学校的朱子军老师感慨地说："2014年4月，我与同校的7位老师一同到青岛幼儿师范学校跟岗学习，我们被分配到各个教研组。在与青岛老师的交流学习中，我个人能力得到了很大提升，特别是他们采取的现代化教学手段和绘本课的教学方式，对我们回来进行教学改革、拓展课程设置有很重要的启发作用。"

安顺市教育局共选派多批次中小学校长赴青岛挂职跟岗，学习青岛学校先进的办学理念和管理模式。同时，青岛二中、十五中等学校也选派科研创新型知名校长到安顺开展讲学，为安顺校长任职资格培训班学员授课。青岛市教育局还选派高考学科教研员围绕"高三第一轮复习备考"和"如何开展教研活动"两个主题，为安顺市全体高三教师作了18场专题报告，指导高考备考和教研工作。

频繁地"走出去""请进来"，使安顺市教师队伍的素质得到迅速提升。通过作报告、听讲座、召开座谈会、交流互访等形式，加深了两地教育系统的交流学习，发挥了各自的资源优势，深化了实践探索，加快了安顺市教育教学改革的步伐。

远程研修　　借平台提素质

安顺市高度重视教师队伍建设，然而，由于缺乏高科技的硬件设施，远程培训一直是短板。为了增长教师学识，促进教师成长，安顺市借助青岛市的远程研修平台，开展了一系列的教学培训。

2015年12月3日，是一个值得铭记的日子。这一天，安顺市中小学教师全员远程研修启动大会暨信息管理员、市级专家团队培训会顺利召开。1.8万名教师参加了山东省师训干训中心和华东师范大学专家教授团举行的为期一周的培训。这次培训，使全市146所中学、683所小学近2万名教师分享到山东省优质教育资源，占安顺市中小学教师总数的90%。

按照《安顺市"互联网+教师专业发展"工程实施方案》要求，安顺市幼儿园、中小学全体教师，教育行政部门全体干部职工都须参加研修学习。2016年6月，第二轮中小学教师远程研修培训暨"互联网+教师专业发展"工程启动实施，增加学前教育作为培训学段，有2.4万名教师参加，实现全员参与培训研修学习。

安顺市第一幼儿园园长唐云感慨地说："教师远程研修的学习，对教师专业能力的提升有很大帮助。以前我们幼儿园有些老师连课件都不会做，思想观念比较落后，通过参加培训学习，现在都能积极主动地研究课程设置和创新，一步一步地成长起来了。"

截至目前，安顺市有幼儿园488所，中小学706所，教职工3.2万人，专任教师2.8万人。有省级以上骨干教师360人，创建了省、市名师名校长工作室26个，培养市级名校长（金种子校长）45名、教学名师85名、教坛新秀300名，评选省、市乡村名师60名。远程研修学习，使安顺市广大中小学教师"受益匪浅"。教育理念明显更新，老师们的教育理念转变到以学生为本，注重学生全面发展。教育教学能力水平明显提升，老师们的教学方法、教学手段和技巧方面的能力明显增强。教育信息化水平明显提高，老师们学会了现代教育信息化的应用，将传统的教学模式逐步转向应用现代信息化教育融入教育教学。尤其是农村偏远教师感受到了远程研修学习带来的便捷，为他们的专业发展注入了新动力，效果很好。普定县化处水母小学的姚彬老师说:"没有旅途的艰辛,却能面对面地学习山东教师先进的教学理念,这对加快山区教育事业发展来说简直太棒了。"

借船出海　走新路谋长远

安顺市民族中等职业学校(原镇宁民师)的操场上,2016海运(1)班的同学们正在上体育课,在老师的号令声中,同学们精神抖擞地完成了一个个运动项目,来自镇宁自治县本寨乡奋箕村的杨朝兵是其中之一。16岁的杨朝兵身高1.7米,充满活力。课间时间他侃侃而谈:"今年老师到我们村子做动员宣传,我们山里人都没见过大海,也向往大海,当听到老师说学完远洋驾驶就可以到海上工作时,而且年薪很高,我就动心了。"

安顺市民族中等职业学校信息技术部主任杨江林对学校新开设的远洋驾驶、远洋轮机专业非常有信心。2015年11月,杨江林被学校派到青岛对接远洋驾驶和轮机专业的办学事宜。"在青岛参观学习完后,我们感觉

学生们参观轮船驾驶舱

两地差距很大，理念不同，招生就业模式不同，青岛的人才输出、产教一体等都值得我们学习。他们的学校有自己的企业和码头，航海捕捞技术先进，但非常需要培养学生后备力量。我们当时就与青岛海洋技师学院达成合作，确定采用'1+2'模式联合办学。"合作定下来了，接下来要做的就是动员山区里的孩子学习这个大家都不熟悉的专业。为此，学校专门组织老师到比较偏远的本寨、六马、简嘎等山区做动员宣传，同时利用乡镇中学开家长会的时间动员家长。在老师们的努力下，2015年远洋驾驶和轮机专业各招收22人和25人，2016年招生扩大到4个班160人。

"我爸妈和哥哥外出打工，全部加起来一个月也只挣得6000余元。如果我在本地读完2年理论课，到青岛上1年实操课，第4年就可以到船上实习，实习期间每月至少有6000元收入，我一人的收入就是他们的总和。如果好好干，8年后我可以当上船长，年收入就是15万—30万元了，很让人心动啊！"杨朝兵高兴地说，"我们身边许多小伙伴都想来学这个专业，老师告诉我们，这叫职教一人，就业一人，脱贫一户。"

青岛的教育帮扶，让安顺的办学理念和专业设置有了新的突破，"借船出海""无中生有"成为一条新的办学之路。安顺市民族中等职业学校"老年服务与管理专业"是2014年7月开设的新专业，在贵州省内无学校可借鉴，青岛中等职业学校也未开设此专业。负责该专业的罗晓红老师通过上网查资料，找实体单位比对，为该专业的学生寻找实训基地。"通过考察，2016年上半年送出17名学生到青岛中康熙养护理中心学习，9名学生到青岛佛山老年公寓进行临床实践，实习期间底薪是1500元包吃住。"

安顺市民族中等职业学校"老年服务与管理专业"2014年起步时只有30名学生，2015年增加到47名，2016年增加到72名。"通过青岛的对口帮扶，让我们学到了许多新理念，许多新专业我们都是从无到有，我们的办学理念也在不断更新、调整，这些都有助于我们与国家政策接轨，与市场需求接轨。"罗晓红总结道。

在青岛市的大力支持下，安顺职业技术学院和安顺民族职业技术学校、西秀区高级职业技术中学、安吉职业技术学校、安顺市城市服务学校等通过与青岛相关学校签订合作协议，明确了学校建设、专业设置、师资培训交流、联合办学、合作办学、毕业生指导等许多方面的支持帮助。2014年安顺市城市服务学校还与青岛外事服务学校联合开设了航空旅游服务专业，并向青岛外事服务职业学校输送了36名学生。

项目援建　夯基础助发展

青岛市各级各部门和社会爱心人士为帮助安顺加强教育基础设施建设，资助了一批电脑、投影仪等现代化教学设施设备。青岛市投入1000万元对口帮扶资金，为安顺旅游学校修建6227.4平方米的实训楼，为安顺民族职业技术学校建设教学设施，74个教室实现多媒体"班班通"。崂山区出资200万元为普定县马官镇中心学校修建1500平方米的教学楼。市南区出资1500万元为平坝区城关一小修建教学楼。青岛银行捐赠210万元帮扶安顺市一中、二中困难学生，捐赠57万元为紫云宗地乡打郎小学修建教学楼。青岛爱基金向开发区捐赠价值200万元的图书、体育器材。

如果说1996年至2012年青岛对安顺的帮扶是"输血"式帮扶的话，那2013年新一轮的帮扶就是"造血"式帮扶。通过两地互动、交流、合作，青岛市为安顺市教师队伍的培养做出了很大贡献，为提升安顺市教师素质夯实了基础，为安顺市的"大教育"奠定了长远基础。

"小安""小青"手拉手

从海边的山东省青岛市，到大山里的贵州省安顺市。2020年5月9日，青岛市北区支教团队的10位教师告别了熟悉的校园与生活，飞抵2200公里之外的安顺，开始对口教育帮扶。

"八山一水一分田"的贵州高原山如眉黛、水如碧玉，千姿百态、景色迷人，让初到这里的青岛教师很是惊奇。抵达贵阳机场，乘坐上大巴，一个多小时的时间便可抵达安顺市西秀区。汽车在国道和隧道之间不停转换，一路青山苍翠，空气清新，感觉完全被大山包围，深切体会到了什么是"山在城中，城在山中"。在这里，他们遇到了另外一些可爱的孩子、辛勤的老师及在安顺支教一年的平安路第二小学徐涛老师，开启了大家全新的支教生活。

这个支教团队由语文、数学、英语、音乐和体育5个学科的各学校优秀教师组成，分别到启新学校、安大学校、安顺九中3所学校担任学科教师。在安顺支教期间，以组团帮扶的模式，针对各学校所需集中发力，逐渐把东部先进教育理念播撒到西秀教育发展中，为西部教育帮扶助力。

支教教师结合各自的专长，开展教师培训、师徒结对、校本教研、空中课堂、市区校级示范课等，辐射带动市、区、校教育发展，让更多的老师和学生受益。

助力教研　传输帮带

"这是啥节奏呀？"大家相互打趣着。

来到安顺，因疫情原因，学生还没到校上课，都在家通过"云课堂"

学习。因此支教团队教师马上投入到西秀区的云课例录制中，每晚都是12点以后才从办公室离开。经过紧张地备课、制作课件、制作板贴、录课，5月15日至5月19日，仅用了5天的时间，他们克服了所教版本不同、上课方式不同的困难，完成了西秀区"云课堂"录制工作。10个课例在西秀区"云课堂"进行播放，让"空中课堂"尽显魅力与活力。

教育培训是本次支教的光荣使命，大家继续挑灯夜战，准备讲稿、制作课件、试场地练讲。5月20日至25日，徐涛、吴玉杰、刘慧媛、邵磊、杜松老师在启新学校，王璐凤、蓝冀、于水莲、邵天赐、孙鑫之老师在安大学校，陈俊老师在安顺九中分别对西秀区8所学校的教师开设专题讲座12场，参与培训的教师达1000余人次，许多西秀教师在这次专题讲座中收获颇丰。

一个人可以走得很快，但一群人可以走得更远。在认真做好教学工作的同时，支教团队每个人还带领学校学科教研组团队一起前行、进步。

在"黔鲁扶贫相牵山海教育互联1+1"学校师徒结对活动中，徐涛老师与启新学校三位体育骨干教师结对，每学期的两节校级示范课从课堂组织、教法学法、教学理念等方面起到了带动融合作用。积极带领学校体育教研活动，一年来听评课80余节；指导多名老师参加区优质课比赛并获奖。吴玉杰、刘慧媛、邵磊、杜松、陈俊等老师分别与学校数学、语文、体育教研组骨干老师结对，带领学校各学科团队进行校本教研10次，为团队发展献计献策；出校级研讨课8节，让学科建设有理有据。

2020年6月，在"青岛·安顺教育教学帮扶主题教研"活动中，徐涛、吴玉杰、刘慧媛三位老师代表青岛市市北区在安顺市开设了市级公开课，充分发挥了骨干教师的示范、引领、辐射作用。听课教师们集体研讨，对教学模式、核心素养的培养、深度学习的模式，在课堂教学的过程中，前后贯穿应用，表示了极大的赞赏与肯定，为安顺的教学开拓了宽度、广度与深度。

王璐凤老师带领支教团队先后到虹湖小学、黑石头小学、宁谷小学、旧州小学的四个乡村少年宫进行调研，仔细了解了社团课程开设、师资力量、场地布局等情况，提出了诸多建设性建议，将少年宫活动推向常态化发展，让更多的孩子参与到乡村少年宫活动中来，真正让乡村少年宫成为孩子们的课外生活乐园。

为爱而行　坚守初心

5月28日，学生正式开学，支教团队担任了课堂教学任务。与孩子们面对面的交流，让他们很是惊讶："老师，我不喜欢学习。""老师，我家里不给我买本子。""老师，我没有课本。""老师，我妈妈不让我写作业。"……

面对这些孩子，支教老师更加深深体会到教育是立国之本，也更加感受到身上责任的沉重。大家从商场里买来本子，复印了教科书及练习册，一一发给孩子们。

短暂的38天就这样联结了支教老师与孩子们的情谊。每个人用自己的爱温暖着他们，用自己的教育方法引导着他们，用自己的教师情怀关注着他们。在最后一节课上，全体孩子齐唱《谢谢你》，瞬间融化了支教老师的心。"老师，谢谢你们教会了许多知识。""老师，谢谢你给我的快乐，你真好！""老师，我爱你！"……

孩子们的真情告白、感恩之心，将会永驻支教老师的心里。

控辍保学　千寻之路

除了自己的教学任务，支教老师还主动申请协助学校政教处处理一些控辍保学的工作。由于所在学校的孩子大都来自精准扶贫户，是从大山里移民出来的，很多孩子的家长都在外地打工，有的就是一个老人在家看着几个孩子，老人没有文化，只能给孩子们做个饭，根本就不能谈什么家庭教育。

在这种学情下，支教老师多次参加学校党支部帮扶关爱行活动，多次到贫困学生家进行家访。一次到蔡关镇茅蕉坡村嘎理组小成星家家访，给了支教老师们最深的震撼。崎岖的道路、塌方的山坡，使家访的路面临更多的困难。他们一时找不到小成星的家。村委会主任得知这一情况后，也主动带领大家到山上孩子的老家了解情况，向邻居打听孩子家人的居住地。

烈日炎炎，大家顾不上吃饭，又来到异地搬迁点彩虹社区的安置房再次家访，依然是没见到家长。经过多次走访后，终于见到了孩子的爷爷。这样的走访活动，让支教老师对控辍保学的难度及学校老师们的工作压力有了更深刻的理解。

多样活动　　云端连线

2200多公里的路途，是山与海的距离；而"云端"两头，是你与我的近距离。青岛与来自贵州的安顺顺利"牵手"，以五彩线为礼物，在"安顺启新—青岛长阳云端"共庆端午。一颗颗心，因为一根根五彩绳，紧紧地系在了一起。青岛的孩子们用自己亲手做的端午五彩绳和诚意卡，与"云端"的贵州小伙伴进行了交流和互动。

这样手拉手视频连线的方式，让两地的孩子感受到相亲相爱的凝聚和交流。"小安小青手拉手""拥抱着夏天拥抱着你""终于见到你""你笑起来真好看"……依依惜别之情满溢而出，邮寄而来的五彩绳和心愿卡让友谊之花常开，互助之水常流。

"青岛，有爱有梦向阳花开。""大哥哥大姐姐，我收到你们的祝福贺卡了。""大哥哥大姐姐，我收到你们的端午彩绳了。""我现在要好好学习，长大了报效祖国。""我在贵州等你。"……听着安顺学生们朴实的话语，我们知道"山海相连手拉手"活动的后续效应在不断地生发着、扩展着。

看，大山孩子们真挚的笑脸，愿祖国的建设，有你有他，有青少年一起的携手奋斗，让山海相约，为未来奠基。

100天的时间，每一天都是忙碌奔波的，但每一天都是充实而有意义的。支教，是这个团队无悔的选择；支教，让每个老师豪情满怀；支教，体现了每个老师的人生价值。

大家会永葆初心、为爱前行！

在支教路上，青岛市北区与安顺西秀区的教育帮扶"手拉手"这一活动，一定会使两地教育合作的领域，越推越宽；两地的情谊，越走越近；两地帮扶的路，越走越远。

山海寄情共筑"梦"

"平"水相逢系真情,"坝"山涉水向黔行;

"市"必躬亲谋发展,"南"来北往为国兴。

从2020年5月10日开始,青岛市市南区10名教师组成团队,远赴安顺市平坝区支教。在92天的支教工作中,他们不辞辛苦,投身教育扶贫,以推进东西部教育协同发展为己任,用实际行动彰显了人民教师勇担使命、甘于奉献的责任与担当。

山海相牵

教育扶贫是国家扶贫开发战略的重要任务,是扶贫助困的治本之策,是补齐教育"短板"的重要契机。

5月10日,带着市南区人民的信任和嘱托,带着对平坝区一腔炙热的教育情怀,市南区10名教师历经长途跋涉,来到了安顺市平坝区,开启了光荣的支教之行。

经过2天的防疫隔离、休整,支教团队以饱满的精神、全新的面貌,与平坝区的教育同仁进行了细致、融洽的座谈,拉开了短期支教工作的序幕。

趁着孩子们还未入校(园),支教团队分成5组,立即展开了"量体裁衣"式询访工作。依据市南区"组团式"支教、"点对点"支教的创新思路,通过深入学校、研讨交流、把脉诊断、梳理汇总的"四步走"方式,他们精准了解到帮扶学校、幼儿园在文化建设、课程建构、学科教研、制度完善等方面存在的现实需求。

半个月的时间里，支教团队和对口帮扶学校、幼儿园的老师们一起教研、一起核验、一起演练，把自己在青岛防控疫情实战中的好经验全部和平坝区的学校、幼儿园共享，规划入校（园）路线、负责晨检消毒、商讨入校（园）流程……

5月28日，10位支教教师一早就站在学校、幼儿园门口，迎来了他们期盼已久的孩子们。

山海相牵的5月，支教教师习惯了吃辣，习惯了天天带雨伞，更习惯了每天在学校、幼儿园里看到老师们、孩子们亲切的笑脸……

山海同庆

"跨越两千多公里，其实只为来到你们身边。"支教团队在"六一"到来之际，驱车一个多小时前往最偏远、最困难的村小、特教学校和山区幼儿园，用智能机器人、优质的教育活动、精彩的视频，带孩子们领略山外的世界；还用自己的绵薄之力，为孩子们送去礼物、送去关爱，送去来自千里之外的祝福和温暖。

当孩子们把礼物捧在手里，把爱心贺卡高高举起时，幸福的泪水浸湿了每个支教教师的脸颊，他们用实际行动践行着育人使命，为东西部扶贫协作贡献着自己的爱和力量。

培训工作按计划紧锣密鼓地进行着。支教教师结合自身学科特点，多方位、全方面地向对口支教学校、幼儿园老师们开展课例展示、理论培训、观摩评课、教玩具制作等不同形式、不同内容的培训活动。

一次次用心准备的培训，得到了学校、幼儿园领导和老师们的高度评价和一致认可。"喜欢听你们的培训。你们讲的我们能听得懂、学得来。"……一句句质朴的话语，倾诉着老师们的心声。

山海同庆的6月,支教教师们习惯了在马路上碰到孩子们大声问好,习惯了每夜挑灯准备各种培训内容,更习惯了在下乡入校(园)路上的往返颠簸……

山海共铸

红色行动践初心,山海共铸七月志。

支教工作恰逢中国共产党建党99周年,支教团队以"红色行动践初心,组团帮扶再蓄力"为主题,开展了一系列寻初心、铸童心、入人心的特别活动。在"七一"来临之际,支教团队一行10人怀揣着满腔的热忱,来到遵义会议会址,接受"红色洗礼"。

实景党课学习,更加坚定了每位教师为党育人、为国育才的崇高信念。小学支教团队的老师们通过红色知识抢答赛、讲红色故事、看红色电影、唱红色歌曲等形式多样的活动,带着孩子们向党献礼。

幼儿园支教团队与市南支医团队协同合作,开展了"党员送温暖"活动,走进特困幼儿家庭,为孩子们进行视力保护、龋齿预防、幼小衔接等方面的指导,并给孩子们送上了书包、水彩笔、削笔器等学习用品,携手为市南区扶贫工作尽力。

7月13日,支教团队迎来了平坝区小学的暑期。"孩子们放假,但我们的支教工作不停歇",支教团队立即制定《市南区赴安顺平坝支教教师暑期工作方案》,开展了每周定时间、定数量、定内容的一对一入户送教工作。老师们还带着自己的专业知识,先后走进平坝区三个街道社区,为120余名家长开展了科学育儿、防溺水安全等多项内容的义务宣讲。用自己的实际行动践行一名党员、一名教师的光荣使命!

山海共铸的7月,支教团队习惯了每周五晚的工作小结会;习惯了每天在群里分享自己的支教亮点和心得;更习惯了从早到晚忙碌奔波的每一天……

山海圆梦

最美遇见情共鸣，八月同圆山海梦。

在为期92天的支教工作中，市南区10位支教教师共走访学校、幼儿园78次，开展集中主题培训55次，培训教师达2102人次，课堂教学观摩、展示148节，评课86次，参加、组织教研活动77次，发放问卷957份，走访贫困和留守儿童53人，协助学校、幼儿园完善规章制度90余项，完善园本课程主题8个，帮助幼儿园制作户外玩具10种，开发室内体育游戏10个，形成成果展示集12套。

这一个个数字代表的是支教团队的努力、支教教师的付出，更是对"山海寄情、携手筑梦"这个美好愿景最用心的诠释！

山海圆梦的八月，他们不问收获、但问耕耘，不问深情、只问初心。

在支教的92天时间里，市南区赴平坝区支教团队全体教师十人同心兴致浓，协作帮扶气恢弘，用实际行动诠释了"功成不必在我，功成必定有我"的坚定信心！

镇宁民中有个"胶州班"

"十年树木,百年树人。"

2016年以来,胶州市创新教育扶贫方式,通过派驻教师支教团,在镇宁民族中学设立"胶州班",进行"组团式"帮扶,使一批批胶州支教老师扎根镇宁山区学校,用真情谱写了一段中华民族相亲相爱、互帮互助的动人故事,打造了教育扶贫交流协作的新样板。

闯一条教育扶贫新路

"现在,请同学们开动一下大脑,我画一个风向与城市用地布局关系图……"

上午11点多,是镇宁自治县民族中学早间的最后一堂课,高一(8)班的教室里,来自胶州三中的老师张义华正在给学生讲授地理课程。

操着一口略带山东口音的普通话,张义华说,他是2019年申请来镇宁支教的"胶州班"老师之一。说到来镇宁的原因,张义华说,他在胶州有17年的教学经验,希望能借此机会来镇宁,和这里的老师、孩子们分享南北两地不同的教学经验和感受。

2019年9月秋季学期开学,张义华和分别来自胶州实验中学、胶州三中、胶州一中3所高等中学的9位老师组成胶州支教团,来到镇宁民族中学,开展为期一年的教学"组团式"帮扶工作。

所谓"组团式"帮扶,指支教团9位老师的专业覆盖了高中教学的语文、数学、英语、物理、化学、生物、历史、地理、政治9大基础学科。自2016年起，镇宁自治县教科局与胶州市教体局结成了友好帮扶对子。胶州市每年都会派出素质高、能力强的9名教师到镇宁自治县民族中学，开展授课式教育帮扶，学校则选择最优秀的40名生源，组成"胶州班"，接受胶州支教团的学科授课，形成了独具特色的合作教学模式。

镇宁自治县民族中学校长张清介绍，经过三年的实践探索，2019年，"胶州班"首届学生毕业，不少孩子在高考中取得了优异的成绩。"感谢母校老师和胶州老师们的悉心教育和指导，再加上自己的努力，让我走进了心仪的高校校园。"胶州班毕业生吴盼盼去年被华中农业大学计算机专业录取，在她的毕业生寄语中如是说。同样来自首届"胶州班"的毕业生高涛评价为他们教授了两年课程的胶州老师时说："我们这边的孩子比胶州的孩子学习基础差，但老师们都很有耐心，总是很用心地指导我们，我们才能有今天的成绩。"

胶州市已累计向镇宁自治县民族中学派出了27名教师。通过东西部教育模式的交流，胶州支教团老师根据镇宁当地孩子的学习水平，注重基础教育，及时调整教学办法，努力打造高效课堂。"我们在教学中，尤其注重学生学习习惯的培养。"胶州支教团队长韩瑞瑜说，通过习惯改变，不断培养孩子在学习中的自觉性、积极性，进一步帮助孩子提高成绩。

真情融入真帮实扶

平日里，除了完成常规教学任务外，来自胶州支教团的老师们也会自发组织走进当地乡村，开展学生家访，通过和镇宁民族中学的家长、孩子谈心，进一步了解学生的需求，帮助他们解决困惑。

趁周末时间，胶州支教团牟荣春老师带队，和其他几位老师骑行数小时，到马厂镇下巴地村开展家访活动。"加强沟通是解决问题的最佳办法。"通过平时的课堂观察，他们发现家住下巴地村的高一学生杨果十分内向、害羞，即使在课堂上遇到理解不了的概念和知识，也不好意思表达出来。于是，他们利用自己的业余时间，和孩子私下进行交流，鼓励孩子，缩小师生之间的距离感，帮助其得到更大的成长。在随后的课堂上，老师们惊喜地发现，平时不爱说话的杨果变得非常活跃，学习成绩得到了很大提升。

在胶州支教团里，有"70后""80后"，也有"90后"，他们在深入感受镇宁当地风土人情的过程中，在帮助当地学生的同时，也和镇宁人民结下了深厚的友谊。

"90后"胶州语文老师安学坤因为年轻，总能和孩子们"打成一片"。在镇宁民族中学的孩子眼里，她不仅是老师，更是朋友。安学坤说，自己到镇宁后，感受到了镇宁民族中学孩子的单纯、热情。每逢节假日，尽管总是不能回家，但心里也是暖融融的，因为她多次收到了当地孩子的小礼物。"孩子们给我买了小书架，还亲手画画送给我，我们几位老师还经常在节假日和周末约着一起包饺子，生活很充实。"安学坤笑呵呵地说。

从起初的不适应，到后期的融入当地生活，9位胶州老师克服两地生活、饮食差异，暂时告别亲人，跨越山海，真情真意在镇宁开展帮扶，和当地干群结下了深厚的友谊。

来自胶州实验中学的牟荣春老师已52岁，是胶州支教团中年龄较大的一位。虽然家人和周边的朋友都说："都快到退休年龄了，何必瞎折腾呢！"但她依然抱着一颗勇于尝试的心，主动申请到镇宁支教。"镇宁有着浓郁的民族风情，当地学生很淳朴，能在自己多年的教育生涯里感受一段不一样的人生，非常有意义。"牟荣春说。

如今，经过几年的协作，胶州老师的敬业精神、丰富的教学经验及现代的教学理念，潜移默化地影响着镇宁当地老师，推动镇宁当地学校教风有了显著转变，学校教学质量和水平也在稳步提升。

教育交流持续升级

搞好教育扶贫，才能从根本上阻断代际贫困。近年来，镇宁自治县本着"办人民满意的教育"的宗旨，积极作为，指导镇宁自治县民族中学申报示范性普通高中工作。

2019年，镇宁自治县民族中学投入资金4.5亿元，顺利完成整体搬迁；在东西部扶贫协作方面，主动构建双方干部定期互访交流机制，并建立管理人才和骨干教师派驻跟岗的学习机制。双方学校主要负责人及时掌握联合办学工作实施情况，共同研究制定切实可行的工作措施，通过相互协调，确保联合办学工作有序推进。

"90后"地理教师冯远敏参加工作不到3年时间，2019年秋季学期有幸被派驻到胶州跟班学习、交流。在胶州一中的学习交流时间里，冯远敏通过参与对方学校教师集体备课等活动，充分吸收了当地较为先进的教学方式的优点。"山东的学生基础比我们贵州大山里的孩子好，他们整体的教学进度推进很快。这次的学习交流让我学到了胶州老师在统一教学思路、广度，共享教学资源的好方法、好思路。"冯远敏笑着说。

2018年到胶州实验中学开展为期一年交流的生物教师张羽璐介绍，作为贵州的一名基层一线教育工作者，能够有机会到胶州感受与山区学校完全不同的教学理念和教学氛围，非常幸运。在胶州的交流学习中，她只要没有课程任务安排，都会抽空去听胶州老师现场上课，学习其中的教学技巧。几个月下来，她感受最深的就是，无论老师还是学生家长，对教育的重视程度都很高，学生家长对学校工作的支持力度很大，学校开展有关工作效率很高。"我希望下一步，能将更多来自胶州的先进教育理念和胶州教师团队的先进教学方法带回镇宁民中，带回自己的课堂里，并分享给更多的学校老师。"

镇宁自治县民族中学有计划地每年向胶州派出8至9名青年骨干教师到

交流互派学校跟岗学习。自合作以来，已先后派出四批跟岗学习人员，每批学习期限为一年，学成返校后再开展二级培训。依托胶州几所名校雄厚的教育资源和成熟的办学经验，镇宁民族中学教育教学质量发生了翻天覆地的巨变，学校的办学水平、知名度和吸引力也得到了极大地提升。

如今，不止镇宁自治县民族中学通过引入师资、开展集中教学的方法取得了很好的效果，而且"组团式"支教帮扶的模式还在镇宁寄宿制中学、镇宁实验二中等学校全面推广开来。

这样"授人以渔"

"同学们，我们先打开PS软件，拖入需要制作的图片素材，在图层选项窗口中双击背景图将图层解锁，接着在快捷工具栏中选择魔棒工具，点击图片的背景，选择抠图区域，然后按Delete键删除背景图……"安顺城市服务职业学校积思楼305教室传来清朗的授课声音。

这是来自青岛市经济贸易技术学校的韩云凤老师正在给安顺城市服务职业学校一年级的学生讲解利用PS抠图的课程。

2020年5月，安顺市人社局与青岛市人社局对接，从青岛市选拔出5名出色的老师到安顺市各学校进行为期3个月的教育帮扶，韩云凤老师和青岛市石化高级技工学校的魏春城老师就是到安顺城市服务职业学校进行教育帮扶的2名老师。

"我和魏春城老师是在5月19号到安顺城市服务职业学校进行教学帮扶的。刚开始是背负着艰巨的任务，来安顺这里进行教育帮扶，传授青岛市先进的教学理念和学习方式的。但是经过近一个月的教学，发现安顺学校的教学和我想象

韩云凤老师教学生使用PS软件

中的完全不一样，两地的教学理念和教学方式大同小异，并没有太大的差异。"韩云凤说。

"对对对，安顺城市服务职业学校跟我们青岛市石化高级技工学校的教学方式差不多，当地的老师很优秀，我们之间常常一起互相交流学习，让我受益匪浅；当地的学生十分好学，动手操作能力也很强。"魏春城接着说道。

安顺城市服务职业学校的教学方法得到了韩云凤和魏春城两位老师的肯定，让外地老师认可本地教学，在这之前，是难以实现的。学校所取得的转变，得益于2012年安顺市人民政府、安顺市教育局联合举办的东西部高中阶段教育对口帮扶签约活动，这拉开了安顺城市服务职业学校与山东青岛多家学校对口帮扶的序幕。

"规模小、教学经验不足、缺乏实训场地，学生学习专业知识没有实操的地方……是学校一直以来面临的难题。自从与青岛开展教育对口帮扶后，学校在教学的方式方法、教学设施上有了日新月异的变化，先后被评为国家级重点中等职业学校、贵州省示范性中等职业学校，集'全国教育系统先进集体''全国青少年文明礼仪普及活动示范教育基地''全国职工教育培训示范点''贵州省教育扶贫百校基地'等多块牌子于一体，建有自己的校办企业驾驶培训学校，是目前安顺市规模较大、功能较全、办学效益突出的中等职业学校。"安顺城市服务职业学校校长刘兴说。

在学校笃行楼里，教师正站在汽车旁对学生进行实训教学。"在进行汽车维修的时候，要先仔细观察车体的情况，全面了解问题后再动手。"现场各类维修设施齐全，生动灵活的实训讲解，能让学生更深刻地掌握知识点。

这栋笃行楼是青岛市捐赠1000万元资金修建的，其中教学楼耗资872.3万元，于2015年建成，余下部分用于教学设施的购买和教师培训。笃行楼内有学校的旅游实训基地、学前教育实训基地和汽修实训基地，极大改善了实训教学条件，也为学校成功申报省市内涵建设项目奠定了基础。

不仅青岛市政府鼎力支持，对口帮扶的学校也倾囊相助。2018年8月，青岛市黄岛区军民融合学院无偿援建安顺城市服务职业学校3D圆形打印机15台、配件及耗材15套，3D方形打印机15台、配件及耗材15套、安装工具15套，价值共计30万元；利用假期对学校两名老师进行了为期一周的安装及使用方面的培训，帮助学校建立3D打印实训室，填补了学校计算机专业3D打印上的空白。

安顺城市服务学校

青岛市人民政府援建笃行楼碑记

教育事业乃国之大计，不仅要完善硬件设施，更要强化软件设施。自2014年起，每年6月，青岛外事服务职业学校都要派出部分领导和骨干教师到安顺城市服务职业学校开展每年一次的航空班学生面试及两校交流活动：家长见面会、学生考试面试、青岛专家给旅游专业师生培训等系列活动，不断促进两校深入了解与合作。

"2016年的时候，我到青岛外事服务职业学校学习学生管理模式，通过7天的培训，我对该校的管理模式有了很好的理解，将其借鉴到我校施行，效果良好。"安顺城市服务职业学校副校长尚俊宇曾到青岛进行学习交流，先进的学生管理模式让他受益匪浅，他说："以前我们对学生的管理比较松散，在借鉴学习后，我们也采取了一套系统的军事化管理模式，学生的生活习惯和学习风气有了极大改善。"

不仅如此,从2013年开始,安顺城市服务职业学校与青岛外事服务职业学校联办"航空旅游服务专业",至今已连续向青岛外事服务职业学校输送了94名学生。经过层层严格选拔和考试,2013级的杨玉飘同学在2015年秋季被解放军总后勤部录用,现在人民大会堂工作;2014级张芳玉、丁曼、张榆3名同学被选入北京京西宾馆工作;2015级何欣同学被中央军委后勤保障部正式录用;2015级张文博同学被美国诺唯国际游轮公司录用;2016级李薇、徐以嫣、方宇3名同学被北京京西宾馆录用。

安顺城市服务职业学校借助青岛职业教育的优势,引进先进的教育理念和教学模式,借力发展,不断壮大。学校在获得成功的同时,不忘反哺社会,利用自身优势大力开展教育扶贫工作,除了每年正常开展的学历教育外,开展的社会培训工作还得到了省、市人社部门及扶贫部门的高度赞誉。"学校积极开展对机关工作人员、下岗失业人员、农民工、酒店服务员、超市营业员及养殖、农机、服刑人员等的技能培训,并组织老师和学生前往紫云、关岭、平坝、普定、开发区等地开展'培训下乡'上门服务。"安顺城市服务学校副校长尚俊宇如是说。

学校培训中心先后到达普定讲义村、关岭木成河、黄果树,开发区马厂村、三合苗寨,龙宫桃子村,普定秀水等开展乡村旅游培训,使这些地方的农户经过培训后,综合素质得到了快速提高,带动了当地乡村旅游和餐饮服务业的迅猛发展。如今,这些村都成了"乡村旅游村",每到"黄金周"假期,就会有成百上千的游客来村子里度假休闲。不出大山、不出家门就实现了脱贫致富,生活环境改善了,农民也富裕了。

努力总会有收获,付出终归得到回报。2013年,安顺城市服务职业学校被中华全国总工会授予"全国职工教育培训示范点",同年被列为贵州省中职"百校大战"项目学校。2014年,获得"贵州省教育扶贫百校基地"称号,2019年被教育部评为全国优秀成人继续教育院校。

山海相隔万里却情同手足。刘兴满是感慨地说："通过青岛职业学校的对口帮扶，我们更新了观念，找到了差距，认识到自己的不足。学习东部地区的先进经验，把新理念、新方法融入我们的思想，结合自身优势，大力开展内涵建设，创自己的品牌专业、特色专业，开展好校企合作、校校合作。借助国家大力发展职业教育的契机，我们有决心把学校建设成为本地区乃至全省、全国著名的中职学校，为安顺地方经济发展培养更多更好的技能人才，打好脱贫攻坚战，成为教育扶贫的主力军。"

这个夏天最好的礼物

又是一年放榜时，又是一年招生季。

2019年夏天，镇宁民族中学"胶州班"捷报频传，一本录取7人、二本录取21人，其中10名学生来自建档立卡贫困户家庭，本科率高达70%，远超其他班级，破镇宁民族中学近几年的升学记录。对于那些自愿奉献边远山区教育，舍小家为大家，将他们多年教育生涯积累的班级管理、教育教学经验带到镇宁的支教老师们而言，这是这个夏天最好的礼物。

党的十八大以来，习近平总书记始终心系教育事业，反复强调"扶贫先扶智，扶贫必扶志"。教育扶贫是阻断贫困代际传递的重要举措，是拔除"穷根"的关键手段。胶州市与镇宁自治县是扶贫协作结对"亲戚"，由于自然地理、区位因素，镇宁自治县的教育面临教学条件差、教育资源匮乏等问题。如何让深山里的孩子享受更加优质的教育，走出深山追逐梦想是一个难以攻克的难题。因此，镇宁民族中学作为与胶州市结对的学校之一，不定期派送教师前往胶州市"取经"。"教师前往胶州学习的时间毕竟是短暂的，成不了系统，效果不是很明显。"镇宁民族中学的校长张东良说。

胶州市在经过反复论证研究后，制定出6年目标，即第一个三年输送9科全科优秀高中教师，第二个三年在此基础上优选管理型骨干，实现教育教学、管理全覆盖，将胶州市沿海开放地区优秀的教育理念传递到镇宁自治县，形成一套可复制、可推广、可传播的中学教育体系，完善提升镇宁自治县乃至贵州安顺市的教育扶贫水平。

2016年起，胶州市每年派出一支由9名高中全科老师组成的支教团队，支教镇宁民族中学创办的"胶州班"，扎根山区学校进行"嵌入式"支教。2016到2017学年，全校最好成绩由在安顺市排位2000名变为5名学生成绩排位进入安顺市前200名，创下镇宁民族中学历史最好成绩。三年来，在27名支教老师的共同努力下，学生考试成绩步步提升，各科平均分超同科平行班级20多分。这些成果源于胶州"嵌入式"组团教育扶贫模式的三步工作法。

第一步：如何精准入手？念好"走"字诀，望闻问切，把准脉搏。

胶州市成立由市委书记、市长任组长的教育扶贫领导小组，通过实地考察、充分论证，提出按照中青结合、专业平均、素质过硬的原则，从胶州一中、实验中学两所龙头学校甄选骨干教师组成支教团队，把优秀教师、先进理念送到镇宁。

成立全学科"组团式"支教团队。从高一开始，由胶州支教教师任教课程，通过全方位的示范、深层次的交流，带动一批好教师、一批好班级，由点到面实现镇宁民族中学的华丽转身，从而打造出教育帮扶的胶州样板。

第二步：如何打造样板？念好"干"字诀，扑下身子，落到实处。

领导实帮，让支教落地生根。胶州市委、市政府及教体局、扶贫协作办等定期召开座谈会听取"胶州班"情况，胶州市教体局分管领导组建支教队伍，在镇宁自治县挂职的胶州教体局领导"挂帅"支教队长，鼓足了"打胜仗"的支教干劲。

教师实干，让支教开花结果。支教教师刚到镇宁水土不服，出现身体不适，也从未有一人请假，落下一节课；学生基础较差，老师们不顾吃晚饭给学生补课；照顾不上远在家乡的父母，只能让兄弟姐妹代劳……尽管存在种种客观困难，但27名支教教师从未因此而影响教学工作。

支教老师刘志敏说："初见学生，孩子们端端正正地坐在各自的位子上，就那么静静地看着你，眼中少了些这个年龄的孩子应有的自信、朝气和底气，却多了些胆怯、迟疑和疏离，我从教二十多年，第一次面对这样的一群孩子，第一次内心涌起隐隐的心疼。不熟练的普通话、简朴的穿着、小塑料袋兜着的饭食，矮矮的瘦瘦的身板，大多数支离破碎的家庭……他们是一群值得我们关爱、值得我们尊重、值得我们付出的孩子。感谢这次支教经历让我在四十几岁的年龄再次'成长'，希望他们真正懂得'知识改变命运'的道理。"

第三步：如何保障长效？念好"转"字诀，智慧帮扶，彻底脱贫。

推进集体备课。针对镇宁学生基础差的特点，胶州市支教教师达成共识：课堂精讲精练，降低难度，及时巩固；课后逐个学生、逐个知识点落实。集体备课以同年级学科组为单位，实现资源共享，解决了组内短板，让老师从单打独斗到集体协同作战。

推广示范课程。镇宁民族中学新聘教师较多，支教教师主动承担学科组内先行课、示范课任务，和新教师课前集体研讨，课后及时总结，对教学环节进行教学方法比较，对课堂教学组织教学模式讨论，帮助新教师更好更快地成长。

支教老师在办公室给学生解答疑问

推行师徒结对。组织"结对子,带徒弟"活动,师傅课堂对徒弟全部开放,师傅进徒弟课堂听课、评课,推动青年教师队伍发展壮大,依次推动年轻教师成长。

推建班级协调会。推行"胶州班"管理理念,每两周组织一次班级协调会,与老师们交流学情,为班级定目标,有效发挥以班级为单位的团队教师教育合力,并全校推广,成效明显。

积极打造高效课堂。通过示范课展示高效课堂的授课模式,将学生进行分组,将自主学习、合作学习、探究学习带到了镇宁民族中学的课堂,改变了传统满堂灌的教学模式,推动了课堂教学改革,成功打造出高效课堂模式。

开展半年述职行动。每半年,支教老师回胶州述职,参加各类教学教研活动,并进行跟堂听课,及时学习胶州教育新的教学思路,不断提升教学水平,给予"胶州班"更有针对性、时效性的教育指导。

"山里的孩子,朴实本分,他们很勤劳,生活自理能力强,自己做饭、洗衣,有的甚至照顾弟弟妹妹,但效率低下,知识面狭窄,思维不是很灵活,没有理想抱负,学习动力不足,做一天和尚撞一天钟。面对这样的一群孩子,我只能改变教学策略,因材施教,针对学生学习效率不高的问题,我教给他们学习方法,同时采取多种形式,让他们感受到学习的乐趣,提高效率;针对学生思维不灵活的问题,我上课尽可能地多提问,让他们不得不去积极思考;针对学生知识面狭窄,理解问题肤浅的问题,我每堂课尽可能抽出5分钟,补充一些课外知识、时事政治,开阔他们的视野,拓展他们的思路;针对学生缺乏理想抱负的问题,我经常讲一些励志故事,鼓舞他们的斗志……我本着对教育事业的高度责任感和使命感,竭尽所能,有备而去,有一份光,发一份热。"支教老师韩哲说。

2018年1月,国务院东西部协调考查组到镇宁自治县民族中学对"胶州班"进行考查时,对"胶州班"所取得的成绩给予充分肯定。2019年夏天，在这些辛勤的园丁们的努力下，镇宁民族中学"胶州班"结出了累累硕果。

十年树木，百年树人，教育好一个贫困孩子，就可能彻底挖掉一个家庭的"穷根"。在持续做好"胶州班"的基础上，胶州市组织选派优秀学校干部到镇宁自治县挂职，提升教育教学管理规范化水平，管理人才的到来能够更好地将胶州优秀的教育理念传递到镇宁，擦亮教育帮扶名片。

自2020年2月17日开始，在贵州省教育厅的安排下，全省学生通过特定电视频道或"贵州动静"APP进行空中课堂学习。胶州市在镇宁民族中学支教的9名老师积极投身于空中课堂的教学中，每天提前备课，抓取教学视频中的重难点，及时为学生答疑解惑。每天的学习时间，都和学生同步进行，在线检查学生听课笔记，布置与当天学习任务相关的作业；课后及时督促学生在线提交作业，对每份作业都认真批改，并评定等级，激励学生有效学习；每天统计学生听课情况、作业情况，形成学习档案；晚上给学生线上集中答疑，及时解决学生学习中遇到的困惑，帮助学生扎实学习。教学之外，定期为学生举办学习方法讲座、励志讲座，主动找他们聊天，讲一讲外面的世界，激发孩子们的志气，拉近彼此距离的同时，开阔了学生们的视野。

如果你融入孩子之中，生活就是课堂；如果你融入风景之中，生活就是画卷。那是另一种感动和默契——

生物课教师丁尚荣把班级花名册弄丢了，小课代表韦天念轻轻走过来双手递上："老师，我替您收着呢。"

化学老师发高烧起不了床，有人悄悄在床头柜上放了一大碗酸辣汤，碗下还压着一张纸条："敬爱的老师，您辛苦了。这是我让妈妈特意给您做的。我发烧的时候一吃这个，病就好了。祝您早日康复！"

胶州第一中学校长助理王世学是第二批支教老师之一，一年的支教时光让他与孩子们建立了深厚的感情。随机打开一封学生来信："在初中我曾对地理甚是讨厌，对地理一窍不通，压根就没有任何基础，高中一切从零开始，是您一年的认真教学使我体会到地理学习的乐趣，也是您让我深深认识到自己的懒散……老师您放心，我会一直努力下去。"

美丽的"青岛支教岛"

自2005年开始,青岛市教育局组织岛城名师名校长,发起了致力于乡村学校发展和教师成长的志愿者组织——"青岛支教岛"。通过"名师下乡""进城跟岗""同课异构""送书下乡""教育沙龙""社区服务"等活动,无偿为贵州安顺、铜仁、毕节以及甘肃陇南、山东曹县等深度贫困地区及国家级贫困县的乡村学校培训校长、教师1600余名,实现了对贫困地区"扶贫先扶智,扶智先强教"的教育精准帮扶。

"爱心支撑,专业支教。"青岛支教岛的志愿者全部由有着丰富一线经验、已经形成自己独特教育教学思想的专业人员组成,不是传统的直接面对学生支教,而是建立在爱心基础上专门针对提升校长、老师综合素质的支教。专业性是青岛支教岛的最大优势,由不同的人群承担不同的项目,被参训的乡村校长和老师称为最接地气的培训。

青岛支教岛通过组建"教师联盟""校长联盟""家长联盟""大学生联盟""夕阳红教师联盟"等,开展"名师下乡""进城跟岗""同课异构""送书下乡""教育沙龙""社区服务"等活动,无偿为乡村学校和教师提供专业发展服务,辐射贵州安顺等20多个省市的乡村地区学校,发展成为涵盖国内知名专家、一线名师名校长、媒体记者、爱心企业家和在校大学生等的上万名志愿者服务团队。累计送教下乡1300余次,举办乡村校长和教师免费跟岗培训180余期,接收全国20个省市3000余名乡村校长和教师来青免费跟岗研修。中央电视台和《光明日报》《中国教育报》《中国教师报》等数十家中央级媒体对此进行了宣传报道。2015年荣获年度"感动青岛"道德模范群体奖，入选全国100个"最佳志愿服务项目"；2016年荣获首届"全国最美教师志愿服务团队"称号；2020年入选国务院扶贫办社会扶贫志愿服务典型案例。

"名师联盟"——让老师影响老师。乡村教师"一个萝卜一个坑"，不能出来培训怎么办？送培训下乡！送什么？乡村老师说："我们不缺理念，缺少的是具体操作的途径和方法！""别让我听那些做秀的公开课，我就想看城里名师如何用我们的学生上出一堂精彩的课来！"于是，城乡教师同上一节课的"同课异构浸润式实境研修"模式应运而生。"同课异构"就是以送教下乡的方式，安排岛城名师与乡村老师同上一节课。课题由乡村教师确定，上课就用乡村学校学生和设施。课后现场评课，课堂中出现的问题就是培训的课题，课堂就是培训的现场。这种比较式实境研修方式对现场听课教师来说是一种润物无声的震撼。一个又一个真实而鲜活的范例，让乡村教师失眠了："为什么人家用我们选的课题，用我们的学生和教学设施，教学效果相差如此之大？"第一届"全国最美乡村教师"薛跃娥就是在这样的帮助下成长起来。青岛支教岛志愿专家、中国教育科学院基础教育研究所所长陈如平说，支教岛团队和社会上其他爱心团队相比最大的优势就是在其专业性上，团队志愿者全部由有着丰富一线经验且已形成自己独特教育教学思想的人组成，开展的培训和指导当然也就最接地气。

"校长联盟"——让校长影响校长。乡村校长普遍苦于缺少管理方法，无法调动教师的工作积极性怎么办？打破城乡教育的围墙，创建城乡校长成长共同体——"校长联盟"。这个体制外的平台，让城乡校长自由交流、平等探讨，共同分享学校管理经验，促进了城乡校长共同成长。与其说"校长联盟"打通的是在城乡区域间的"围墙"，不如说是城乡校长的思想"围墙"。通过相互观摩、校长沙龙、学校案例诊断工作坊、开展教育教学研讨等一系列活动，引领城乡校长深入思考教育的本质，打开了城乡校长的办学视野，提升了乡村校长的执行力和研究力。校长们说，这是他们参加过的最接地气的培训，十年的继续教育不如这一周学到的多。大家反映培训内容清晰实在，看得透彻。

"大学生联盟"——让青年影响青年。"我毕业后要先到社会上闯荡几年挣些钱，不行就考公务员，考不上公务员再去当老师。"青岛大学师范学院毕业生金吉祥的话让支教岛的发起人李淑芳夜不能寐，"大学生联盟"随之产生了。安排在校大学生志愿者深入中小学校参与教育教学实践活动，到视障和听障学校及自闭症机构做义工……这一系列活动不仅培养了未来教师的职业感，更激发了大学生的社会责任感和使命感。2013年，"大学生联盟"被团省委评为优秀大学生社团，并首次独立承担了国家级创新课题研究。

"家长联盟"——让家长影响家长。在送教下乡的过程中，乡村校长和老师普遍反映家庭教育问题急需帮助，2007年，"家长联盟"诞生了。志愿者们通过深入学校开展家长培训、组织家长沙龙、开展亲子阅读、免费网上指导等多种方式，帮助家长解决家庭教育的困惑，分享先进教育理念，研讨家庭教育对孩子的影响。2016年，国际家庭生活教育中心青岛培训基地落户支教岛，为"家长联盟"注入了生机和活力。

"心理联盟"——打造心灵的"桃花源"。心理健康的老师才能教育出心理健康的学生，心理健康的家长才能辅助学校工作。"心理联盟"就是要给每个老师、学生和家长打造一个心灵的桃花源，让每个人都能够阳光健康地面对学习、生活、工作、家庭和社会。青岛支教岛开展的"教师心理健康百校行"和"家长心理健康百校行"公益活动，广受校长和教师的好评。

"夕阳红老教师联盟"——"且把花龄当花季"。一批从教育一线退休的老校长、老教研员们，因为责任感和使命感退而不休，在青岛支教岛找到了发挥余热的平台。他们深入乡村学校送课、听课、评课，指导青年校长和教师成长，用实际行动唤醒乡村学校那些因封闭太久而导致人不老心已老的"老教师"的工作激情，成为一本师德的"活教材"。

青岛支教岛发起15年来，累计筹集用于乡村校长和教师跟岗研修以及送教下乡、送教到贫困地区的资金达1000余万元，其中投入安顺等地的志愿者达到600余人、投入资金500余万元。在青岛支教岛的辐射带动下，贵州支教岛、四川支教岛、河南支教岛、云南支教岛和曹县支教岛相继成立，吸引北京西部阳光基金会、上海华杰仁爱基金会、青岛慈善总会爱基金、恩马基金、玫瑰基金等参与教育扶贫。

海滨来的"青岛老师"

"您就是青岛老师?"

2020年5月,在贵州省安顺市安大学校的校园里,午后的阳光洒遍校园,远远地,一个男孩子朝蓝冀跑来,"是呀,我就是青岛老师!"

蓝冀轻轻揽住他,两个人朝着教室的方向走去。不一会儿,这位"青岛老师"身边就聚集了一大帮孩子,他们兴奋不已,如欢快的小鸟,一路叽叽喳喳,与她一起走过校园,走进课堂……

在每一位教师的心里,都藏着一个支教的梦。2020年5月,蓝冀积极响应上级的号召,成为市北区短期支教团队的一员。在疫情期间,告别年迈的长辈、居家学习的孩子,奔赴贵州省安顺市西秀区安大学校,开启为期一个月的支教生活。支教团队的奋进向上,西部学校领导、老师的热情,使短暂的支教生活充实而难忘。

唱响最美的旋律

课堂教学是支教教师的主战场。疫情期间,居家学习的孩子们,需要的是优质网课的指导。按照西秀区教育局的安排,蓝冀参加了西秀云课堂三年级英语网课的录制。时间紧,任务重,从开会布置,到网课录制,仅有一周的时间;特别是英语学科,安顺使用的是人教版PEP教材,与青岛使用的外研社教材差别很大。为了更好地完成网课任务,将东部先进的教育理念融入课堂教学,蓝冀抓紧点滴时间,研读教材、挖掘资源、制作课

蓝冀正在给学生们上英语课

件，并积极向当地的老师请教，了解进度和学情，放弃周末休息时间，研课、磨课到深夜，多次试讲，反复推敲。在安顺六小试讲时，受到郭校长及其带领的教师团队的一致好评，最终顺利地完成了录课任务。通过西秀云课堂，蓝冀给安顺的学生们送上了一堂他们喜欢的好课。

终于等到了复课，校园欢腾起来，在熟悉又陌生的课堂上，蓝冀与学生们见了面。虽然只有短短的几周，但是孩子们黝黑的笑脸，求知若渴的眼睛，却深深地契刻在了蓝冀的心里。

"六一"国际儿童节那天下午，安大学校以班级为单位随堂举行庆祝活动。在四年级一班的教室里，蓝冀与孩子们一起，庆祝疫情后的第一个"六一"国际儿童节。有"青岛老师"的加入，孩子们特别开心，他们津津有味地观看着介绍"六一"国际儿童节的英语微课，认真地听着讲解，不时地提出问题，悄悄地小声跟读。虽然孩子们从三年级才开始学习英语，功底还不是那么扎实，但对新形式、新知识都有着浓厚的学习兴趣。

接下来的茶话会环节,有两名女生自告奋勇,到讲台前表演了自编的简短的舞蹈;更多的孩子没有拿得出手的特长,于是他们选择在班主任老师手机音乐的伴奏下,齐唱抖音上的流行歌曲。可能是因为缺少一些最基本的音乐知识,孩子们的歌声不是那么悦耳,但是他们投入的演唱,却足以感染人。蓝冀悄悄地记下他们唱过的歌,记录下这欢乐的时刻。

展示成果携手并进

为了更好地开展青岛市和安顺市对口帮扶工作,推进市北区支教教师和西秀区安大学校学科经验交流,实现两地教学经验和资源共享,2020年5月14日,在安顺安大学校,蓝冀为安大学校全体教师及安顺启新学校的部分教师开设了"人人参与科技体育 助推学校特色发展"的主题讲座。

面对安大学校的领导、老师,怎样才能使讲座有的放矢?蓝冀通过与学校领导、老师的交流,了解学校的现状和教师团队的实际,不断调整,最终立足教师成长的角度,分享青岛寿光路小学以科技体育引领学校特色发展,倾心倾力打造"尚雅情,科技梦"教育品牌的实践与探索。在讲座

蓝冀与可爱的学生们

中，蓝冀运用丰富的图片和生动的事例，传递学校发展我成长的理念，分享在全体尚雅教师团队的积极参与下，学校逐步形成"一体两翼四结合"的科技体育教育模式的过程，即以培养学生创新精神和实践能力为主旨，以创造性思维开发和科技实践活动为两翼，以民主、自由、和谐、开放的环境为依托，形成课内与课外相结合，提高与普及相结合，学校课程与社团建设相结合，学校教育与社会实践活动相结合的全方位、多元化的教育模式。以"三模"普及与提高为着力点，辐射科技体育整体推进；以多彩科技实践为发散点，实现科技延展多元共赢；以多元课程建构为渗透点，助推科技工作蓬勃开展，在继承中寻发展，在常规中谋创新。

讲座受到与会领导和教师的欢迎。安大学校朱明广副校长对本次讲座进行了总结，他说："教育的本质是育人，教育的理念要创新，教育的手段要变革，教育才会硕果累累。""创新是民族的灵魂。"蓝冀的分享，以现代教育的视角，为参训领导及老师指明了方向，拓展了空间，回归了本质！

支教团队：最温暖的家

肩负着领导们的殷切嘱托，来自不同单位的十位教师，组成了赴贵州省安顺市西秀区支教的团队。团队里，年长的教师善教乐教，年轻的教师热情好学，团队中的每一个人都是那么亲切友善，在远离家乡的日子里，团队就成为每一个人最温暖的家。一起备课交流，一起分享收获，遇到难题一起解决，开心的时候一起欢笑。

在生活忙碌而充实的支教过程中，蓝冀的生日将近，远离家乡、远离亲人，心情稍有落寞。可是，队长没有忘记、队友们没有忘记。他们在繁忙的工作之余，悄悄地筹备，在周末团建活动中，给了蓝冀一个大大的惊喜。看着眼前生日蛋糕上大写的"LOVE"、听着伙伴们唱起生日快乐歌，泪水模糊了蓝冀的双眼："亲爱的伙伴，有爱的团队，多么高兴成为其中的一员，我会与你们一起，在支教的路上相携前行！"这是蓝冀过的至今最难忘的生日：吃到了最香甜的蛋糕，得到团队成员最真诚的祝福。

山海有情，大爱无限。参与市北区支援西秀区的教育工作，且在短暂的支教生活中收获了孩子们口中"青岛老师"的美誉，这必将成为蓝冀教师履历上最难忘的一页。

山海情深　放飞希望

2019年10月1日上午，青岛市庆祝中华人民共和国成立70周年升国旗仪式在市级机关大楼广场前隆重举行。在众多的方队中，有一个身着特色民族服装的特殊方队，他们是70名来自安顺建档立卡贫困户的学生代表。他们和青岛市民一起参与升旗仪式，共唱国歌，共同祝福祖国生日快乐。同一时间，在贵州省安顺市金钟广场举行的国庆升旗仪式，来自青岛的70名学生代表也同安顺各界人士一起为祖国送上自己的祝福。

升旗仪式结束后，青岛市委、市政府等领导一起走到安顺方队前，与孩子们亲切交谈并合影留念，鼓励他们树立远大志向，为家乡脱贫致富，为祖国繁荣富强努力学习、做出贡献。安顺市委、市政府、市人大、市政协等四大班子领导也在升旗现场会见了青岛学生代表，给予殷殷勉励。

为庆祝新中国成立70周年，进一步深化青岛–安顺东西部扶贫协作工作，9月30日至10月3日，青安两地扶贫协作办、教育局、微尘基金会等单位联合，策划开展了"山海情深　放飞希望"——新中国成立70周年青岛·安顺学生交流活动，双方各组织70名学生，到对方进行学习交流。来自安顺的70名孩子均为建档立卡贫困户的学生，他们来自大山深处，自强不息，刻苦好学，这次带着两地的山海深情，带着梦想与希望，来到青岛，来看大海，感受大海的宽广胸襟；而70名青岛孩子也作为青岛海边来的小使者，深入安顺，深入大山，感受"瀑乡"的神奇与秀美。

组织预告在媒体播出后，牵动着两市社会各界对学生交流活动的关注，不断激发起大家的爱心。山东航空、青岛农商银行、中国海洋大学、青岛电视塔、青岛旅游集团、海军博物馆和安顺王若飞纪念馆、文庙、黄果树景区、大坝金刺梨种植基地、屯堡文化区、黎阳航空博物馆等单位纷纷表达提供优质服务、接纳孩子交流的意愿，并在旅游黄金时间安排专门人员接待讲解。一时间，山海情深携手行的热潮在两座城市之间涌动，让整个交流体验过程充满了爱的阳光，这不仅让两地的孩子们感受到社会各界的温暖关爱，也必将为他们今后的健康成长和学业进步助力添劲。

青岛与安顺两市携手帮扶走过23年，结下了深厚的山海情谊。两地并肩作战、合力攻坚，脱贫与协作齐头并进，各项工作均取得了如期进展，成效显著。随着脱贫攻坚不断深入，中央提出要加强扶贫同扶志、扶智相结合，激发贫困群众积极性和主动性，激励和引导贫困群众从思想上淡化"贫困意识"，摒弃"等靠要"的依赖心理。

孩子是祖国的未来，是城市的希望，教育领域的协作尤为重要。青安两地学校间广泛建立"手拉手"结对关系并实现全覆盖，大力实施项目援建和学生资助，积极开展教师"组团式"互派交流，初步构建起教育对口帮扶大格局。两地深入开展组团式帮扶，细化"一对一"帮扶方案、职教合作方案等，着力强化信息平台建设，实现优质资源共享，建好两地信息互通机制，为按时打赢脱贫攻坚战做出应有的贡献。

此心"安"处 即是我"家"

2015年8月，时任青岛商务学校副校长的尹逊朋被委派到安顺市教育局挂职党组成员、副局长。到安顺的第一天，尹逊朋就想到了苏轼的一句词："试问岭南应不好，却道，此心安处是吾乡。"在他看来，这个"安"，就是挂职的地点——安顺，更是工作的状态——"安心"；这个"乡"，就是遥远的他乡，也是即将工作、生活的家乡。

把他乡当故乡

从碧波荡漾的滨海岛城，来到千里之外的云贵高原，尹逊朋带着一份嘱托，也带来一份期待。如何让嘱托落地生根，让期待梦想成真，是他一直思考的问题。但是这个时候，他却面临着众多的生活问题：家里老人年龄已大，孩子需要照顾；孩子上小学六年级，即将进入关键的青春期，需要父母的关爱；爱人包翠霞是市里的重点中学——青岛五十八中的物理教师，同时兼任备课组长，授课任务重，管理任务多。在这样的情况下，即使到了安顺，他也不能安心工作，反倒会因为家庭负担增添更多的心理负担。

就在尹逊朋一筹莫展的时候，包翠霞提出了一个建议：全家支教。他先是一愣，然后就理解了妻子的心情：知道他放不下家里，但也不能因为一己之私而放弃对对口支援地区孩子的教育。举家支教，一则一家人可以相互照顾，二则两个人都能贡献自己的力量，能给安顺更多的孩子送去关心和帮助。老人呢，可以暂时送回老家，让家里的亲戚照顾。只是孩子的上学问题，是一时无法顺利解决的大难题：青岛、安顺两地教育资源的差异先不说，使用的教材、达标的要求也都不一样。

当他们提出带孩子到贵州上学的想法时，立刻遭到了家里老人的强烈反对："你们把孩子带到教育水平相对落后的贵州，孩子又是小升初衔接的关键时期，这不是耽误孩子吗？"老人的话让夫妻俩陷入了苦恼。但当他们把想法告诉孩子时，孩子一脸坚定又憧憬地说："我很期待。"这句话打消了他们最后的顾虑。

包翠霞母子二人带着简单的生活物品，陪同尹逊朋来到了千里之外的安顺。只有抛开一切牵绊，才能全心投入、倾心付出，踏踏实实做事情，真真正正见成效。一年、一个人的挂职，最后化成一年、一家人的真情……

把挂职当本职

有的干部挂职是抱着"镀镀金""走过场"的心理，认为坚持一年两载，可以换来仕途的通顺畅达。尹逊朋不这样想，他把挂职看成是一次正常的岗位调整，既然到了这个岗位，就应该尽快进入适应岗位的工作状态。

在挂职安顺市教育局副局长的第一个月，他的工作日程就被填得满满当当：8月底9月初，时任青岛市教育局局长的邓云锋到安顺调研；9月14日至16日，安顺一中与青岛五十八中在青岛签署两校间的教育交流与帮扶合作协议，并开展教育交流活动；9月20日至25日，青岛二中与安顺二中在安顺举行两校友好学校揭牌仪式。

紧接着，青安两地的教育帮扶活动紧张有序、有声有色地开展了青岛五十八中两名校长工作室成员及部分教研组长赴安顺一中进行系列教育交流活动；安顺一中部分教师到青岛五十八中跟岗学习；安顺市民族中学部分教师到青岛十七中考察访问；安顺二中部分教师到青岛二中进行迭代式培训；青岛十五中访问结对帮扶学校西秀区旧州中学，组织"奔跑吧古镇"活动；平坝一中赴青岛九中学习，并与青岛九中签订"手拉手"结对帮扶协议；青岛艺术学校与西秀区高中签署对口帮扶协议；青岛安顺跨区域教育高端论坛暨青岛市中小学教师科研工作站走进安顺；青岛市普通教育教研室赴安顺进行教学研究讲学；"齐鲁名师刘光尧工作室"在安顺开展系列活动……

尹逊朋觉得，对口支援，教育扶贫，自己要有正确的站位。挂职副局长，不同于一般的挂职教师：教师的主要立足点在课堂，副局长的立足点则要着眼于全市教育整体发展，着眼于帮助安顺提升当地教师干部队伍素质、打造优质一流教育，抓住影响当地教育发展的关键难点持续发力，高质量完成帮扶目标。所以，他一心扮演好"使者"的角色，做一架沟通东西、连接山海的桥梁，把青岛最好的学校、最优秀的师资、最先进的理念引进来，建立起持久、全面的帮扶机制。

在挂职的一年时间里，尹逊朋积极促成青岛市11所学校与安顺市相关学校建立结对帮扶合作关系。这些学校涵盖普通教育、职业教育、艺术教育等多个层面。这一年，青岛市先后有300多名教师到安顺开设讲座、授课，包括教育局教科所长、教研室主任、督导室主任、50余位校长、近200名齐鲁名师、特级教师等，安顺市受益教师达3万人次。同时，安顺教育系统有200余名干部、教师来到青岛的大中小学校，进校园、进课堂、交流经验、研讨对策，互相学习、取长补短。

把职业当事业

一个人取得成功或者留下轨迹，原因很多，或者出于对利益的追求，或者出于对职业的尊敬，或者出于对发展的渴望，所有这一切，都不如有一份情怀、有一点理想，来得更真诚、更坚韧、更恒久。尹逊朋深深明白这些道理，无论挂职时间是一年、两年，还是三年、五年，在安顺的时间总是有限的,如何在这有限的时间里给当地留下更具影响力、更有持久性的东西,是改变当地教育现状的根本。

除了牵线搭桥外,尹逊朋积极引进资金设备和教师培训资源,联系捐赠价值200万元的图书、体育设备,捐建一个价值30余万元的未来教室等。在青岛市教育局的协调帮助下,他组织了两轮安顺市中小学教师参加山东省中小学教师全员远程研修。第一轮培训让安顺市146所中学、683所小学的1.8万名教师分享到山东省优质教育资源;第二轮培训有2.4万名教师参加。贵州省教育厅估算,两轮研修可为安顺节省3000万元的培训经费。

尹逊朋十分注重制度机制建设,努力为安顺教育的后续发展奠定基础,提供动力。他先后参与了安顺市名校长和金种子校长的评选、《安顺市中考奖励办法》和《安顺市名师工作室管理办法》制定、《安顺教育》编纂等工作,指导出台了《安顺市教育系统"十三五""广阅读、强素质、促发展"教师读书活动方案》《关于进一步建立和完善中小学教师师德建设长效机制的意见》《安顺市中小学教师师德师风考核办法》等文件。在教研队伍建设、教研活动、工作调研、学校管理、对县区和学校考核等工作中,把青岛的一些好做法、好经验因地制宜迁移到安顺教育工作中。他说:"工作定位就是做好两地教育的桥梁纽带,积极做好青岛教育资源的推介、引入、落地工作,推介、引入很重要,落地、扎根更重要。对口支援实际上是不同地区间的横向转移支付,但随着安顺地区的经济快速发展,对口支援工作应把重点放在'输血'和'造血'的兼顾上。"

这一点在尹逊朋的妻子包翠霞身上也得以鲜明地体现。包翠霞到安顺一中任物理教师,在正常授课的同时,不忘培养学生的自主学习能力,积极推行青岛五十八中业已成熟的以学案导学为载体的课堂教学模式,就导学案制作,学生和教师的课前准备,教师在课上的角色定位,教师在教学中对学生的学习指导、评价等细节问题与学校老师、学生进行思维碰撞,不但学生的学习成绩有了大幅度提升,也在实践中帮助老师们改变了教学理念，提升了教学水平。去安顺之前，包翠霞立下心愿："不管在哪里，对待哪一届学生，都会全力以赴，可有不舍，不留遗憾！"等她离开安顺的时候，有的学生这样给她留言："包老师，您让我知道了，原来物理还可以这样学，这必将使我受益终生，真的很感谢您，我会牢记您的谆谆教导，牢记您的引导与鼓励。"

"山色不厌远，我行随处深。"在尹逊朋和包翠霞的身上，能够清晰地读到两个字：情怀。这是最伟大的品质，也是最朴素、最接近真理的追求——把教育当作事业来做，事业是他们真诚的追求，也是他们人生价值的实现载体。距离挂职已经过去了几年时间，现任青岛市教科院副院长的尹逊朋仍然时时牵挂着那座曾经为之付出的美丽"家园"，时时惦念着他们一家曾经支教、生活过的青山绿水，深深铭记着这个永远安"心"的"家"。

健康扶贫

青医来的"博士帮扶团"

从2017年2月起,青岛大学附属医院与安顺市西秀区人民医院确立对口帮扶关系。青岛大学附属医院坚持统筹优势资源,聚焦协作需求,注重结对帮扶的系统性、针对性和实效性,组建医联体,派出"博士帮扶团",带学科、建科室、锻人才,创新推出"互联网+远程医疗"方式,围绕中心、聚焦核心、突出重心,全方位开展扶贫协作,探索形成组团式帮扶模式,促进西秀区人民医院跨越式发展。

组建医联体:"博士帮扶团"来帮忙

成立于2007年10月的西秀区人民医院是一家集医疗、教研、预防、保健为一体的二级甲等综合医院。然而,2017年以前,医院的发展不尽人意。

"之前这个区级二甲医院'名不副实',甚至连一般的民营医院都不如。"西秀区人民医院院长张宇说。作为二级甲等医院,西秀区人民医院在影像、骨科、急诊等科室方面或多或少与其他医院存在一定差距,甚至部分科室的手术为零。这些都导致该医院的发展举步维艰。

2016年底,西秀区人民医院迎来发展的曙光。根据援黔医疗卫生对口帮扶全覆盖工作的安排,青岛大学附属医院结对帮扶西秀区人民医院,并于2017年初正式签署对口支援帮扶协议。这犹如一剂"强心针",鼓舞着西秀区人民医院的全体医护人员，从此开启了"凤凰涅槃"之路。

经过前期对接沟通，2017年5月3日，青岛大学附属医院援黔组长田少奇扛起"帅旗"，与陈月华、张振晓、李志明首批出征援黔，由四位专家组成的"博士帮扶团"抵达安顺市西秀区，进行为期5个月的医疗卫生驻点帮扶工作。刚到西秀区人民医院，他们没有歇一歇，就立即投入工作，深入医院临床一线、科室了解优势，寻找短板，制定详细的帮扶与整改计划。

2017年5月4日，"青岛大学医疗集团西秀医院"揭牌暨青岛大学附属医院专家开诊仪式在西秀区人民医院举行。该医院正式加盟青岛大学医疗集团，成为青岛、安顺两地之间首个集团化发展的共建医院，实现异地跨省、市帮扶组建医联体的创新性突破。新型医疗帮扶协作模式为扶贫协作工作的开展创造了条件，奠定了基础，实现了资源共享。

青岛大学医疗集团根据西秀区人民医院业务需求和发展规划制定合理有效的帮扶计划，通过远程医疗、专家"一对一"带教、学术交流、派驻医疗专家团队等方式带动西秀区人民医院学科建设和专科发展，力求在五年合作期内，促进西秀区人民医院学科建设和专科发展、人才培养和引进、现代化医院管理等方面有质的突破。两家医院形成了有求必应、有难必帮，不分你我的良好协作氛围。青岛大学附属医院的培训进修、学术讲座、对外交流、院庆活动、运动会等，西秀区人民医院干部职工同等参与；青岛大学医疗集团的"院长管理沙龙"也委托西秀区人民医院参与承办，全面提升了西秀区人民医院干部职工的医疗水平。

如今，青岛大学附属医院已经派出六批帮扶专家团，一批接一批接力帮扶。"博士帮扶团"专家开展的科室建设、学科带头、培养人才等多项工作，让西秀区人民医院挺立在发展的时代潮头。

完善科室：学科科室全面升级

作为第六批帮扶西秀区人民医院的专家，产科"女博士"张妍很忙，刚做完待生孕妇的分娩手术，就马上走进住院病房去指导护士如何处理产妇们的突发状况。

"从交班查房开始，点点滴滴帮助大家扭转曾经不规范的操作习惯。"张妍2019年5月来到安顺市，将青岛大学附属医院产科的先进技术带到了西秀区人民医院，提升了医院妇产科的诊疗水平。"我们帮扶的目的，就是要把先进的医疗技术带给医院，不断完善和提升医疗水平。我的工作重心在新生儿与危病症产妇救治，来到西秀区人民医院后，不定期组织大规模的新生儿与危病症产妇救治应急演练，从每一个细节着手，手把手地演示突发情况的规范处理。"张妍说，现在，妇产科的医护人员都掌握了相关技术，医疗水平也全面提升。

完善科室、提升科室诊疗水平，早在第一批"博士帮扶团"就开始了。2017年6月8日，青岛大学附属医院"博士帮扶团"来到西秀区人民医院后，用一个多月时间协助西秀区人民医院正式成立了重症医学科（ICU），填补了该院此项业务的空白。在此之前，西秀区人民医院ICU病房长期受人力、技术限制，一直未投入使用，被列为急需重点帮扶的科室之一。重症医学科陈月华医师到岗后，受聘为ICU业务主任，在院领导及各部门科室的配合下，为ICU病房的规划布局、人员培训、硬件设备配置及学科制度建设等做了大量工作。西秀区人民医院ICU的成立，为危重患者的救治提供了有力保障。斗转星移，一个个具有突破性的科室和学科相继发展，处于安顺市医疗界的领先地位。2020年1月9日，该医院心内科团队成功完成两例冠脉介入手术，心内科学科发展取得重大突破。该医院也成为贵州省唯一一家获批第二批心脏康复中心建设单位的医院。

科室建设、学科发展，青岛大学附属医院帮扶领域越来越宽，让西秀区人民医院一年一个台阶。2017年以来，根据发展需求，除了急诊科、重症医学科等少数业务科室外，帮扶范围涉及院办、医教、护理、院感、信息、门急诊部、项目基建部等多个职能科室，先后开设儿童贫血病、妊娠期糖尿病、老年病、麻醉、癌痛等门诊，组织成立关节外科、消化内科、老年病科、血透室等科室，完善了医院科室设置，学科建设不断加强，诊疗领域不断拓展。

面对放射科新引进的64排128层螺旋CT、1.5T磁共振和DSA等先进大型设备，帮扶专家组织进行人员操作技术和诊断培训，培养高素质医护技能专业队伍。在专家们的帮助下，医院相关学科建设与科室发展规划日臻完善，人才梯队培养趋于成熟。

新科室的建立和新设备的应用，使西秀区人民医院在诸多方面实现零突破，全面提升了医院的诊疗技术水平，让群众可以就近看病，节省了他们的开支。

系统帮扶：医疗水平迈上新台阶

2019年9月7日，经青岛、安顺两地医院合作，通过5G网络技术和我国自主原研的手术机器人远程应用，全球首例5G超远程机器人腹腔复杂手术在安顺市西秀区人民医院成功实施。

当日上午9时许，在安顺市西秀区人民医院手术室，辅助手术的医护人员为已麻醉的猪开创口，用于放置三维腹腔镜及手术器械。通过远程系统屏幕，远在青岛大学附属医院的牛海涛教授坐在主手端前，实时观察猪腹腔内的高清画面，远程操控安顺从手端3个机械臂，将手术器械伸入猪腹腔内"探囊取物"。手术由"妙手S"微创手术辅助机器人主刀，为活体动物进行肾脏切除术、胆囊切除术、膀胱切除术等，属于手术过程复杂、技术难度高、意外风险大的四级手术。

中午12时许，3台手术全部顺利完成，术中无周围脏器损伤等并发症。"全球首例5G网络环境下的超远程复杂手术成功！"青岛、安顺两地手术室同时响起热烈的掌声。此次手术的顺利实施，标志着我国5G远程医疗与人工智能应用达到新高度，也标志着青岛、安顺两地间新型远程医疗帮扶协作有了创新性发展，探索出东西部地区优质医疗资源的输送新渠道，为推动智慧医疗和分级诊疗落地提供了更广阔的空间。

"相较于人手，'妙手S'的防抖功能更优，灵活的机械臂具有7个自由度，可实现模块化组装和540°末端旋转多操作，三维腹腔镜达到国际先进水平，立体视觉环境下手、眼、器械运动具有一致性，能完成人不能完成的复杂手术。"青岛大学附属医院选派到西秀区人民医院挂职的副院长张坚说。

新技术、新项目的运用，为西秀区人民医院医疗水平提升增添了引擎动力。三年来，双方将骨干力量培养作为核心，向专业水平要效能，青岛大学附属医院共派出6批23人次长期帮扶专家、53人次短期帮扶专家，每批专家至少6人，其中4人长驻医院进行长期帮扶，2人进行短期的学术讲座、教学查房及业务指导。累计开展新技术新项目50余项，填补了医院以及安顺市的多项技术空白；开展专科培训220余场，带教查房700余次，培训卫生专业技术人员4700余人次；诊治门诊患者5000余人次，收入院800余人次，开展各类手术300余例，义诊2000余人次。

一张张亮眼的成绩单，彰显着西秀区人民医院在青岛大学附属医院帮扶下的精彩跨越。在此期间，"博士帮扶团"荣获各级表彰40余项，获得个人或集体锦旗40余面。在2018年首个"中国医师节"暨贵州省第二届"百名优秀医生"颁奖典礼上，田少奇博士与田蓝天博士荣获仅有10个名额的"援黔医疗卫生对口帮扶工作特殊贡献奖"殊荣。

涅槃重生：打造人民满意的医院

"这种医联体内派驻专业人员定岗、驻守持续帮扶的协作模式，有力推动了西秀医院的统筹管理、技术提升和人才培养等，实现了医院全方位发展。"张宇说。

作为第五批"博士帮扶团"的一员,妇科专家孙业武博士是唯一的"留级生"。在结束5个月的帮扶后,本该在2019年9月底返回原工作单位,但看到妇科刚从原妇产科独立出来,有些工作还需进一步完善,他主动申请延期3个月,以"舍小家为大家"践行帮扶的初心和使命。

"我们本院的高学历人才占比较高,如果要外出帮扶,还需优中选优,确保'个顶个'能独当一面。"孙业武说。他到西秀区人民医院后已开展80多例手术,其中新技术7项,并首推主诊医师负责制,建立新的管理制度,参与社会公益与健康宣教工作。他还将医学技术传授给科室医生,帮助他们提高诊疗水平。"'传帮带'就是要我不再主刀,逐渐成为一名助手,那时我就可以放手离开了。"

浓浓帮扶情,青岛大学附属医院一直将管理理念、管理能力提升作为工作重心,双方通过远程会议系统共享"医院管理与学科建设"等院级培训90余场。借助青岛大学附属医院平台,西秀区人民医院管理人员共享美国马里兰大学的医疗管理人员高级培训班、武汉"全国医院建设发展大会"、延安的"卫计系统干部提升学习班"、中国医疗环境培训会、全国卫生信息技术交流大会,与青大附院干部一起到东北、上海、南京、郑州等先进医院参观学习,到浙江进行护理人员管理培训;参与山东省学科建设与医疗质量管理高峰论坛、新加坡现代医院高级管理培训班、青大医疗集团急诊年会等。平台资源共享打开了管理干部视野,医院管理理念为之一新。

如今,西秀区人民医院的医疗水平有了质的飞跃,危重病人救治能力和救治程度显著提升。2017年、2018年和2019年前10月,门诊人次量分别为21.8万、28.2万、28.6万,住院人次量1.4万、1.6万和1.7万,三四级手术量332台、830台和1116台,I级学科增加了1个、II级学科增加了18个,医院床位使用率从帮扶前的50%左右提高到100%,医院年收入从帮扶前的3000余万元增加到亿元以上,医院的整体医疗水平与综合服务能力显著提升,真正做到了由被动"输血"向主动"造血"的蜕变。医院还将以此为契机,弥补医务人员不足和高层次人才缺乏的情况,进一步提升医疗服务能力,为辖区老百姓提供更好的医疗质量及医疗服务,从根本上解决看病难、看病贵的问题。将医院打造成人民满意的医院,尽快升级为三级医院。

为了63名心脏病患儿

为了做好对安顺市的健康扶贫工作，青岛市卫健委、青岛港集团统筹组织，青岛阜外心血管病医院协调北京阜外医院及本院专家在安顺市6个贫困区（县）开展了贫困先心病儿童救助活动，为426名患儿免费实施了体格检查、B超检查和治疗指导工作，其中，101名贫困先天性心脏病患儿到青岛阜外心血管病医院接受免费手术治疗。该项目得到了中国红十字基金会、青岛红十字微尘基金会、狮子会等单位团体的资助。

救治活动送来生机

这天一早，罗正方早早起来，打算带女儿罗柔去50多公里外的县城看病。6岁的罗柔，三年前因为一场感冒检查出患有先天性心脏病，对于当时正在浙江打工的罗正方来说，几万块的手术费用几乎能把这个本不富裕的家庭压垮。几年来，罗正方两口子无时无刻不在担心着女儿的身体，他们背井离乡在外打工，就是为了早日挣钱给女儿做手术。

当他得知由中国红十字基金会和青岛阜外医院共同发起的大型爱心救治活动要来到镇宁时，马上就定好车票带女儿从浙江金华赶了回来。坐在镇宁自治县人民医院候诊区里，罗正方心里七上八下。因为三年的时间里，女儿的病情有没有恶化，他一无所知，望着身边的女儿，他的心里虽充满期待却又忐忑不安。一番焦急的等待后，罗柔走进了专家筛查室。几分钟的检查后，好消息传来，罗柔符合手术条件。

近三百人参与筛查

从2018年6月20日爱心救治活动在安顺市关岭自治县启动后,由北京阜外和青岛阜外专家组成的义诊小分队,五天转战关岭、镇宁、普定、紫云四地,为296名当地儿童进行了筛查,其中符合手术条件的共有63人。首批17名救治儿在家长和工作人员陪同下于6月25日抵达青岛,开始"爱心康复之旅"。

青岛和安顺两地社会各界对此高度关注。7月2日,青岛市卫健委、青岛港集团负责同志来到青岛阜外医院心脏中心,看望了在院接受手术治疗的患儿及家长。青岛阜外医院党委书记逄金华介绍了第一批患儿的救治情况,17名患儿中的15名患儿已经完成手术治疗,其余2名将于7月3日完成手术治疗,其中9名患儿将于7月4日康复出院。第二批安顺市普定县的25名先心病患儿将于7月12日到达青岛接受手术治疗。

从苗岭环绕的美丽黔中,再到黄海之滨的魅力之岛,这场爱心救治活动跨越山海,将两座城市和上千万人民紧密联系在一起。经过精心治疗后,这些可爱的孩子们就能够开始健康快乐的新生活。

青岛大爱获赞誉

"青岛—贵州先心病救助行动"是精准帮扶的经典案例,是健康扶贫的成功实践。青岛阜外医院成为中国红十字基金会、山东省红十字会先心病患儿公益救助项目的实施医院。青岛市委主要领导专门批示"做法很好、值得肯定",安顺市委、市政府也给予充分肯定,并得到当地群众的广泛赞誉。中国红十字基金会秘书长助理、赈济部部长周魁庆专程到安顺市参加救助活动启动仪式,高度评价这是践行精准扶贫精准脱贫基本方略的最好典范。该活动入选国务院扶贫办东西部扶贫协作工作推进会典型案例。

青岛红十字微尘基金、狮子会等爱心团体，青岛港等爱心企业热心救助，患儿和家属深切感受到了青岛这座城市的温暖和大爱。新华网、《健康报》、《齐鲁晚报》、大众网、安顺市人民政府网、《安顺日报》、安顺电视台等国家级及有关省市级媒体连续报道。青岛广播电视台、《青岛早报》全程拍摄，时刻关注患儿治疗进展情况。

青岛阜外医院以优质的医疗服务造福更多患儿，为"全民健康、全面小康"加油助力，为"健康中国"贡献力量。

"心耳康复·光明行动"

2019年10月16日,在第六个"国家扶贫日"到来之际,"爱的传承"——青岛帮扶安顺、陇南、菏泽建档立卡贫困人口"心耳康复·光明行动"募捐救助仪式在青岛市广播电视台800平方米演播大厅举行。通过募集社会资金,为青岛市及贵州省安顺市、甘肃省陇南市、山东省菏泽市建档立卡贫困家庭中的先天性心脏病儿童、失聪儿童和白内障老人免费实施救治康复手术,到2020年底实现符合条件贫困患者全覆盖。

实施青岛帮扶安顺、陇南、菏泽建档立卡贫困人口"心耳康复·光明行动",让先心病儿童重获"心"生,让失聪儿童聆听世界,让白内障老人重见光明,是解除贫困患者病痛、拔掉因病致贫"穷根"的实事好事,是攻克坚中之坚、助力扶贫协作地打赢脱贫攻坚战的精准之策,是弘扬青岛大爱、展现城市品质的重要举措。

首创三省四市联动的健康扶贫模式

"心耳康复·光明行动"聚焦精准扶贫精准脱贫,所要解决的事情正是安顺等扶贫协作地打赢脱贫攻坚战的困中之困、难中之难,办的是为协作地群众"雪中送炭"的大好事。活动组织得到了贵州安顺等三省四市的积极响应和大力支持,筹备期间互相配合、互相支持,成为增进协作城市感情的重要纽带。这种三省四市联动的健康扶贫模式,在全国东西部扶贫协作中尚属首创,引起了社会各界的广泛关注,产生了很好的社会影响。

青岛是一座充满爱心的城市，素有热心公益、扶危济困、乐善好施的优良传统，通过"心耳康复·光明行动"，进一步扩大了青岛爱心的影响力。当前，青岛市深入贯彻习近平总书记"办好一次会、搞活一座城"的重要指示精神，发起"十五个攻势"，建设开放、现代、活力、时尚的国际化大都市。这次活动的举办，充分展现了青岛在国家发展大局中的使命担当，充分彰显了青岛开放包容的城市品质，让更多的人认识青岛、感知青岛、记住青岛，让青岛与协作地之间的联系更加紧密，友情更加深厚。

聚焦建档立卡贫困人口精准施策

脱贫攻坚进入决战决胜、全面收官的关键阶段。习近平总书记强调，要聚焦深度贫困地区和特殊贫困群体，攻克难中之难、坚中之坚。开展"心耳康复·光明行动"，是认真落实习近平总书记重要指示、全面贯彻党中央决策部署的实际行动，是解决因病致贫因病返贫、高质量打赢脱贫攻坚战的关键之举。

根据初步摸底排查，四个城市建档立卡贫困人口中三类患者共有4077人，其中安顺市1196人。这些贫困人口由于生病导致家庭贫困，无力承担高额治疗费。在募捐现场，来自安顺、陇南、菏泽的患者分别讲述了忍受病痛折磨的痛苦，对实施"心耳康复·光明行动"充满了感恩和美好的期望。"心耳康复·光明行动"聚焦建档立卡贫困人口，为三省四市的贫困患者解除长久的病痛折磨，让先心病儿童彻底康复、重获"心"生，让失聪儿童远离聋哑、聆听世界，让白内障老人打开视窗、重见光明，让孩子们健康成长、老年人颐养天年，生活得更加安康、更加幸福、更有尊严，让贫困家庭除掉"病根子"、拔掉"穷根子"，"一人康复、全家脱贫"，与全国人民一道迈入全面小康社会。

治疗费由社会募捐筹集

"心耳康复·光明行动"医疗费用除通过医疗保险报销外,其他全部通过募集社会资金解决。倡议发出后,全市爱心企业、爱心组织迅速行动,积极参与建档立卡贫困人口"心耳康复·光明行动"募捐活动,伸出援助之手,汇聚爱的河流。共接收到160多家单位的捐款2600多万元,超出预期治疗费用。组织者给募集到的善款设立了专门资金账户,专款专用、严格监管,一切都在阳光下运行,确保每一分善款都用到贫困患者身上。

青岛市扶贫协作办、市卫生健康委、市医保局、市红十字会、市慈善总会、医疗机构与安顺市、陇南市、菏泽市相关部门密切配合,制定相关政策制度,统筹调度优秀医疗机构和医务专家参与,全力做好每一例手术,精心做好康复指导,让每一位受到救助的贫困患者早日康复,把好事办好办实,让这些贫困家庭与全国一道迈入全面小康社会。

安顺贫困白内障患者重见光明

2020年6月,在安顺佑明眼科医院病房里,来自幺铺镇的伍女士前来看望做完白内障手术的奶奶,尽管医院安排有专人看护,但想到奶奶年事已高,伍女士及家人还是不放心。"今年刚好80岁,她是精准扶贫户,所以由村医帮忙带过来,因为村里面医生给我们讲过,带过来会有专门的人照顾,我们家属如果工作忙,就不需要我们自己亲自来,但手术当天我们不放心,所以过来看一眼。"

伍女士介绍,奶奶此前经过前期筛选排查符合"心耳康复·光明行动"手术条件,随后到安顺佑明眼科医院,经术前检查后进行手术。看着奶奶手术后状况良好,伍女士内心非常感激。"非常感谢他们,非常感谢这个好政策,关心我们这些老人家。"

同样，在医院做完白内障手术后回医院进行术后复查的王奶奶，在谈及此次手术时也是激动不已。"做手术前望不到，手术后望得清楚得很，之前从这里看那边看不清楚，现在看得清楚得很。"

安顺佑明眼科医院在承担此项公益活动中，充分利用自身专业技术优势，积极履行社会职责，主要针对安顺市贫困人口眼病尤其是老年性白内障患者进行全额免费救助治疗，确保每一位接受救助的患者都能重见光明。

"青岛市政府来我们医院实地进行检查和考察以后，决定把青岛对口帮扶安顺的'心耳康复·光明行动'放在我们医院进行，这个也是基于我们医院首先有符合这次行动的硬件条件，目前到我院接受救治的贫困人口有80余例。"安顺佑明眼科医院院长沈轶瑶说道。

"再续一年"送光明

"张医生，谢谢您让我重新看到这个美丽的世界！您就是我们的光明天使！"2020年9月中下旬，安顺市紫云自治县猫营镇退休教师吴朝芳向援黔眼科医生张友岩送来"济世良医 光明天使"的锦旗时，拉着张友岩的手感激地说道。

吴朝芳感激的张医生，是青岛市即墨区人民医院到紫云自治县人民医院进行医疗帮扶的张友岩医生，他是拥有13年眼科从业经验的专家。"我双眼皆患白内障，左眼患病3年以上，右眼患病5年有余，伸出五指在眼前仅能看到一个黑影，看任何近的地方都是一片模糊，再远一点，就直接看不见了。"

63岁退休老师吴朝芳的眼疾已经严重影响了他的正常生活，无法看书，出远门必须得有家人陪同，牵着走路。夏天的时候，听说附近的乡邻中有人做了白内障摘除手术，效果很好，"一直以来，紫云是没有能治疗白内障的眼科医生的，我找到老家的治愈者打听，他们都夸从山东过来帮扶的张医生医术高，口碑好，服务周到。"吴朝芳说，当时听到这个消息，心中顿时点燃了希望。

9月初，在家人的陪同下，吴朝芳进了手术室。"通过检查，吴老师的两只眼睛几乎都没有了能见度，我挑选了最严重的右眼优先治疗。"张友岩回忆说，吴朝芳的情况已属白内障后期，手术有一定难度，不过当天手术较为顺利。

"术后第二天清晨，护士把缠住我眼睛的纱布给揭开，起初眼睛干涩，隔了一会儿，便能看清医院的模样，又回到了'亮堂堂'的世界，医院墙上的字也能看得一清二楚了。"吴朝芳没想到治疗效果如此立竿见影。

一周后，张友岩再次给吴朝芳的另一只眼睛做了手术。术后，吴朝芳的两只眼睛视力恢复很好，均达0.6，已经超过了术后0.5的正常标准，"我个人对手术效果非常满意，简直是重获光明。现在视力恢复后，可以看书了，生活也不需要人照顾了。"吴朝芳激动地说。

如今，在紫云当地的老百姓心目中，紫云自治县人民医院的帮扶专家能做眼科手术，而且手术做得特别好，真正实现了"在家门口就能看病"。

"看着患者重获光明，我非常欣慰，能得到老百姓的认可，一切努力都是值得的！"张友岩说。

2019年5月23日，张友岩到贵州省安顺市紫云自治县人民医院参加帮扶工作，转眼间已经过去了近一年。2020年5月23日，张友岩一年帮扶期限已满，但是他并没有选择回去。他说："紫云上了年纪的白内障患者较多，又缺眼科医生，留下来可能更有价值。另外，紫医的眼科队伍刚带起来，正在刚起步阶段，最需要指导，而一个合格的眼科大夫至少需要5至10年的学习和经验累积，现在走了，我不放心呀！"为此，张友岩向上级申请"再续一年"医疗帮扶。

从到紫云自治县人民医院伊始，张友岩便全身心地投入到工作中。"刚来到医院，发现五官科是一个综合科室，仅设有一个门诊，共有三名年轻医生。患者就医看病时，通常是眼科和耳鼻喉科混着看，这非常不利于医生的诊疗操作，同时还增加了患者的就诊时间，导致交叉感染的概率增大。"张友岩通过和医院领导协商，成立了单独的耳鼻喉科门诊、眼科门诊、眼科特检室和门诊手术室，大大方便了患者就诊，提高了住院医生的工作效率。

张友岩时刻牢记作为一名帮扶医生的责任和一名带教老师的职责，制定了眼科一些常见病和多发病的诊疗规范，和年轻医生一起探讨在临床上碰到的疑难病例，共同学习眼科手术录像。平日里，张友岩电话24小时开机，协助处理一些急诊复杂外伤患者，使患者在家门口就可以得到更优质的治疗。

2020年的第一天，70岁的马大爷送锦旗到紫云自治县人民医院眼科："张医生的医术确实高明，看来我当初的选择是正确的！"马大爷见到前来采访的记者时一边用手遮住右眼，一边指着窗外的招牌激动地说道，"你看现在我连窗外面墙上挂着的字都能够看得一清二楚了！"

时间回溯到2019年的清明节，家住紫云自治县火花镇洗牙河村的老大爷马如义被同村孩子放鞭炮炸伤了眼睛。"我的左眼正好被飞来的小石子击中……"但当时马大爷并没有放在心上，以为休息几天就能慢慢恢复。经历了一夜的疼痛，次日，马大爷受伤的左眼近乎失明，"我的左眼本来就有白内障，第二天更像蒙了一层厚厚的白纸，什么也看不清了。"

随着时间的推移，马大爷的左眼视力功能逐渐丧失，并且明显感觉到酸胀不适，走起路来也头重脚轻。于是马大爷托人打听，去了一邻县医院的眼科，"听说那医院的眼科专家很厉害，我就过去了。"然而，马大爷被告知左眼受伤严重，治疗效果不佳，恢复视力的希望不大。听到这一消息，马大爷便放弃了在邻县医院治疗，失望地回到了紫云家中。

2019年11月，紫云自治县人民医院顺利通过省级新农合重大疾病老年性白内障定点救治医疗机构的认定，马大爷通过村医得知了这一消息，并了解到山东青岛即墨区人民医院眼科的专家在县人民医院开展帮扶工作，便抱着试试看的心态来到县医院，希望自己的左眼能够重新见到光明。

"我给马大爷做了详细的检查，诊断为左眼外伤性白内障，继发性青光眼，玻璃体瞳孔崁顿。"张友岩告诉马大爷，虽然他的左眼受伤比较严重，但通过手术，可以恢复一部分视力。

马大爷一听到可以恢复视力，非常高兴，便立即办理了住院手续。但对于张友岩来说,一个新的挑战开始了——马大爷的左眼外伤导致的晶状体脱位于6点位,脱离范围超过180度,玻璃体崁顿于瞳孔区,在没有玻璃体切除手术的情况下,手术难度极大,稍有不慎,脱位的晶状体就会掉进玻璃体腔内,从而导致手术失败。"一旦手术不成功,马大爷就必须转院到省城甚至省外的大医院做更大的手术。"张友岩把手术风险一一告知了马大爷。"我相信你,放心做吧!反正我的眼睛也看不见了。"马大爷的信任给了张友岩信心,同时也给了他压力。

"术前,我做了详细的手术计划,在大脑里反复演练了手术的每一个步骤和可能会出现的问题。"12月24日,全县第一例外伤性晶状体半脱位晶状体摘除+人工晶体悬吊手术顺利完成。据悉,人工晶状体悬吊手术也是全市首例。术后第1天,马大爷的左眼视力恢复至0.1,眼压正常;术后第7天,视力恢复至0.4,眼压正常;术后半个月,视力维持0.4,眼压正常。马大爷和家属对手术和治疗效果非常满意,每次复诊时,都会激动的地拉着张友岩的手:"谢谢你!谢谢你!"

2020年元旦,马大爷和家人给张友岩带来一面"医术精湛,医德双馨"的锦旗以表感谢。

为了响应国家帮扶政策,在紫云自治县卫计委和医院的安排下,张友岩多次走进乡镇卫生院、社区门诊和贫困农户家中参加义诊,并且参加了当地政府青少年近视防控计划,走进学校,宣教用眼卫生,指导规范验光配镜。每个月参加医院科室会议一次,就眼科工作中遇到的问题与医院领导及时沟通,共同探讨,协助医院申请白内障手术免费活动,使医院顺利成为省级新农合重大疾病老年性白内障的定点救治机构。同时,张友岩向医院领导提出眼科未来的发展计划,协助医院招标了一台眼底彩色照相机和一台光学相关断层OCT扫描机,为眼底病的诊疗提供了临床基础,也为本院医师学习眼底疾病提供了影像学基础。参加帮扶工作一年多来,张友岩累计完成各类住院手术近800余台,其中老年性白内障手术500余台,解决了当地老百姓看病难、看病贵的难题。

工作期间，张友岩还积极指导年轻医生的手术操作，手术中大胆放手，让本院医生单独主刀一些常规的眼外手术，他则在助手的位置上指导他们规范手术和技巧，这样大大提高了紫云自治县人民医院眼科医生的显微手术技术。"在援黔医生帮扶之前，很多眼科手术我们是不能做的，没有临床经验和技术，基础几乎为零；得益于张友岩主任毫无保留的培训和指导，我们的眼科理论、实操水平在不断提升，很多操作越来越规范，临床经验逐渐丰富起来。"紫云自治县人民医院五官科业务组长兰丹说。目前，紫云自治县人民医院的4名眼科医生已经可以单独完成一些简单的眼科手术，如眼睑肿物手术、翼状胬肉手术，眼睑整形和泪道置管手术等。

"时常会有紧迫感，感觉还有很多东西没有教会他们，还有很多事情没有为当地老百姓做。"为了紫云自治县人民医院的眼科医生们能够学会更多的手术，也为了继续保障紫云自治县40多万老百姓的眼部诊疗，经紫云自治县卫健局和即墨区卫健局同意，张友岩决定在紫云自治县人民医院再继续帮扶1年。"在帮扶第二年的时间里，我将继续不忘初心，牢记使命，加倍努力，以出色的工作状态把帮扶工作做好！""我希望能在延续的这一年的帮扶之中，将眼科医疗团队的医疗水平提升一个台阶；带好队伍，培育出一支'带不走'的'光明'医疗团队。"

普定人民的"健康卫士"

近年来，有这样一群人，他们活跃在安顺市医疗事业最前沿，救死扶伤、妙手回春，他们有着杏林满枝的情怀——倾囊而授；他们有一个共同的名字，叫"青岛对口帮扶安顺医疗团"。安顺市普定县人民医院挂职呼吸内科副主任王兴旗便是他们中间的一员。

王兴旗是一个集智慧、朴素、勤劳于一身的山东汉子，积极响应党的号召，放弃发达地区优厚的待遇，与青岛对口帮扶安顺医疗团一道，于2019年来到安顺市普定县人民医院，开启了他期望许久的援黔扶贫工作。他凭借精湛的医术、高尚的品德、无私的精神为黔中大地的医疗卫生事业默默地奉献着，被誉为普定人民的"健康卫士"。

克服困难毅然入黔

"护士，你带这位病人去取药，下一位。"

在安顺市普定县人民呼吸内科门诊，精神矍铄且脸上写满刚毅的王兴旗，用一口流利的普通话，一边询问着患者们的病情，一边叮嘱他们注意事项。

56岁的王兴旗，本是山东大学齐鲁医院青岛院区呼吸及危重症医学科的副主任医师、科室副主任。一直以来，他都怀揣着为贫困地区做些事情的理想，早在2018年便申请参加贵州扶贫任务，但因其家属身体不好需要照顾，所以组织上未予批准。随着家属的身体日渐好转，王兴旗那份服务贫困地区的渴望也愈发强烈。

2019年，经过再次申请后，王兴旗如愿获批来到安顺市普定县人民医院挂职，担任呼吸内科副主任，主要负责培训并提高该医院呼吸内科年轻医生的临床诊断能力，具体包括讲解呼吸内科学常见疾病症状诊治思路，以及内科疾病鉴别诊断路径。

王兴旗积极投身到工作中，为年轻医生们讲授危重流感病毒肺炎的诊断治疗和预防、慢性阻塞性肺病临床与病理、肺栓塞临床诊治、慢性阻塞性肺病的西式内科学中英文解读、糖尿病的药物治疗、痛风的药物治疗、阻塞性睡眠呼吸暂停诊治、临床休克的认识和诊治、呼吸内科糖皮质激素的应用、西式内科学哮喘中英文解读等多项临床常用的知识理论，极大地增加了年轻医生们的知识储备，获得了大家的广泛好评。他累计诊治门诊病人980人次，病房会诊查房诊治病人220人次以上，为年轻医生讲解分析疑难病例35次，开展疑难病例讨论15次，讲解呼吸内科理论15次，培训260人次。

妙手仁心为民解难

王兴旗到普定县人民医院后，每周一都会到呼吸内科的门诊去坐诊，为前来问诊的群众进行诊断，其余时间主要是在病房内解决疑难危重病人的治疗问题。他为疑难危重症病人们带来了曙光和希望，病人们纷纷对他赞不绝口。

2019年的一天，初到普定县人民医院的王兴旗便遇到了一例复杂的病例。一名70多岁的老年危重哮喘患者到医院进行诊治，经过经验较浅的年轻医生的多天治疗，病情仍不见好转，反而愈来愈重。

"早上我们来看病人时，该患者讲话非常费力，不愿意讲话，全身出汗，我立即意识到该患者是危重症哮喘，必须采取紧急措施。考虑到患者进水较少，加上大汗和用力呼吸，脱水可能很严重，所以检查电解质心电图，给患者补液，保证痰液易于排除，应用正规糖皮质激素，每4—6小时一次，直到患者症状明显缓解，同时加强其他支持治疗。"王兴旗回忆，该患者经过一天的治疗后，便自觉症状明显缓解，能够进水进食，一周后康复出院，出院前多次表示感谢。此后，王兴旗在每次治疗疑难重症患者时，都会将年轻医生们叫到身边，通过言传身教快速提升他们的临床诊治业务能力。

2020年3月的一天，一名70多岁的老人因患丙型肝炎合并肝硬化多年，来到普定县人民医院治疗。长时间发热不缓解是该患者最显著的特征，之前该患者已经去过贵州省内多家医院，但仍未找到发热原因。经过核酸检测排除其患新冠肺炎的可能后，王兴旗仔细检查，发现该患者皮肤多处出现小皮疹青斑，他便知道该患者有心脏功能不全的可能，应患有一种丙型肝炎相关血管炎的较为罕见疾病。王兴旗向患者推荐应用新型抗丙型肝炎药物的同时还给他应用抗炎药物治疗，20天后，该患者肝炎病毒转阴，发热症状得到缓解，心衰指标正常，炎症指标已经恢复，病人及家属非常满意。

"通过每天的临床诊断治疗病人实例操作，给年轻医生提供了学习分析诊断治疗疑难危重病人知识的机会，也锻炼和培养了诊断治疗思路。"王兴旗说，他的理想很简单，希望能为普定县培养一批合格的呼吸科医生。

关注公益抗"疫"保民

完成本职工作后，王兴旗还充分利用休息时间，与同样从青岛来普定县人民医院帮扶的放射科医生张丙进、骨科医生袁百胜一道，前往普定县鸡场坡乡新寨小学，为那里的学生们送去齐鲁医院捐赠的衣服和文具，并给他们检查身体。在检查过程中，通过心脏听诊，王兴旗及时发现了一例先天心脏病心室间隔缺损的学生，他迅速联系到青岛市有关部门给予帮扶治疗。

"这种先天性心脏病如不早发现、早治疗，后果将不堪设想。我们及时发现这一例小病人并趁早治疗，相当于挽救了这名学生的生命，避免了一个家庭发生悲剧。"事后，王兴旗一边回忆当时的情形，一边表示："我们计划在疫情形势彻底好转后，去更多边远地区的学校，寻找更多未发现的先天性心脏病人，争取在能手术的时间段内给予及时治疗，挽救更多的年轻生命。"

王兴旗与他的同事们一起，利用空闲时间多次组织下乡义诊。在补郎乡开展义诊时，他们不仅向当地群众宣传了慢性阻塞性肺病和其他肺病疾病的防治方法，还现场为89名患病群众进行了诊治。

时间平静地见证着王兴旗的点点滴滴，但一场突如其来的"疫情"却搅乱了这种节奏。那是2020年1月5日的傍晚，忙碌了一天的王兴旗边吃着晚餐，边阅读着最新的时政资讯。突然一则关于武汉出现"不明原因肺炎"的消息引起了他的高度关注，他敏锐地意识到发生在湖北武汉的"不明原因肺炎"可能是一个需要重视的严重传染疾病。来不及吃完晚餐的王兴旗立即向普定县人民医院的领导作了请示，于1月8日在该医院大会议室为全体医护人员讲授"不明原因肺炎"的预防知识。

如今，王兴旗回忆起新冠肺炎疫情发生初期的预防工作，仍然心有余悸："还好做到早认知、早预防，普定县人民医院开展预防讲座的时间走在了全国前列，为之后的新冠肺炎防治做了较早预警，避免了集中感染事件的发生。"后来的很长时间里，王兴旗与他的同事们一道，每天都坚守在抗"疫"一线，守护着普定县人民群众的生命健康安全。

"我为能够参与到安顺市的脱贫攻坚中来而感到自豪，也为能够成为青岛对口帮扶安顺医疗团中的一员而感到荣幸，未来再接再厉，不负此行。"王兴旗坚毅的脸庞上露出了喜悦的笑容。

一个医生"带火"一家医院

最近,安顺市中医院"很火",治未病科门诊就诊排成长队,预约挂号也排到两个月后。火爆的背后,是青岛市支援安顺市医疗专家史俍元的辛勤付出。

"听说你是'神医',摸摸脉象就能看病了?"面对记者的提问,史俍元笑着说:"我哪是什么'神医'呀,看病治疗是医生的本职,是遵循科学,有依据的看病。只是大家对中医太不了解了,中医讲求望闻问切,我比较擅长'切',通过脉诊脉象诊察,可以提前发现西医或者仪器没有检查出来的疾病前脉象征兆。"

史俍元毕业于山东中医药大学,是中医内科学博士、主治医师,就职于青岛市海慈医疗集团治未病科。2020年6月初,34岁的她得知安顺市中医院需要治未病专家帮助时,主动请缨,带着刚出生6个月的孩子和父母,暂别丈夫,跨越2000多公里,驱车赶到安顺市中医院进行健康帮扶。

"在脱贫攻坚收官之际,我有幸参与其中,这是我一生的闪耀时刻,也是作为一名大夫的医者仁心。"史俍元说。

刚到安顺市中医院,院党委书记、院长郭元园就将治未病科的发展重任托付给她:"史博士,我们医院要重点发展治未病科,至于具体怎么建,你放开手脚大胆干,我们全力支持你。"

然而,作为2014年建立的科室,治未病科只有一位医生、一名护士,几张床。"几乎从零开始。"史俍元说。接下来,她对治未病科进行重新规划,建立宣教区域、指导咨询区域、评估区域,购买治未病所需的医用红外热成像仪等设备，重新设计、装修科室，增加科室医护人员。短短3个月，治未病科全新启航。

治未病科焕发新气象。史俍元一边坐诊，一边总结地区疾病特点和就诊需求，主攻重点学科。通过对病例和地区特点的分析，她发现安顺区域结石患者、失眠人群较多，科室将预防和治疗结石体质纳入养生调养方案。10月12日，失眠门诊正式开诊，当日预约看诊患者已排满1个月，采取电话预约制、定期回访制，失眠门诊"一炮走红"。史俍元运用中药和非药物疗法进行辨证治疗，经她诊治好的病人口口相传，门诊病人越来越多。耳濡目染和史俍元的亲自教授，科室的医生熟练掌握了治疗方法。

治未病科声名鹊起。由于安顺市多雨潮湿、气温偏低的气候特点，该市市民关节疼痛、胃肠病等疾病高发，史俍元引进新技术，从中医辨证法采用隔药灸脐法治疗。她培养人才梯队，倾囊相授，培训4人独立掌握和操作隔药灸脐法，现已成功开展上百例。成功帮扶医护人员掌握麦粒灸、耳穴、经络穴位诊断、穴位贴敷、放血疗法等十几种技术，扩大治未病科的治疗范围，如崩漏、痛经、头痛、消化系统等内科疾病治疗，丰富了临床治疗的手段。

现在，安顺市中医院治未病科，患者慕名而来，其中不少是从广西、云南等省赶来看诊。"史大夫！太谢谢您了！幸好您从脉象上提前帮我看到了肠息肉，听了您的建议去做肠镜检查，才发现是肿瘤的超早期，要是再拖半年就恼火了！"一名50岁出头的男士连声道谢。

精湛的医术，患者争相传颂。现在，每天慕名来找史俍元看病的人络绎不绝，可谓一号难求，安顺市中医院治未病科的病人从寥寥无几到提前预约，接诊量累计超过1000人；治未病观念从鲜为人知到口口相传，"通过一个医生，带活一个科室"的消息被迅速传开。

看诊中，史俍元笃信精工出细活，每天上午只接诊初诊病人，下午专看复诊。她说："中医的精髓是辨证论治，就是要因人、因时、因地进行治疗。三五分钟不能真正解决问题，接诊每个病人至少要花费20分钟，虽然只是简单的把脉，但运气伤神，看多了看不明白等于没看。"

如今，安顺市中医院治未病科广为人知，治未病、健康养生在安顺迅速传开，治未病科的人员也增加至3名医生、5位护士。

治未病科处于起步阶段，正在经历从无到有的过程。史侲元表示："选择来到安顺，我带着情怀而来。下一步，安顺市中医院将会开发更多例如排酒毒门诊、排石门诊、体质调理门诊等符合南方人体质的治未病诊疗项目，更加细化科室门诊。同时，做好人才培养和科学研究，招聘一些新鲜血液继承和传承中医医学，建立起人才梯队，朝着细化深度发展。"

安顺市卫生健康局局长李硕介绍："我们就是要抓住东西部医疗扶贫协作的机会，让治未病的健康理念深入人心，通过一个医生，带活一个医院，带活一个产业，真正地把安顺打造成医养结合的'康养福地'和'城市避暑胜地'。"

做一名有温度的医生

2019年，张伟作为青岛市市北区妇幼保健计划生育服务中心的支医人员，来到市北区结对帮扶的安顺市西秀区，被安排到西秀区人民医院妇科，主要从事妇科门诊及盆底康复治疗工作。

西秀区人民医院的妇科成立于2016年，是从妇产科独立出来的年轻科室，刚刚购进了盆底康复机器——生物反馈神经功能重建治疗系统。张伟的任务是主持参与妇科盆底治疗康复室的建设，让西秀区妇科盆底治疗及康复工作提质提效。盆底治疗康复室的房间条件一般，机器无人会用，医护人员盆底康复知识匮乏，患者对盆底康复治疗不了解、不认可。面对困难，张伟没有畏缩，迅速开始制订工作方案，争取能让患者早日享受到高标准的医疗条件。

让工作的脚步再快一点

结合以往的工作经验，张伟查阅了大量资料，利用两天时间，加班加点整理完成了《盆底康复室工作制度》《盆底康复治疗知情同意书》《盆底康复门诊病历》《盆底康复诊疗记录》《盆底康复随访制度》《盆底康复随访流程》等盆底康复工作相关制度、流程、诊疗记录。

因为只有一台康复机器，为避免患者排队等待，所以设立了"预约制度"，患者可根据自己的时间提前电话预约，方便省时，也免除了排队等待之苦。制作了盆底知识PPT，以待宣传、授课使用，为盆底工作顺利开展打下了基础。编辑了一些宣传稿件及科普知识，通过微信公众号、宣传折页、举办讲座等多种途径与方式，做好盆底健康知识宣传与普及工作，逐步提高患者认知程度，让女性意识到盆底功能的重要性、盆底疾病治疗的紧迫性。利用医院"女性健康宣传月"活动，开展盆底康复知识培训，从医院职工开始，提高女性对盆底疾病的认识，让她们对盆底功能障碍性疾病"从不了解到了解，从了解到接受"，再由点至面地逐步实现普及。

让工作再深入一点

盆底康复室正式开放后，张伟通过与患者的沟通，发现患者与家属对病情不够重视的情况广泛存在，反映出以往盆底康复相关宣传没有做到位，女性不够重视，不认为这是需要预防和治疗的疾病，工作开展没有想象中顺利。

有天下班前，科室主任让张伟为医护人员进行一次专业培训，张伟痛快答应下来。周日在家做了一天准备，周一一早就来到科室，打印好材料。为了让大家更好更快地学习相关专业知识，张伟以科室第一例盆底筛查报告为例，把盆底知识串起来，告诉大家如何解读筛查报告，如何制订治疗方案，对于患者常见疑问如何解答等。这样既介绍了盆底康复的理论知识，也让大家熟悉了实际操作流程。

为了能够及时交流工作，科室医护人员建了一

张伟为科室医护人员培训

个"盆底交流微信群",大家把看到的盆底知识分享到群里一起学习。无论医生还是护士,学习积极性都很高。"授人以鱼,不如授之以渔。"从科室医务人员开始,让大家重视盆底健康,由点及面慢慢影响,逐步把工作人员都教会,把盆底康复工作真正开展起来。张伟暗暗鼓励自己:"我可以!"

让工作再温暖一点

妇科盆底治疗康复室主要由大型生物反馈神经功能重建治疗系统支持工作,患者经常要面对冰冷的机器。为了营造让患者舒心的就医环境,首先对康复室进行了改造。康复室处于病房走廊的尽头,比较安静和私密,里面摆满了病床,张伟与护士长一起连夜将病床挪出,将盆底治疗机器挪

张伟与患者进行沟通

进去，搞完卫生，房间顿时宽敞明亮起来；科室要求在工作中要微笑服务、态度亲切、文明用语、耐心细致，多替患者考虑，多做解释工作；在康复室悬挂展板，普及盆底知识。

做有温度的医护人员，建设有温度的科室，成为西秀区人民医院妇科盆底康复室所有医护人员的目标，并为之不断努力。在与病患者的接触中，医护人员也被病患者激励着、温暖着。

有一位10岁的小女孩，因发现腹部肿物入院一周时间。小姑娘很懂事，不哭不闹。张伟翻看了一下病例，发现她在1岁的时候，父亲就因淋巴癌去世了，那时候她母亲还怀着孕。小女孩做手术前，脸上满是紧张，坐在轮椅上，不停地用手指抠盐水瓶子。张伟上前给她安慰，问她年龄，问她喜欢娃娃吗。她说："喜欢。"声音很小，表情依旧紧张。作为10岁的孩子，她已经明白什么是手术，明白有什么风险，她在手术同意书上写上那句"我愿承担手术风险，自愿接受手术治疗"时，是怎样的心情呢？张伟拉着她的手，趴在她耳边，小声地对她说："你喜欢娃娃，那阿姨送你个娃娃好不好？你勇敢一点，手术一会儿就做好了，出来就能看到娃娃了。我们拉钩！"她伸出小指，和张伟的小指拉在一起，然后笑了。旁边的主任说："小姑娘笑了，张老师，你们做了什么约定啊？""哈哈，秘密，对吗？"

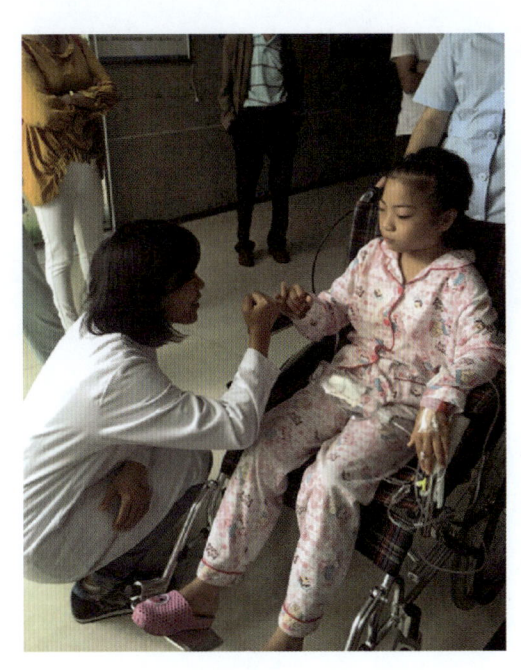

到了手术室门口，小女孩撑不住了，握着妈妈的手很大声地哭起来。

张伟有点难过，但还有一种感觉是安心：小女孩终于放下了超出年龄的成熟，把内心真实感受释放了出来，做了一回需要保护的孩子。小姑娘手术很成功，确诊是良性畸胎瘤。下午约的盆底患者还没来，于是张伟又去看望她，给她讲《窗边的小豆豆》这本书，她很喜欢。当她听到"巴学堂"里的教室是由电车改造的时候，眼睛里又放出了光芒。做一个有温度的医生，就是要让患者感受到温暖。

让我们一起走得更远些

　　一个多月过去了，妇科又增设了两个VIP病房，盆底康复室的窗帘和其他布置也增加不少，与初建时已大不相同。盆底康复室从无到有，一点点运行起来。小到收费标准，大到人员培训，都是一点点摸索，一步步试探出来的。看着康复室一天天充盈起来，张伟内心满是欢喜。医院组织援黔专家座谈会，让每个人都发言谈一下自己的想法，张伟借机和同事们分享了开展盆底康复工作以来的感受和体验，希望为当地医院妇科医疗提供更多的经验参考。

　　每天忙碌的工作，经常要到傍晚6点半以后才能下班。安顺天黑得比较晚，到食堂吃完晚饭，天还是亮的，青岛的家里应该已经亮灯了！"我不敢和孩子视频，怕自己眼泪不争气，夜深人静的时候也会想起宝贝，希望妈妈的努力工作和在贵州支医的这段宝贵的经历，也能成为宝贝的榜样和骄傲吧！"张伟说。

"蛇"专家的安顺行

"大家不要急,不要慌。我们刚刚了解到青岛有一名治疗蛇毒的专家在平坝,我们马上联系。"

2020年6月12日晚上8时许,安顺市紫云自治县工业和信息化局驻白石岩乡岩上村同步小康驻村干部吕波在入户走访群众结束回村委办公室的路上,不幸被毒蛇咬伤。6月13日破晓时分,吕波陷入深度昏迷,情况十分危急。在302医院重症监护室外,一场市、县、乡、村四级联动的救援正在展开。

"现在全市上下联动能凑齐6支血清,已是万幸。如果今晚治疗及时,还是很有希望的。"6月13日下午6时许,青岛市第八人民医院副主任医师、对口支援帮扶平坝区人民医院的专家薛乔升赶到302医院后,迅速与该院医护人员协同会诊。

晚上8点10分,跨越300公里,从黔东南州"接力"低温运送的4支血清终于送达,薛乔升带着血清一起进入重症室……

7月23日,吕波病情终于稳定,并成功撤掉呼吸机,手脚也能活动了。

薛乔升擅长骨折创伤病人的手术治疗和手法复位外固定治疗、多发伤复合伤的急救,还擅长毒蛇咬伤、海蜇蜇伤、蜂蜇伤等动物伤害的救治。谈到"蛇",薛乔升如数家珍,娓娓道来。

"我们平时多见的是蝮蛇、五步蛇、蜂蛇等咬伤患者,以上都可直接用抗蝮蛇毒血清治疗。银环蛇数量少,但毒性也大,若救治不及时,死亡率很高。"薛乔升说,现在是蛇出没频发的季节,在户外特别是在山区、野外要着长衣长裤，碰到草丛茂密的地方，先找根竹竿或者棍子敲打一下，无异样后再前行。一旦不幸被蛇咬伤，要尽量记住蛇的形态花纹，便于后期医生有针对性地治疗。切记不要惊慌，不要奔跑，以免引起血液循环加快，导致毒素过快吸收。要立即用清水或氨水彻底冲洗咬伤部位，冲掉和稀释一部分毒液，然后用弹力绷带、鞋带或细绳等在伤口部位做一个加压包扎，在伤口的近心端进行绑扎。如果伤口较深，有专业医生在场的情况下，可用小刀片把咬伤部位切开，再进行冲洗、包扎，然后尽快到有毒蛇咬伤救治能力的医院进行救治。

"薛医生，紧急情况，一名50岁左右的男子被不知名的蛇咬伤，现正在急诊室，病人情绪恐慌，请您立刻前来诊治。"6月23日晚12时许，薛乔升被平坝区人民医院急诊科血液净化中心主任何强的电话惊醒，随后立即前往医院。

凭借过硬的专业医疗知识及患者的自述，薛乔升判定是无毒蛇咬伤，对患者伤口进行仔细处理后，建议患者留院观察。

"薛乔升医生的到来，特别是在蛇咬伤这一块填补了我院的空白。随着生态环境的改变，毒蛇的种类越来越多，蛇咬伤时有发生，如果患者得不到救治的话，后果不堪设想。以往遇到被蛇咬伤的患者，我们都只能建议转院。"平坝区人民医院急诊科血液净化中心主任何强说。

薛乔升来到平坝区人民医院后发现，这里没有毒蛇咬伤的救治能力，但是周边地区毒蛇咬伤的事件时有发生，于是下定决心把在青岛治疗毒蛇咬伤的经验带到安顺来，让患者得到更加及时的救助，造福安顺人民。

经过多方沟通协调，如今平坝区人民医院成功引进了两种抗蛇毒血清，分别是抗银环蛇蛇毒血清和抗五步蛇蛇毒血清，并在平坝区人民医院急诊科设立了毒蛇咬伤救治门诊。目前，平坝区人民医院已经单独处理了几例蛇咬伤病例。

岁月不居，时节如流。转眼，薛乔升到安顺对口帮扶3个月的时间到了，刚来时的不适应变成了舍不得。

"热情好客，民风淳朴。"谈到安顺，薛乔升感慨地说，"安顺人民用他们的热情让我迅速适应了这里的生活，也有了家的感觉。毫不矫情地说，这里就是我的第二故乡，这里的自然风光与人文民风无不让人留念，很期待今后能带上家人一起来安顺。"

20年前，风华正茂的薛乔升曾怀揣梦想，希望通过参加青岛团市委组织的交流来贵州帮扶，可惜事与愿违。20年后，当青岛市第八人民医院决定派他前往安顺对口帮扶时，他如圆梦般欣喜，收拾行囊，拜别已是古稀之年的双亲，叮嘱好妻子儿女，便踏上行程，来到了贵州这片他心心念念的热土。

"安顺短暂的3个月之行，却是我人生最珍贵的记忆。山海相连情相牵，不管今后我在何地，只要安顺人民有需要，我一定义不容辞、全力以赴。"薛乔升如是说。

消费扶贫

多元推动消费扶贫规模化、常态化

青岛市扶贫协作的贵州省安顺市属国家规划的集中连片特困地区。2020年3月6日，习近平总书记在决战决胜脱贫攻坚座谈会上强调：要深化东西部扶贫协作和中央单位定点扶贫。当前，最突出的任务是帮助中西部地区降低疫情对脱贫攻坚的影响，在劳务协作上帮、在消费扶贫上帮。

青岛市深入贯彻落实习近平总书记关于东西部扶贫协作以及消费扶贫的重要讲话精神，坚持把消费扶贫作为助力扶贫协作地打赢脱贫攻坚战的主攻方向，发挥青岛消费大市场、开放大平台、物联大流通的优势，应协作地所需、尽青岛所能、聚全市合力，多元推动消费扶贫规模化、常态化，打造起"政府倡导、市场主导、消费引导"消费扶贫新模式，被国家发改委评选为2020年全国消费扶贫优秀典型案例。

持续高位推动　　强化政策支持

青岛市召开市委常委会会议、市政府常务会议、市对口支援和扶贫协作工作领导小组会议等重要会议11次，研究部署消费扶贫工作。市委、市政府主要领导每年带队赴安顺等协作地对接推动消费扶贫，提出打造东西部扶贫协作示范样板的目标；每年副市级以上领导同志20余人次赴协作地或深入消费扶贫展销中心调研指导。

出台《关于鼓励消费扶贫的实施意见》《关于支持企业赴扶贫协作地投资兴业的实施意见》等政策支撑体系，有效提升了各方参与消费扶贫的积极性。强化行业部门和区（市）责任，建立起各级书记带头抓、四套班子共同抓、援受双方协同抓的领导体系，形成了政府、企业、社会共同发力齐参与的工作局面。

积极搭建平台　　创新销售模式

立足安顺市等协作地的资源优势，搭建集经贸展销、商超对接、电商促销、冷链存储等线上线下为一体的综合性扶贫助销平台，为安顺等协作地扶贫产品产供销精准衔接打通全链条产业链。

经贸展销平台。组织"安货入青"等经贸洽谈活动21次，协调协作地企业参加中国（青岛）国际食品博览会暨青岛市对口支援和扶贫协作消费扶贫特色展、亚洲农业与食品产业博览会（青岛）等大型展会11次，百余家企业与青岛大型商超市场签订长期购销合作协议，累计协议购销额10.8亿元。举办首届青岛与西部对口协作城市特色产品消费扶贫展销会，安顺等8地市400余家企业、2000余种特色产品参会，实现消费扶贫额300余万元，签署消费扶贫合作协议83个，总金额9.17亿元。

商超对接平台。鼓励有条件的商场、超市集中采购安顺等协作地产品，设立消费扶贫专区。发挥社区便民优势，开办服务多元、分布广泛的线下门店体系，结对帮扶县（区）开设农特产品专卖店。在青岛国际会议中心和府新大厦等标志性会场、宾馆、展馆等设立安顺市农特产品"体验店""体验馆"，在大型农产品批发市场为协作地农特产品免费开辟销售专柜。

电商促销平台。拓展"互联网+"电商促销模式，通过资金补助给予电商平台企业流量扶持，采取减免租金、政府补贴等形式，鼓励设立电商扶贫馆和扶贫频道。"青饮商城""交运易购"网上商城开辟扶贫协作版块，协作地117家企业入驻、272种产品上线，销售扶贫产品409万元。西海岸新区供销集团依托"西海岸惠农网"设置扶贫产品专区，展销扶贫协作地52种农特产品，累计销售额242.4万元。放大中国（青岛）跨境电子商务综合试验区的政策效应，在扶贫协作地建设跨境电商孵化基地，打造"互联网+外贸+农特产品+贫困户"的供应链，开展跨境电商业务60余笔，销售农特产品90余类220余万元。

强化龙头带动　推动产销双赢

组织青岛农业龙头企业、大型零售批发企业定向到协作地采购，实施"龙头企业+基地+市场"订单式生产模式，构建"一头连着贫困地区，一头连着广阔市场"、产销双赢的消费扶贫机制。

利群集团、广电集团等企业分别与安顺等协作地企业签订战略合作协议。青岛东西协作农副产品销售公司在古镇口创新示范区建立实体展示平台，把安顺等地的农特产品纳入食品网平台，销售26大类129种产品达7900多万元。青岛鸿德盛中药饮片有限公司在安顺市订单式收购丹参、黄芪等中药材，带动农户增收650万元、贫困劳动力2259人次。

引导社会拉动　拓展购买渠道

按照政府引导、市场主导、社会参与、互利共赢原则，满足各类购买主体的不同需求，拓展购买渠道，推动协作地产品卖出好价钱、贫困户有个好收成，青岛市民买到好东西。

单位定向采购。市财政局、市扶贫协作办联合下发通知，明确预算单位将食堂以及工会农副产品采购资金纳入统计范围，采购贫困地区农副产品预留份额原则上不低于总额的15%，今年通过832平台已采购贫困地区农副产品2188万元。

工会福利团购。市总工会发出倡议，鼓励各级工会使用工会经费采购集体福利优先采购扶贫协作地产品；将安顺市纳入青岛市职工、劳模、优秀公务员等健康休养目的地，拉动消费扶贫。

干部职工直购。创新爱心消费扶贫模式，发动市民直购，鼓励党员干部带头"以购代捐"，优先采购贫困地区农副产品。目前线上线下销售扶贫协作地农特产品月均达20余万元。

广泛宣传发动　汇聚社会合力

开展消费扶贫进机关、进学校、进医院、进社区、进军营等活动，运用全媒体平台开展消费扶贫公益宣传，营造"人人知晓、人人支持、人人参与"消费扶贫的良好氛围。集中报纸、电视、广播、网站和"两微一端"新媒体融合互动，为扶贫协作地开辟专版、专栏，在扶贫日、啤酒节等重要时间节点推出全媒体访谈和特别节目。邀请影视明星黄晓明、体育明星陈梦为安顺农特产品代言，发布消费扶贫公益广告推介安顺市特色产品。利用青岛扶贫协作网和微信公众号，宣传协作地的特色优势和农特产品，扩大消费扶贫"朋友圈"，引导动员更多企业、单位参与消费扶贫，形成社会广泛参与的强大合力。

贵州特产青岛开大集

进了腊月便是年,而年味儿最足的就是逛大集、备年货。2019年1月12日,一场以扶贫为目的的特殊年货大集——"贵州安顺名优农特产品青岛年货大集"在青岛长途汽车站市民健康广场开幕,大集持续到1月16日。

这场大集"来头不小"。鸡辣椒、刺梨干、波波糖、风味腐乳、红芯红薯、山药、鱼腥草、红酸汤……来自贵州安顺的100余种农特产品悉数亮相。"贵州安顺名优农特产品青岛年货大集"是由青岛市扶贫协作办、青岛市总工会、青岛市商务局、青岛市农委、市北区政府和安顺市商务局、安顺市总工会、安顺市农委、安顺市扶贫办、安顺驻青办、安顺市各县(区)政府(管委会)协办,交运集团和贵州绿野芳田有限公司承办的一次重要的消费扶贫活动,得到了两地各级有关单位的大力支持和关心帮助。两地相关领导和现场市民共同见证了安顺市总工会与青岛利群集团签订战略合作协议,交运集团、城阳区安顺扶贫协作农产品店、青岛广电集团府新安顺特产店、李沧李村茶叶批发市场分别与贵州绿野芳田有限公司签订战略合作协议。

百余种安顺特产受追捧。车站前的市民健康广场上设置了12个展位,每个展位前都围满了前来置办年货的市民。为了让市民感受到贵州当地的风情,车站的工作人员还特意戴上了苗族的头饰。另外,为了让市民买得放心,车站的工作人员还现场蒸煮,供大家随意品尝。"这个红芯地瓜确实甜!"前来赶集的市民刘女士说,冬天就喜欢吃蒸的地瓜、山药等粗粮,在年货大集上看到有安顺当地的红芯红薯,品尝后非常香甜,便立刻买了几斤。不少市民表示，相比于网购，购买吃进肚子里的农副产品更希望能看得见、摸得着、品得到。

贵州280余个景区对青岛市民免费。"感谢青岛市民对安顺农特产品销售的支持！"安顺市商务局局长李猛说，此次青岛为安顺的农特产品搭起了展示的平台，让他们有机会将本地的特色产品送上青岛市民的餐桌，同时还能推介贵州的旅游资源，从而提高当地农民以及供销社、食品加工企业脱贫致富的积极性，全方位促进安顺的旅游生态经济发展。大集上，青岛市民还对贵州当地的旅游资源有了深入的了解，黄果树瀑布、苗寨、杜鹃林等景点引起了不少市民的兴趣，尤其是听说2月底前持青岛市居民身份证到贵州旅游，可在280余个A级景区享受门票免费政策时，不少结伴而来的市民都开始计划起春节假期的旅游行程来。

据青岛市总工会相关负责人介绍，此次年货大集不仅能在春节来临之际方便青岛市民集中采购年货，在家门口体验充满异乡风情的"年味"，同时也能让大家奉献一份爱心，以实际行动支持扶贫工作，拉动当地经济的发展。承办此次年货大集，交运集团不仅承担了货品卸载入库、展卖现场的布置、农特产品的销售等工作，还特意开通了康定路早市至青岛长途站的免费接驳车，便于市民前去采购。

企业助力安顺农产品长驻青岛。这是交运集团承办的第二次消费扶贫活动。"积极响应扶贫协作的部署要求，以承办系列消费扶贫活动为载体，搭建起扶贫'造血'的平台，助力脱贫攻坚。"安顺是青岛对口帮扶的地区，交运集团也先后与两地签订了战略合作协议。借助车站资源开展展卖活动只是第一步，交运集团将最大限度地运用客运场站、物流场站、农贸市场的网络优势、线上商城的平台优势、交通旅游的联盟优势，为安顺生态旅游和名优农特产品销售打通线上线下双向渠道，并加深与安顺运输企业在企业经营、人才培养、文化品牌打造等方面的广泛合作，进一步深化双方协作扶贫的长效机制。

交运集团工会主席彭丽华称，交运集团把结对帮扶、精准扶贫工作作为一项重要的政治任务来抓，成立了对口支援和扶贫协作工作领导小组。针对每一次具体的消费扶贫活动，还成立了专项工作组，召开专题会议进行分工部署，把责任落实到岗位、人员，制定并不断细化方案，就活动细节进行现场推演，为大集的顺利举办提供了支撑，使活动更加接地气、聚人气。

"安货"缘何俏销岛城

2019年7月4日,安顺市"瀑乡茶话暨生态农业产业招商"主题推介会走进青岛,向当地市民推介安顺茶叶和生态农产品,搭建产销平台,提升安顺农特产品知名度,打响品牌,推动"安货入青"。

推介开门见山

在青岛市市北区台东步行街安顺市农特产品展销现场,安顺市以茶为媒,广发"英雄帖",盛邀青岛的企业家前来投资落户,赢得了在场企业的响应,纷纷签下农业项目投资协议和产销合作协议,投资总额达15.22亿元。产销合作将安顺的农特产品送上青岛市民的餐桌,搭建起产地与市场终端的直通车,谱写了青岛扶贫协作安顺的新篇章。

"真棒,来两袋茶叶。"7月4日,青岛市民张先生仔细品尝了西秀区

青岛市民纷纷购买安顺特产食用菌　　普定韭黄、朵贝茶深受青岛市民青睐

茶业投资有限公司的红茶后，竖起大拇指，当即买了1袋绿茶、1袋红茶。"很抢手，才两个多小时，我们带来展示的茶叶就卖完了。"西秀区茶业投资有限公司副总经理潘平说。该公司带来的40斤茶叶，一上午就被抢购一空。看到火爆的场景，青岛市民纷纷前来品茗，意犹未尽。

而在普定县马场镇普定活力翼达扶贫开发有限责任公司展示台前，金灿灿的韭黄正吸引市民购买。"哇！这韭黄，真漂亮，香味浓郁，批发价是多少？"青岛市民徐先生走上前，掐下一小段韭黄叶，闻了闻，忍不住赞叹道，并咨询价格。"基地上的批发价1斤5.5元。"普定活力翼达扶贫开发有限责任公司财务总监陈华回答得干脆利落。徐先生仔细了解了韭黄生产、物流、供应量等情况，并与陈华互相留下联系方式，表示将考察韭黄种植，争取将这一产品销售到青岛。

推介会现场，参展的11个特色生态农产品以优异的品质，引起广大青岛企业与市民的青睐，特别是"空杯留香、回味甘甜"的干净安顺茶、独有的"维C之王"安顺金刺梨、散发木香的安顺香菇、杀菌除醛纯生物制剂的安顺山苍子加工品等特色产品受到热捧。

推介会提高了安顺农特产品的知名度，在东西部扶贫协作的引领下，将让安顺市更多优质的农产品走进青岛，为"安货入青"开拓新路。

招商讲求实效

山海相连，携手"黔"行。青岛是安顺东西部扶贫协作对口城市，已有24年的合作交流。在青岛市的大力帮扶下，安顺市一手抓产业革命，一手抓解决"两不愁三保障"突出问题，农业农村发展成效显著，脱贫攻坚迈上新台阶，安顺市第一产业增加值、农村居民人均可支配收入增速位列贵州省前列。

在农村产业革命中，安顺市以独特的地域优势，厚植绿色，推动农业

青岛银行向安顺市大营镇大营村捐助产业扶贫资金100万元

产业组织化、规模化、标准化、市场化、品牌化发展，造就了安顺农特产品品质优秀、绿色生态的特点，21项国家地理标志认证保护更为农特产品贴上了亮丽的烫金名片。

光晕环绕，安顺市重点围绕安顺茶、金刺梨、食用菌、山苍子等绿色生态农业产业，结合现有自然资源、区位优势和发展优势，给青岛市企业家奉上了133个产业关联性强、效益显著的生态农业产业投资参考项目，吸引了广大客商的关注。

"安顺气候宜人，发展农业产业具有得天独厚的条件。"贵州红星山海生物科技有限责任公司副总经理潘志红说。该公司在安顺市镇宁自治县推广种植高辣度辣椒，配套投资建设辣椒油树脂和辣椒红色素萃取深加工项目，致力于打造世界级的提供高质量辣椒油树脂和辣椒红色素的全产业生态链基地，为食品生产企业和全国、全世界的消费者提供天然、绿色的优质食品原料。目前已建成日投料50吨和30吨辣椒油树脂、辣椒红色素萃取生产线，生产的产品将用于食品添加剂、调味品、生物农药、船舶防腐等领域。

气候宜人的安顺，正成为投资的热土。在推介会上，安顺市副市长熊元向企业家发出邀请，邀请他们到瀑乡安顺投资兴业，同绘"富美安顺"新蓝图。安顺市抛出的橄榄枝，赢得企业家的响应，现场签订9个投资合作项目和8个产销合作协议，投资项目签订总投资15.22亿元，涉及茶叶产销、种植养殖、特色食品加工、中药材种植、农产品加工、农旅融合开发等领域，为推动安顺和青岛市多领域、深层次的交流合作开启新的进程。

山海共同筑梦

"此次推介会，青岛和安顺两地发挥产业帮扶载体作用、深化'引企入安'和消费扶贫的实际举措，既拓宽了帮扶工作的新路，又提升了企业的良好形象，为推动两市多领域、深层次的交流合作开启新的起点。"一直以来，青岛与安顺两地经济、教育、旅游等各领域交流频繁，共同发展，结下了深厚的友谊。此次活动不仅让更多青岛市民和企业熟知安顺茶叶、金刺梨等农业特色产品，打响安顺农特产品品牌，还推进两地深化合作，促进东西扶贫协作迈上新台阶。

随着一个个农业产业投资项目和产销对接协议的签订，安顺将强化服务，深入推进"放管服"改革，马上就办，苦干实干。同时，安顺市出台《青岛企业到安顺投资优惠政策及奖励办法》，给到安顺发展的青岛企业及创业人士以更为优惠的投资政策、营商环境及投资服务，为两地携手发展奠定了坚实的基础。

打造"黔货安货入青"桥头堡

波波糖、金刺梨汁、安顺麻饼、夜郎土蜂蜜、安顺生态茶……连日来，设在青岛西海岸新区、市南区、市北区、城阳区、即墨区的贵州省安顺市扶贫协作农特产品展示店和实体店里，琳琅满目的安顺特色农产品整齐陈列，吸引着青岛市民走进店里"淘宝"。

贵州的绿色优质农产品正以泉涌之势走向青岛市场，带动大批贵州山区贫困群众增收致富，让绿水青山真正化作金山银山。青岛第五批赴安顺帮扶干部领队、安顺市政府党组成员高嵘表示，为实现资源共享、互利共赢，青岛与安顺创新对口扶贫协作工作，把"黔货出山"、"安货入青"作为扩大消费带动脱贫致富的突破口，着力打造东西部扶贫协作新样板。

搭平台　放大会展效应

2019年10月19—20日，为期两天的跨国公司领导人青岛峰会成功举办，标志着青岛站在了中国新一轮高水平开放的最前沿。本届峰会上所设的"黔货""安货"等农特产品展示区，吸引了参会的全球35个国家和地区及国内的5000余位嘉宾光顾和采购。

凭借青岛面向全国、全球的"国际客厅"，青岛市倾情助推"黔货出山""安货入青"。青岛市充分发挥重大节庆多、会展活动规格高以及知名企业影响力大的优势，不断放大会展效应，通过开展行之有效、富有特色的扶贫消费促进活动，为"黔货出山""安货入青"搭建对接推介平台，深化交流合作，增强商业展会创新活力，培育扶贫消费新增长点，在满足各界个性化、多元化、品质化、智能化消费需求的同时，释放面向全国全球的消费潜力，推进消费扶贫升级。

据统计，在贵州绿色优质农产品"泉涌"行动青岛推介展销会上，累计销售额达60余万元，达成意向性协议1500余万元，达成一批农业投资项目和农产品采购订单，签约企业达到20余家，签约金额达3.18亿元。在贵州绿野芳田有限公司与青岛交运集团承办的"贵州安顺名优农特产品青岛年货大集"活动展上，累计销售额超过200万元。

2019年在青岛举办的贵州优质农特产品青岛年货大集、第29届青岛国际啤酒节、第18届青岛市民节、"齐鲁金秋美食节"暨首届齐鲁厨师艺术节、亚洲畜牧博览会、中国国际营养健康食品产业博览会、第8届中国茶产业博览会、第21届中国零售业博览会、第2届日韩（青岛）进口博览会等展会，都专门设计了"黔货""安货"展位，让"展会搭台、扶贫发声、消费唱戏"，广开销路，让优质"黔货""安货"从青岛卖向全国、卖向全球。

铸品牌　激活市场消费动力

隆冬时节，安顺经开区聚福菌农业发展有限公司厂房内，工人们正紧张有序地把各类农特产品检包装箱，随后搬运装车。此次发往青岛的"安货"大礼包包含金刺梨汁、牛肉干、香菇、腐乳、安顺茶等特色农产品共计1万余件，预计销售额达500余万元。

近年来，青岛市把安顺市绿色农特产品送上青岛市民的餐桌，让贵州山区贫困群众通过扩大农特产品品牌消费，实现长期稳定脱贫，使两地群众共享东西部扶贫协作成果。

顶层设计助力安顺打造"安货品牌"。青岛市委、市政府高度重视，将扶贫协作安顺产品纳入政府采购名录，为政企采购安顺产品搭建平台，强化了政策引领、政策倾斜。从2019年初开始，专门在青岛重要接待场所设立了"黔货"展示专卖店，发挥其窗口和杠杆作用。

立足"黔货"的区位优势和特色品质，突出贵州山地产业发展的新成绩，产业革命和脱贫攻坚新成就，在青岛市重点宣传推介、展示展销贵州绿色、有机、地理标志保护名优特农产品，刺梨、茶叶、食用菌、辣椒、畜牧产品等，叫响"黔货即山珍"的品牌，激活市场消费动力。

稳定拓展以市场为导向的产销对接。多措并举，推动青岛市机关企事业单位和社会各界积极参与，与贵州省特别是安顺市的种养殖基地和合作社建立团购团销机制，在青岛着手扩大生鲜农产品展示销售的终端建设工作；助力"黔货"立足青岛开放优势，面向东部沿海省份市场和海外市场推介展示，鼓励设立对外营销网络，打通"黔货"出海通道。

由安顺市驻青岛办事处和安顺市扶贫办在市南区燕儿岛路共同打造成立的安顺市特色产品品牌销售点，已经组织10多家产品50多个单品到特产馆进行销售。在城阳区蔬菜水产品批发市场建立安顺绿色农产品（青岛）销售中心；在利客来有限公司、利群集团的几家门店设立安顺农产品"三品一标"专柜；在润东茶都开设青岛·安顺扶贫协作农产品体验馆并委托茶都大户代销安顺茶叶。安顺农特产的品牌效应正在逐步彰显。

当场务　打造"黔货安货入青"桥头堡

"针对山东半岛和青岛市场，我们主推'低纬度、高海拔、多云雾、寡日照、无污染、板栗香'的安顺绿茶，截至目前，已在青岛及山东半岛开设茶叶专卖店12个，销到青岛地区的茶叶达600余吨，增强了两市的扶贫协作，助推脱贫攻坚。"安顺市农业农村局局长宋正钧说。

为进一步推进落实"黔货出山""安货入青"，促进安顺农特产品走出大山，走向大海，自2017年以来，在安顺和青岛两地政府的支持帮助下，安顺市先后在青岛、济宁、兖洲、寿光等地开设安顺茶叶窗口，建立茶叶经销点，并在青岛9个区（市）设立农特产品专营实体店，销售额超过1亿元，带动安顺1200多户贫困户增收。"作为平台公司，聚福菌公司负责将安顺市各家企业的农特产品，集中统一运送到青岛的各家超市和实体店，300多个单品入驻青岛的超市和实体店，其中，贵州高原颂香酥牛肉干等产品比较畅销，公司研发的香菇面条、香菇辣子等产品已于11月进驻青岛。" 安顺聚福菌公司市场部工作人员郑普说道。

创新消费扶贫形式，营造消费扶贫氛围。青岛市突出"黔货"主角，当好"场务"，打造"黔货安货入青"桥头堡，助力按时高质量打赢脱贫攻坚战。青岛市总工会率先主办了安顺市名优农特产品推介活动，面向各级工会组织推出数种特色产品礼包，签订的订单价值200余万元。城阳区在农产品批发市场专设了安顺绿色农特产品销售中心，主要经营安顺的100余种名、特、优农产品，累计销售各种农特产品80余吨，销售额300余万元，带动贫困农户320余户、1500余人增收。李沧区成立了安顺茶叶推广联盟，累计销售安顺茶叶7000余万元。借助国庆70周年上海合作组织秘书处"华东葡萄酒之夜"活动，青岛第五批赴安顺帮扶干部团队创造机会，向上合组织成员国推介了金刺梨、茶叶等贵州优质农特产品，受到了与会人员的称赞和欢迎，为走向海外市场奠定了良好基础。市南、市北、崂山、即墨、胶州等区市在街道社区、旅游景区开展丰富多彩的扶贫产品展销活动，倾情助力"黔货出山""安民脱贫"蔚然成为新风尚。

特别的"百日万店消费季"

2020年4月11日至5月10日,青岛市开展"百日万店消费季"活动,助力安顺消费扶贫加速度。青岛援派安顺挂职干部团队策划,青岛、安顺两地商务、农业农村、扶贫、广播电视等部门参与,通过青岛利群集团网上商城推出青岛-安顺扶贫消费月,接续发力,深入推进"黔货出山、安货入青",一个月时间下单3761单,销售金额超过180万元,益贫带贫650余户。

同心同行　危中寻机

突如其来的新冠肺炎疫情给安顺打赢打好脱贫攻坚战带来了不少困难和挑战。春节过后,青岛援派安顺挂职干部不等不靠,积极行动,立足安顺的资源优势,借助青岛的开放优势,以打通供应链为主要目标,瞄准消费扶贫,探索新模式,积极拓宽当地农特产品销售渠道,让"安货"尽快变现,带动贫困群众增收脱贫,为脱贫攻坚注入新动力,化危为机,努力把疫情对脱贫攻坚的影响降到最低。一方面,充分发挥桥梁纽带作用,协调两市相关职能部门,争取前方后方联动保障;另一方面,把市场化作为稳定销售的关键,摸清安顺优势产品与青岛市场需求的衔接,确保线上线下互动推销。广大援派干部和支医支教人员也主动请缨,动员参与,拾柴注油,尽职尽责,合力让扶贫消费火起来。

2020年4月11日,利群网上商城"安顺特色产品馆"正式开馆,首批上架了瀑乡好茶、地标产品、传统艺术、精品水果、生态畜牧等7大类60余种优质、安全、绿色、有机的安顺特色农产品。开馆当日就吸引了众多青岛市民前来围观购买,点击量在1小时内迅速过万,当天订单销售额突破30万元,安顺茶叶、金刺梨产品、关岭牛肉、野生蜂蜜和菌菇、红芯红薯成为青岛市民青睐的主流产品。

用好"利器" 抢占先机

蓝睛是青岛广播电视台的官方客户端,以直播为核心,视频新闻首发为特色,内容采集于青岛广播电视台所有内容产品。它是传统媒体与新媒体的完美融合,已经成为带领广大市民聚焦城市、感受生活的炯炯有神的"蓝眼睛"。借助这一融媒体"利器",定期播放安顺农特产品宣传片,宣传网上商品情况和购买方式,推荐网下实地销售窗口,提前对扶贫消费月活动进行预热铺垫。

2020年4月18日,在前期预热的基础上,安顺广播电视台和青岛广播电视台联合举办了扶贫消费直播活动,青岛各大新闻网站进行了同步推送。安顺市副市长王成刚担任主播嘉宾,用最朴实的语言向广大网友推荐安顺名特优农产品。主要围绕安顺的生态环境、产品形态特点、口感、文化起源、营养价值、保健功效等方面,就安顺俗称的"绿叶金果有红芯"——安顺茶、金刺梨汁、紫云红芯红薯3种优质特色农产品做了推介,并对安顺景点进行了介绍,邀请广

扶贫直播推介特色产品

大网友前往安顺，畅享安顺之旅和舌尖上的安顺。其间，还与青岛利群集团、交运集团等商贸界企业家进行"面对面"互动，进一步提高了"安货"的美誉度，助推扶贫消费的热潮。一小时的推介直播，共有超过10万名青岛市民关注，最高有15672名观众在线收看，下单2135单，销售金额超过113万元。

乘势而行　创造良机

定期组织安顺市相关职能部门及惠农公司召开会议，梳理存在的问题，有针对性地采取补货、优化物流、质量监管等预防措施，防止"虎头蛇尾"。积极与贵阳阿里巴巴对接，邀请资深专家来为线上销售把脉会诊，开方抓药，给予有力指导。借力网红、多措并举、扩大效应，先后利用抖音、快手、网红带货、发送消费优惠券等多种方式，在青岛广泛推介安顺优势特色产品，不断掀起销售热潮，强化了东西部扶贫协作，助推了脱贫攻坚决战决胜，加深了青安两地的山海情，赢得良好社会反响。

2020年5月9日，李沧区茶叶市场的经营者组团到安顺考察当地茶产业，直接对接基地与市场，加大对安顺市特色农产品的推介采购力度，让更多的青岛市民方便认购安顺优质产品，助力消费扶贫再上新台阶。

茶博会上的青岛"客"

2020年5月21日是联合国确定的首个"国际茶日",国家主席习近平向"国际茶日"系列活动致信表示热烈祝贺。中国是茶的故乡,贵州是中国茶树的起源中心,茶业是一个名副其实的生态美、百姓富的健康绿色产业。

2020年5月28日,第12届贵州茶产业博览会——安顺市产销对接活动在贵阳启动,以茶兴业、以茶惠民,东西部协作决战脱贫攻坚、决胜全面小康、打造内陆开放新高地成为活动的主基调。

山东茶叶协会、青岛茶叶协会积极行动,会长带队,组织会员、茶商,包乘4架飞机分别从济南、青岛飞抵贵阳参会,品茶购茶,慷慨解囊,安顺活动现场签约交易额达6311万元。其中,青岛总工会、青岛土木建工集团、临淄区化工商场、寿光市茶庄、汶上县鲁正商贸公司等单位通过采购茶叶、认领爱心扶贫茶园等形式签订协议额1300万元,倾力支持黔茶出山。

第12届贵州茶产业博览会——安顺市产销对接签约仪式

贵州省700多万亩茶园背后,联系着5000家茶叶专业合作社及茶叶各类企业、140万户茶农和500万茶人。贵州茶叶在精准脱贫和乡村振兴中都有着十分重要的意义和作用,成为不可替代的产业抓手。其中,安顺市2019年茶叶种植面积达到38万亩,产出毛干茶1.75万吨,产值24亿元,带动贫困人口12532人,带动贫困户年均增收2915元。

安顺,寓意"国泰民安、风调雨顺",地处黔中,群山环抱,建城至今已有630余年,是黄果树大瀑布的故乡。安顺绿色农产品具有品质优秀、绿色生态等特点,已获得多达21项国家地理标志认证保护。安顺金刺梨营养丰富,被誉为对人体有益的"肠道清道夫",为安顺独有、不可多得的"营养珍果";山苍子富含柠檬醛,在香料工业和医药工业上有重要用途,为安顺特有的香料植物资源之一;安顺山药素有"土中人参"之美誉,具有皮薄、肉质嫩、味道鲜美的特点;关岭牛有近400年的驯养历史,名列中国"五大名牛"之一;平坝灰鹅具有低脂肪、低胆固醇的特点,鹅肝含有诸多对人体健康有利的元素,被誉为世界"绿色食品之王"和"餐桌上的黄金";等等。

关键之年,必须有非常之举。青岛援派安顺挂职干部坚持以平台思维助力扶贫协作,立足深化东西部产业协作和消费扶贫,全面加强脱贫攻坚与乡村振兴的有效衔接,协调前方后方联动,主动作为,积极有为,放大贵州茶博会的平台效应,创新安顺分会场产销对接形式,把握良机,带动青安产业协作和消费扶贫再上新台阶。2020年以来,安顺销往山东省、青岛市的茶叶达500吨,销售额1.4亿元。

建立长效机制。青岛市李村茶叶批发市场年交易额近20亿元,所在地李沧区委、区政府讲政治、顾大局,突出自身优势,瞄准基于市场的产销对接长效机制,不但组织批发市场的茶商成立了"安顺茶青岛营销推广联盟",凝聚众智众力,拓展销售;同时发挥区级平台公司青岛融源影视传媒公司实力,与普定县政府签订茶园建设协议,投资5000万元在普定县鸡场坡乡打造万亩茶园,把藏在大山里的安顺茶叶做出品质、特色和品牌,使当前主要由党政和公益推动的"应急消费",逐渐成为基于全民日常需求的"富民产业"。在市北区台东步行街，来自安顺的约20家企业展示了以安顺茶叶、金刺梨为主，食用菌、山苍子和部分农业特色休闲食品为辅的特色农产品。活动现场，青岛市民纷纷咨询和购买安顺茶产品等，十分热闹。

借势"学深圳、赶深圳"。深圳华巨臣公司历时十五载，以购物展、年货会等小型会展经济为起点，逐步挖掘社会合作资源，自2008年开始确立以茶产业为集团发展核心的会展经济模式，取得跨越式发展，获得政府、行业、消费者的广泛认同。安顺借青岛市"学深圳、赶深圳"之势，助力东西部扶贫协作，通过在深圳的青岛实训干部团队牵线搭桥，对接邀请深圳华巨臣实业来安顺参会，签订了2020年全国茶业大联展合作协议，借助专业平台推介贵茶、安茶，以会展经济助推茶产业发展。

脱贫攻坚有时限，扶贫协作无止境。青岛与安顺将发挥各自优势，搭建更多更好的发展平台，促进协作合作更加水乳交融，携手谱写决战脱贫攻坚、决胜全面小康新篇章，共同迎接高质量发展更加美好的未来。

青岛市民纷纷咨询和购买安顺茶产品

安顺茶怎样"出山入海"

一杯生长在云贵高原的香茗，一份来自山东半岛的真情。青岛与安顺，山海牵手，东西协作，合力攻坚。青岛市注入专项扶贫资金，助力安顺茶园实现规模化发展，一个个新茶园布满山野；畅通产销对接渠道，安顺生态高原茶亮相岛城，生长在黔山腹地的安顺茶叶走出大山，"出山入海"。

资金注入，茶园初显规模

"多亏了青岛帮扶资金的注入，现在，我们合作社不仅扩大了面积，还建起了自己的茶叶加工厂，配备了茶场杀虫灯和冻库，在市场上的竞争力进一步增强。"站在一望无际绿油油的茶场里，贵州省茗之源种植专业合作社经理姚春雷掩不住欣喜。

2020年6月，走进普定县穿洞街道靛山村白茶种植基地，阵雨过后的茶园透出迷人的茶香。这片基地正是在青岛对口帮扶资金支持下新增的产业项目。基地里矗立着一块绿色的牌子，清晰地写着"2019年青岛对口帮扶茶叶种植项目"。

靛山村老百姓说，村里曾经的一片片荒山，如今大都种上了白茶，每年清明节前后是茶叶基地最繁忙的季节，在家中留守的数百名妇女都会手提竹篮上山采茶。当地农民除了土地流转费外，还通过就业务工增收，青岛对口帮扶资金支持扩种的茶园，则通过利益联结带动贫困群众分红增收。

在由靛山村450平方米废旧小学改造而成的茶叶加工厂里，长期务工的妇女有5名，每人每月能拿到2000多元的稳定务工收入。该茶叶加工厂由青岛投入对口帮扶资金25万元建成，目的就是为了帮助姚春雷的合作社进一步提高茶叶生产的标准化程度，增强本土茶叶品牌的市场竞争力。姚春雷介绍，普定县拥有独特的高海拔、低纬度、寡日照等种茶的自然优势，再配合恰当的种植技术管理，生产的白茶品质已经远超原产地浙江安吉县所产的白茶。

2014年以来，贵州省茗之源种植专业合作社就在山东省潍坊茶叶市场开辟了线下零售店，带动以普定朵贝茶为品牌的白茶走出大山，走向更广阔的市场。更让姚春雷高兴的是，前不久，合作社又和山东潍坊黔中商贸有限公司签订了100万元的销售合作协议，朵贝白茶呈现供不应求的态势。

普定县农业农村局茶叶生产管理站站长周元鑫有一笔账，不止是茗之源种植专业合作社，2019年以来，青岛共投入对口帮扶资金435万元用于支持普定县茶叶种植，新种植茶园2900亩，带动贫困人口218户、654人。2020年，安顺市新植茶园1.52万亩，茶园累计投产面积39.24万亩。2020年6月底，茶叶总产量1.02万吨，茶叶总产值20.1亿元。

青岛对口帮扶投建的茶园

基础建设，推进产业升级

"青岛对我们安顺市茶场的帮扶作用，也体现在加强基础设施方面。"安顺市茶场负责人谢开政这样说。2019年，茶场利用青岛帮扶资金90万元，完善修建了蓄水池和排洪沟渠，为茶场壮大发展奠定了基础。

安顺茶山上，连片的茶树青葱，茶叶加工厂里茶香淡淡。安顺市茶场作为自收自支的纯农垦企业农场，经济以茶叶为主，以烤烟、杂交玉米代制种和蔬菜产业为辅。现在主要产品为"瀑布"系列绿茶，茶园一般每年可采明前毛峰茶3500公斤，名优高绿茶7500公斤；夏秋茶早已实行机械化采摘，下树率实现100%，每年可生产夏秋大宗茶30万公斤，已经形成茶叶生产、加工、销售一体化的产业布局。

普定县朵贝茶基地

青岛与安顺根据两地资源，加快项目落地、产业合作、技术合作。安顺市鼓励茶企积极摸索并加入电商销售网络，为茶叶种植基地、加工企业、销售企业和流通网络搭建良好的服务平台，增强发展整体实力，做大茶叶品牌效应，加快推进安顺茶产业升级发展。

产销对接，助力"安茶出山"

好茶也要有好销路。安顺茶的高品质，一方面来源于低纬度、高海拔、多云雾，另一方面得益于全境高原的原生态环境和土地无污染的优势。近年来，青岛市民对安顺茶的认可度不断提升，安顺茶也逐步受到山东半岛消费者的喜爱，为进一步推进"黔货出山""安货入青"，促进安顺农特产品走出大山提供了有利条件。

2017年以来，在青岛和安顺两地政府的支持帮助下，在青岛9个区（市）设立农特产品专营实体店，并在济宁、兖州、寿光等地开设安顺茶叶窗口，建立茶叶经销点，销售额超过1亿元，带动1200多户贫困户增收。安顺多次组织茶企参加青岛农产品年货节等产品推介活动，安顺茶企积累了丰富经验，通过与当地茶叶经销商交流，商谈建立市场渠道，建立起长期合作关系。2019年8月，由安顺市驻青办主导的安顺名优茶营销推广联盟在李沧区成立，共有14家李沧茶叶经销商加盟。

2020年5月底，利用第12届贵州茶产业博览会——安顺市产销对接活动在黄果树举办的契机，安顺各区（县）经过精心准备、精准对接、精细安排，由外来茶业投资商、茶叶采购商与县、乡政府和本地茶叶经营主体举行现场投资、采购签约。山东茶叶协会、青岛茶叶协会积极行动，由会长带队，组织会员、茶商包乘4架飞机，分别从济南、青岛飞抵贵阳参会，品茶购茶，慷慨解囊。期间，在安顺活动现场签约交易额达6311万元。

以茶为媒，因茶结缘，安顺与青岛之间不断扩大开放合作，安顺茶借力走出黔山腹地。随着交流合作的深入推进，也为两地客商搭建了互利共赢、共同发展的广阔平台。

青岛市销售安顺茶叶企业代表、林氏茶业总经理林盛妹在青岛做茶叶销售已经20多年了，几乎每年都要跑到安顺购买茶叶。经过多方面、多层次的考察，她发现安顺的茶叶风味独特，产品质量极优，只有这样好品质的茶叶才经得起开水冲泡。由于地理环境的限制，青岛崂山年产茶量仅有1000吨左右，供不应求。所以安顺茶进入青岛市场，广大市民很欢喜，也很愿意购买。

针对山东半岛和青岛市场，安顺主推"低纬度、高海拔、多云雾、寡日照、无污染、板栗香"的安顺绿茶，已开设茶叶专卖店12个，销到青岛地区的茶叶达600余吨。下一步，将加大宣传力度，深化原来已有的销售点布局，再扩大布点面，让安顺绿色生态茶在更多的重点批发市场、农贸市场销售，实现安顺茶产业产销两旺。

青岛市南飘香安顺味道

2020年3月25日，青岛市市南区金茂湾购物中心"安顺特产 屯堡味道"专卖店来了一位特殊的"客人"，现场品尝了蘑菇酥和窖酒，细品贵安绿茶后赞不绝口。他听了当地的民俗风土人情讲解后萌生了前往旅游的情愫，深入交谈后产生了产业扶贫的想法，他便是海军政治部文艺工作团导演兼演员赵凯。作为青岛籍的演艺明星，赵凯曾经在多部影视作品中饰演过"朱德""聂荣臻""蒋经国"等经典角色，此番回青不为拍戏，而是为了参与一场扶贫公益活动。

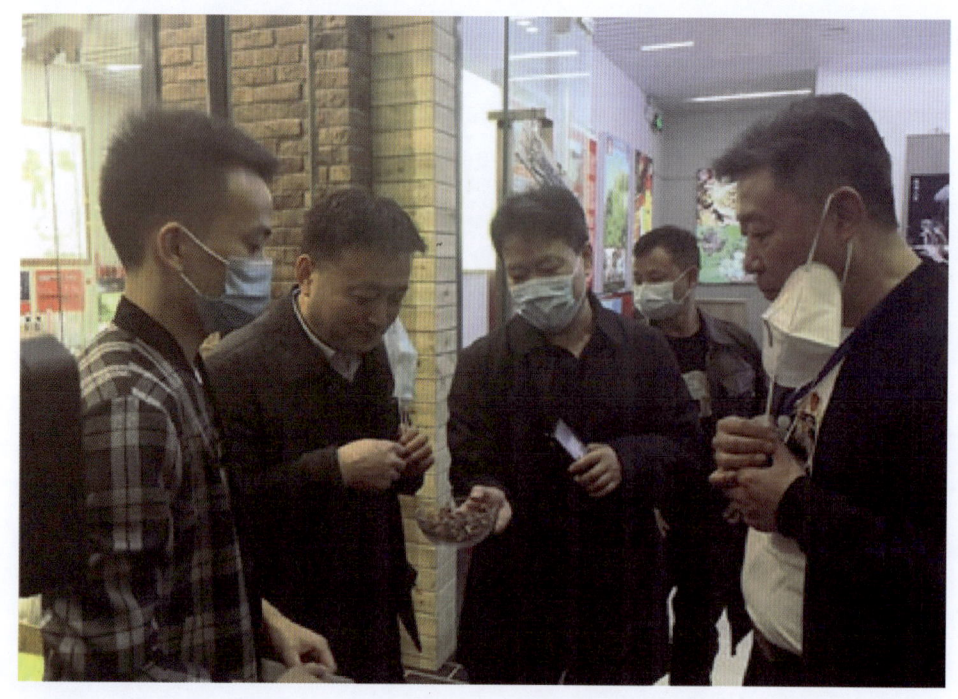

青岛籍明星赵凯（右一）参与扶贫公益推介活动，现场品尝安顺特产

2020年是脱贫攻坚收官之年。市南区在深化推进东西部扶贫协作的基础上，策划推出了青岛市南"星"光助贫"益"心攻坚——青岛籍名人明星公益推介活动，积极发挥演艺名人的社会影响力，助力贫困地区脱贫攻坚，助推乡村振兴。赵凯作为首位受邀嘉宾，通过探店推介平坝区特色产品，发挥"明星效应"，吸引更多群体聚焦农村、关注贫困，扩大扶贫产业、产品的知名度。"对于这些原生态绿色产品我本来就非常推崇，受邀参加今天的公益活动我很荣幸。"赵凯表示，他想亲自到当地去走走看看，也想通过打造扶贫产业项目，真正为扶贫事业贡献自己的一份力量。

"安顺特产　屯堡味道"，是2019年5月25日市南区云南路街道办事处与安顺市平坝区天龙镇共同打造的青岛首家扶贫专卖店，采取"政府引导、企业参与、市场化运作、利润反哺"的模式开展扶贫工作，是依托项目"嫁接"扶贫的一次有效探索。该专卖店通过优先保底收购贫困户种植的农产品、优先雇佣贫困户、在中化集团农业网上推介当地农副产品等形式，展销平坝区天龙镇当地的窨酒、云雾茶、辣椒制品、豆腐乳等数十个品种的特色农产品，将企业所获得的利润全部用于反哺当地的贫困户，做到"输血"与"造血"并举。"今天是疫情以来专卖店开店的第一天，我们邀请明星大伽来助力，为的是更好地推动企业复工复业，更好地宣传推介当地特色资源，这也是我们拓展协作领域、创新扶贫方式的一次新尝试。"云南路街道党工委副书记、办事处主任王振民表示。

"星"光助贫"益"心攻坚——青岛籍名人明星公益推介活动后续还将推出系列动作，邀请青岛籍名人明星讲述对口协作地区历史人文故事，加强对国家扶贫政策和乡村振兴战略的宣传；发挥明星效应，为两地文化旅游、传统技艺等资源站台宣传；邀请名人明星深入市南区对口支援和扶贫协作地区一线，走进田间地头、走进农家，走访慰问贫困户，让更多人关注贫困，集聚正能量。

邀请名人助力扶贫攻坚是市南区探索东西部扶贫协作发展新路径的一

次生动实践。新一轮帮扶工作启动以来，市南区扛起责任，压实担子，用心用情抓好东西部扶贫协作工作，实施全链条式教育帮扶，组团式医疗帮扶，多元化人才培训等帮扶行动，在资金支持、人才支援、产业协作、消费扶贫等方面出实招、下实功、求实效，不断提升安顺市平坝区等地对口支援和扶贫协作工作水平，东西部扶贫协作硕果累累，有力助推对口协作地区脱贫攻坚和经济高质量发展。2018年9月，平坝区顺利通过国家评估验收，成功脱贫摘帽，退出了全国贫困县序列。

市南区将围绕资金帮扶、产业合作、劳务协作、人才支援等方面继续深化东西部扶贫协作工作，重点做好消费扶贫，大力推动消费扶贫产品进机关、进企业、进社区，让岛城广大消费者可以购买享用到来自协作地区的绿色纯正生态的农产品，也让对口协作地区的贫困户在脱贫以后能够得到持续稳定的经济收入，巩固脱贫效果，达到双方共赢的目的。

"安货入青"好戏连台

近年来，胶州市与镇宁自治县加强联系、密切配合，成功探索出一条"走出去"与"请进来"相结合的消费扶贫特色新模式，不仅为广大贫困户提供了大量的就业岗位，解决了贫困户的就业问题，还激活了企业发展内生动力，更为贫困地区经济发展注入了活力。

"1+2+5+N"促消费

胶州市把消费扶贫作为持续推进脱贫攻坚和东西部扶贫协作的主攻方向和新亮点，着力构建"1+2+5+N"消费扶贫模式，在拓宽镇宁农副产品流通和销售渠道提质升级的同时，也将镇宁的优质农特产品带给了青岛市民，实现了优势互补、合作共赢。

"1"，就是搭建1个协作地区农特产品展销中心平台。按照"政府主导、市场运作"的方式，充分发挥协作地区农特产品展销中心平台作用，2016年以来，大批矿泉水、金花葵、李子酒等扶贫协作地区绿色生态农特产品在胶州乃至青岛销售。其中，依托柏兰食品、福兴祥公司等胶州市消费扶贫龙头企业购买协作地的农特产品，截至2020年7月底，仅福兴祥公司就采购了协作地3000余万元产品，柏兰食品已采购协作地农副产品1600余万元。

"2"，就是每年组织2次协作地区农特产品大集。深入推进"安货入青""黔货出山"，促进"消费扶贫、旅游扶贫"，将镇宁自治县的特色民族文化和优质的农特产品带到胶州。号称"皇家贡品、百年工艺"的民族美食波波糖,"高原放养、肉香味美"的牛肉干,"千年蜡染、美轮美奂"的民族娃娃,"天然生成、家装上品"的镇宁石材,"大地娇子、姜中极品"的镇宁小黄姜等系列地方、特色、优质、绿色农特产品和民族工艺品,都受到了胶州市民的喜爱。

"5",就是发挥教育、医疗、商超、机关、企业5个组团消费主力军作用。广泛动员社会各界力量扩大协作地区产品和服务消费。五大团体分别组团赴镇宁等协作地考察购买,经平台公司统一采购、分拣、包装、冷藏、运输,推动协作地农特产品进机关、进学校、进医院、进企业、进商超。完善"经贸、商超、电商、直购、推介"五大消费扶贫平台,与镇宁自治县合作开发悠然田野消费平台,旨在让广大市民足不出户即可在线选购协作地的优质产品,通过电商平台进一步扩大消费扶贫的覆盖面。目前,通过京东电商平台和"832扶贫网"的采购额达2000余万元。

"文化带货"拓销路

胶州与镇宁两地对口帮扶以来,虽然进行了多方位的对接,但是要将镇宁大量的商品卖到2000公里以外的胶州市场,找到一个切入点,让胶州群众接受、青睐镇宁的商品,成了摆在两地扶贫协作部门面前的一道难题。面对陌生的市场,镇宁的企业家们举棋不定;面对陌生的商品,胶州的群众又将如何认知认同?几经探讨,两地决定尝试以"文化带货"的方式让镇宁的商品"走出去",步入胶州群众的视野。

几经筹划,2019年9月初,一场别开生面的镇宁自治县文化旅游推介会暨农特产品展销会在胶州的三里河文化广场举行。精心挑选的独具少数民族特色的歌舞,让现场观众体味到了镇宁民族文化的独特魅力,演出赢得了广大观众的好评。观众们纷纷表示既饱了眼福也开了眼界,远在千里之外的镇宁成了观众向往的地方。随着演出的成功，身着盛装的布依族、苗族姑娘们适时向现场观众推介起了镇宁的农特产品和民族工艺品。琳琅满目的波波糖、牛肉干、民族娃娃、小黄姜等独具贵州特色的农特产品和民族工艺品让观众们目不暇接，纷纷成为"争宠"对象，当天就实现销售收入100多万元。展销会的成功举办，也坚定了镇宁本地生产企业的信心。初试就获得成功，市场的打开，让两地党委政府更加坚定地走"文化带货"销售模式之路。仅5个月的时间，镇宁通过"文化带货"销售模式销往胶州的各类农特产品的销售额就达1000余万元。

"黔货出山""网上走"

2020年，面对突如其来的新冠肺炎疫情，胶州与镇宁两地的扶贫协作工作没有停，经过深入探讨和对接，最终确定以线上推介为主、线下推介并进的模式开展工作，积极推进消费扶贫"网上来"。

6月12日，胶州与镇宁联办的"文化走亲·助力扶贫"线上非遗交流活动在镇宁自治县文化馆举办。活动利用抖音直播方式，展示胶州、镇宁两地非遗特色文艺节目。表演过程中，两地近百名文化工作者、爱好者通过抖音连线直播的方式参与互动，还同步展示了镇宁自治县当地的非遗产品、特色商品及农副产品，实现文化共享，助力销售扶贫。短短一个小时的连线直播，点赞量就达到了1.5万余次，销售额达15万余元，帮助镇宁特色产品走出大山，实现了文化和扶贫的有机结合。7月9日，中央电视台新闻频道《朝闻天下》栏目报道了《山东胶州黔鲁同屏"牵线"非遗交流助力扶贫》。通过网上推介，镇宁优质特色农产品在胶州地区的知名度再次热起来，截至11月底，绝大多数生产企业的营业额已经超过去年同期水平。

种下梧桐引凤来

销路初步打开，产量稳固提升，带贫效益初步体现。但是，光是走出去的单一模式还满足不了市场和企业的需求，面对这种情况，镇宁及时向胶州企业家们伸出橄榄枝，向他们推介、宣传镇宁的招商引资优惠政策和资源。镇宁悠然田野农业发展有限公司成为第一个进驻镇宁的胶州企业。该公司充分发挥了解山东和贵州两地市场的优势，成功将镇宁的大米、矿泉水、水果等农特产品销往胶州市场。胶州市也广泛发动各方面力量加强宣传推介，青岛利群集团福兴祥物流有限公司累计采购火龙果100万元，青岛春明食品有限公司采购小黄姜50吨，胶州中小学每天使用镇宁大米1吨，胶州市各个单位2020年累计采购黄果树矿泉水5万箱。腊肉、牛肉干、波波糖、百香果等成为2020年胶州两节前后老百姓走亲访友的首选礼品。

一枝独秀不是春，百花齐放春满园。2020年，镇宁又累计引进4家胶州销售企业落户。这些企业思路新颖、销售量大面广，如同"鲶鱼效应"一般激活了镇宁各大企业的活力。在这些企业的带动下，已经累计向胶州销售各类农特产品8000万元，带动新增贫困人口就业1000余人。其中土鸡蛋、菜籽油、百香果等成功进入胶州的各大农产品直营店，成为胶州老百姓日常餐桌的"常客"。浪风关、过江龙、山和水等茶企分别通过代理方式推进产品在东部沿海地区的推广，取得良好效果。

政企同心促双赢

销量上来了，但是对于初步打开胶州市场的镇宁商家来说，还有很多问题需要解决，首要的便是售后服务。企业有困难，政府来帮忙。为此，镇宁、胶州组成消费扶贫专班，多次召开农产品销售企业座谈会，既坚定了企业信心又解放了经营者思想，引导企业牢固树立薄利多销的理念和卖产品也要卖服务的理念。通过政府引导、市场主体，基本形成"镇宁生产+胶州销售"的产销售模式。两地相关部门认真整合产品名录，严把产品质量关，用拳头产品打开胶州市场，让胶州的单位和老百姓买到物美价廉的镇宁农特产品，培育"回头客"，借助政策红利让镇宁的农特产品成功在胶州站稳脚跟。

政府出政绩、企业得效益、贫困户实现增收。销量上去了，摸着石头过河的各个企业也抱团发展、互通有无分享销售中的经验。市场的成功开拓为企业的扩产奠定了坚实的基础，建档立卡贫困户纷纷到企业务工。安顺馨思雅公司2020年解决就业人员656人，其中建档立卡贫困户113户132人，人均年收入4万元，贫困户直接就业率达20%，企业累计在青岛地区销售口罩、纸制品等超过600万元。持续向好的岗位也使很多在外地务工的镇宁籍建档立卡贫困户纷纷返回镇宁在家门口就业，让老人不再"空巢"、儿童不再"留守"。

搭平台助"黔货"出山

为认真贯彻落实习近平总书记的重要指示，国务院扶贫办在2020年9月开展了全国消费扶贫月活动，把消费扶贫成效作为今年克服疫情影响、实现脱贫攻坚完美收官的重要举措。按照国家有关部署要求，青岛市扶贫协作办等15个部门携手开展2020年消费扶贫月活动，活动的主题是"消费扶贫、利人惠己，千企参与、人人同行"。

"五个一"专项推进活动

2020年消费扶贫月活动内容概括为一会、一区、一馆、一柜、一线"五个一"专项推进活动。

"一会"，就是青岛与对口协作城市2020年特色产品消费扶贫展销会。9月25日至27日在青岛国际会展中心举行。

"一区"，就是"庆国庆迎中秋"消费扶贫展销专区。在永旺、佳世客、利群、家乐福等大型商贸流通企业设立消费扶贫专区，助力扶贫产品的宣传、展示和销售。

"一馆"，就是消费扶贫专馆。有结对帮扶任务的区（市）加快消费扶贫专馆布设运营、提质扩面，9月份全面开展展销活动，更大范围动员社会各界购买和助销扶贫产品。

"一柜"，就是消费扶贫专柜。指导组织开展消费扶贫专柜"五进"活动,做好消费扶贫专柜的规范有序布放运营，搭建社会各界购买扶贫产品的便捷通道。

"一线"，就是推进线上销售。发挥"扶贫832"销售平台和青岛军民融合食品保障有限公司东西协作网上平台的作用，鼓励各级预算单位及企业、社会组织、爱心人士加大扶贫产品采购力度。

消费扶贫月期间，全市设立扶贫产品销售专区29个、消费扶贫专馆42家、消费扶贫专柜19个，各财政预算单位线上采购扶贫产品973万元。

2020年特色产品消费扶贫展销会

2020年9月25日至27日，青岛市联合对口协作的7省8地，在青岛国际会展中心2号馆隆重举办青岛与西部对口协作城市2020年特色产品消费扶贫展销会。展销会展区面积达1.1万平方米，设置了"岛城优品、黔货出山、陇蜀味道、牡丹飘香、南疆特色、雪域珍品、三峡夷陵、生态宁陕"等8大板块和1个旅游产品展示区、1个宣传推介区，400多家企业2000多种特色产品集中亮相。到场采购商及市民达3.2万人次，消费扶贫额3000多万元。安顺等各对口协作城市分别举行了对接洽谈会，签订各类合作协议127个。其中，签约产业合作项目35个，协议金额55.97亿元；签约消费扶贫合作协议83个，总金额9.17亿元；签约文旅类项目9个。

展销会安顺专区共布设企业厅、旅游推介厅、县区厅、市直展厅、商务洽谈厅、直播带货厅等12个展厅，带来了安顺茶、金刺梨、紫云红薯、关岭牛、菌类等1000余种优质特色产品，助推安顺农特产品卖出去、卖得好价钱。同时带来了青岛安顺多年扶贫协作的成果展示和46个合作签约项目，促进青安扶贫协作互利共赢，助力安顺脱贫攻坚。

在平坝展区，前来询问并购买的人络绎不绝。不到一个小时的时间，屯堡老孃孃糟辣椒、鹅肉月饼、金凤徕牛肉干一购而空。前来购买商品的青岛市工商联女企业家商会秘书长程艳苹笑呵呵地说，她们专门为了这个展销会过来购物，唯一的遗憾就是量太少了。她们会进一步整合商会通过微信方式再次购买。

"非常高兴来到好客山东,美丽青岛,我们公司主要从事平坝灰鹅的养殖、加工及推广,这次我们带来了鹅肉月饼,还有鹅肉粽,希望将平坝灰鹅生态、健康的食品推送给青岛市民。"贵州鸿锦灰鹅产业发展有限公司负责人黄思锦介绍起他的产品,眉飞色舞,如数家珍。

安顺市副市长王成刚在展销会安顺专场致辞中说:"此次消费扶贫展销会,既是两市同心同责落实习近平总书记关于消费扶贫重要指示精神的体现,更是青岛市给予安顺市倾情相助、倾力帮扶的具体体现。今年,面对脱贫攻坚和疫情防控阻击战双重挑战,全市上下一心,纵深推进农村产业革命,紧紧抓住绿色、生态、优质农特产品这个'牛鼻子'不放,在高品质、有口碑的平坝蔬菜、西秀辣椒、紫云红芯红薯等安顺农业金字招牌上精准发力,有力助推了农业增效、农民增收、农民致富。"

一码贵州智慧商务平台展示"黔货"魅力

受主办方邀请,一码贵州智慧商务平台携贵州十二大特色产业精选商品亮相"黔货出山馆"展示区,向前来参观展会的采购商、客商以及广大消费者展示"黔货"魅力以及贵州数字经济发展新突破和新成效。其中有维C之王刺梨、"草八珍"之一的织金竹荪、扶贫板栗望谟板栗、土法熏制贵州腊肉以及侗嘎珍荆花蜂蜜、老干妈、猕猴桃干等50余种贵州特色产品。

"贵州山青水秀,生态优良,诞生了不少精品'黔货',这些"黔货"帮助不少百姓实现了自己的脱贫梦,所以这次我们也将这些优质的扶贫好货带到现场,希望大家能够继续给予关注和支持。"一码贵州现场工作人员介绍道。

"这些土生土长的精品'黔货'确实让人感到惊喜,很多还是第一次见,不仅品相很好,而且还物廉价美。最重要的是,通过一个小程序就能实时购买,这大大方便了我们帮助贵州同胞。"在现场体验的青岛市民张女士说道，之前一直通过一些购物网站支持贵州扶贫事业，但品相和价格都没有这次看到的有优势，今后她会更多通过一码贵州来进行消费，同时也十分乐意向自己的亲朋好友推荐这款小程序。

与现场展示同步进行的还有一码贵州消费扶贫月活动。消费者进入小程序后不仅可以领略更多"黔货"的魅力，同时还能享受到真正的补贴和实惠。通过让利消费者的方式，提升他们的消费扶贫参与激情，真正实现"人人皆可为，人人皆愿为"的消费扶贫新局面。

上线两个月以来，"一码贵州"智慧商务平台吸纳了全省1.2万余家企业的10余万种产品入驻，产销对接金额超过3800万元。通过探索大数据与实体经济的深度融合，以一个版图一个平台一张网强力推动、统筹打通"黔货出山"的产供销各环节，实现"小农户"与"大市场"的有效对接，助推"黔货出山"，助力脱贫攻坚。一码贵州还将在农产品"七进"工作、东西部扶贫协作助力消费扶贫工作以及"黔货出山"等方面继续加码，以产销对接为核心，全面助力脱贫攻坚。

携手奔小康

山海同心　决胜小康

"安顺的扶贫成果非常了不起，县县都有特色产业，百姓过上幸福生活，亲见亲闻后，感受非常深；同时，从青岛来扎根安顺的帮扶干部也非常了不起，他们真的是扎到基层，为百姓谋幸福，这种真心精准扶贫的举措让我非常感动。"这是《山东商报》首席记者刘建宇参与东西部扶贫协作"6+1"省级媒体主题采访活动赴安顺实地采访之后，对青岛安顺东西协作工作发出的赞叹。

2020年是青岛对口帮扶安顺的第24个年头。24载山海相连，携手"黔"行。特别是2013年国家启动新一轮对口帮扶以来，青岛与安顺心心相印、手手相牵、环环相扣，助力安顺市脱贫攻坚取得了实实在在的成果。全市贫困人口从2014年底的43.83万人减少到2019年底的1.82万人，贫困发生率从17.72%下降到0.73%。西秀、平坝、普定、镇宁、关岭5个区（县）先后如期实现了脱贫摘帽。2019年度国家东西部扶贫协作考核，青岛、安顺两市均获得"好"的等次，在全国脱贫攻坚进程中发出了好声音。

"山海同行，决胜小康。"如今，青岛帮扶干部不计个人得失，继续在大山深处与当地干群携手奋斗、攻坚克难；一个又一个帮扶品牌孕育而生，诸多扶贫难题得到解决，工作成效亮点频现……

尽锐出战　倾情倾力
拓展扶贫协作"新领域"

"贵州的山连着山，隔着一座山根本看不到里面的情况，必须深入进去、往深里看，才能看到真实的面貌。"这是43岁的关岭自治县县委常委、副县长栾绍斌对贵州最深的印象之一，而他也是青岛市第五批赴安顺市的挂职干部。

来安顺挂职一年多时间里，栾绍斌这个地地道道的山东汉子，将自己与关岭这片土地紧紧相连，积极谋划产业发展，带动群众脱贫致富。

在关岭将生态畜牧业作为当地特色优势产业后，栾绍斌主动和山东新希望六和对接。2020年2月28日，关岭新牧标准化生猪养殖项目在安顺签约。随后关岭自治县永宁镇康寨村大山深处的工地上，挖掘机、商砼车来回穿梭，一栋栋用于立体式养殖生猪的建筑拔地而起。

"我们争取在9月底投产，规划年出栏生猪15万头，实现年产值7亿元。"栾绍斌所说的新希望六和股份有限公司关岭新牧标准化生猪养殖项目，为2020年青岛-安顺东西部扶贫协作重点项目，已列入贵州省2020年重大工程重点项目。项目采用"公司自繁自育规模化养殖场+地方养殖合作社"的运作模式，坚持循环绿色的建设理念，可实现绿色生态养殖、生猪增产保供带动农户致富的目的。

逢山开路，遇水搭桥。安顺所需，青岛所能。2016年以来，两地共召开党政联席会议12次，促进了重大事项、重大项目的加快落实。2020年6月5日至6日，青岛市委、市政府领导到安顺考察交流；7月31日至8月1日，安顺市四大班子党政代表团到青岛市交流学习。青安两地累计选派党政交流226人，共有34名党政干部正在开展交流挂职，其中青岛市派出的18名干部分别挂任结对帮扶县（区）党政或部门副职，专职分管扶贫协作工作，交流力度前所未有。

在2019年帮扶全覆盖的基础上，双方进一步加大交流培训、组团帮扶工作力度，以"组团式"帮扶成效全面带动安顺市各项工作踏上台阶。目前，青岛市共有教师、医护等专业技术人员247人到安顺帮扶，人才、资金、技术、经验等已逐渐植入安顺发展的"肌体"，慢慢形成"造血"体系，有力提升了当地贫困村的发展能力。

引进活水　产业驱动
点燃脱贫增收"新引擎"

贫有百种，困有千样。安顺要发展，脱贫是必须迈过去的"坎"。脱贫攻坚，强化"造血"功能，产业是最有力的支撑。

资金、技术、管理等"发展性资源"，是青岛的强项；土地、生态、闲置劳动力等"基础性资源"，是安顺的优势。两地一拍即合，将强项与优势结合，积极推动产业扶贫，为脱贫攻坚注入"活水"。政府领跑，企业接棒，以市场为纽带的产业扶贫，在安顺大地火热展开。

位于青岛-安顺共建产业园的熊猫精酿，是安顺市西秀区与熊猫精酿(益阳)酒业有限公司、安顺市青安产业投资开发有限公司三方合作开发的现代化新型的综合酿酒工厂项目，占地约50亩，总投资约8000万人民币，分两期实施，总体规划10万千升/年，一期3万千升/年、灌装线18000瓶/小时的啤酒工程。

"当时我们投资熊猫精酿时，条件就是需要来贵州建厂。"安顺市青安产业投资开发有限公司总经理助理崔伟龙说，建成之后，该项目至少能提供100个就业岗位。"同时，精酿啤酒不同于普通啤酒，会进行一些风味的添加，而当地的蜂蜜、生姜汁、金刺梨都是不错的风味原材料，在这一方面，预计也会为当地百姓带来一定收益。"项目正式投产后，第一年销售收入不低于5000万元，第二年销售收入不低于8000万元，第三年销售收入不低于1.2亿元，满负荷生产后年产值约4亿元。目前，项目已经投料生产，协调的青岛国开行5000万元扶贫低息贷款也逐步到位。

青岛-安顺共建产业园只是青岛强化"造血"功能、精准扶贫的一个缩影。与熊猫精酿项目一样，在青岛市的协调帮助下，新希望六和关岭自治县生猪养殖项目、龙耀食品公司普定县脱水蔬菜深加工项目等23个项目已开工建设，到位资金5.69亿元。新签约的13个项目正在积极筹备，推动项目落地投产，带动更多群众脱贫致富。

志智双扶　就业增收
奔向幸福美好"新生活"

扶贫先扶志，扶贫必扶智。扶志就是扶思想、扶观念、扶信心，观念一变，天地宽。

青岛市在脱贫攻坚工作实践中，用产业带动就业，始终注重调动困难群众的主观能动性和创造性，引导他们树立起摆脱困境的斗志和勇气，用自己的辛勤劳动改变贫困落后面貌，奔向幸福生活。

走进安顺馨思雅妇幼用品有限公司的口罩生产加工车间，几十名工人正在生产线上熟练地操作着设备，29岁的宁西街道和睦村村民韦雪刚也在其中专注地忙碌着。

韦雪刚是村里的建档立卡贫困户，之前一直在上海跑物流，受疫情影响，春节后一直在家待业。通过村干部主动上门宣传招工，他到馨思雅妇幼用品有限公司口罩加工车间当上了机械工人，每个月收入3700元左右。"在这离家近，照顾父母更方便，父母生病也能及时带他们看病。每天回家还有热饭等着我，不像一个人在外漂泊，很孤独。"

安顺馨思雅妇幼用品有限公司的口罩生产加工车间，是青岛胶州和镇宁联合共建的扶贫车间，车间共有46名工人，其中40多人为建档立卡贫困户。在扶贫车间工作，工资与计件挂钩，每人每月平均可收入4000元，多者可收入6000多元。

"公司申请了东西部协作青岛对口帮扶资金50万元，用于口罩加工扶贫车间建设，为疫情期间的建档立卡贫困劳动力提供就业机会，增加收入。"安顺馨思雅妇幼用品有限公司监事吴驰说，公司以解决就业的形式，助力镇宁脱贫攻坚，就近解决就业人员共计656人。其中，建档立卡贫困户113户132人，人均收入40000元/年，贫困户直接就业率达20%。

青岛把劳务输出作为最直接、最快捷、最有效的脱贫方式。按照"产业+就业"的工作思路，安顺、青岛切实加大各类就业扶贫基地和就业扶贫车间创建力度，不断拓宽建档立卡和易地扶贫搬迁劳动力的就近就地就业渠道。截至目前，东部地区累计援建扶贫车间79个，吸纳带动就业4590人，其中建档立卡贫困劳动力1988人。

除此之外，两地携手强力推进劳务输出，研究制定《进一步加强东西部劳务协作实施方案》，加大劳务协作资金支持，挂牌成立安顺市驻青岛劳务协作工作站，向青岛提供贫困劳动力就业意愿信息，拓宽转移就业脱贫渠道。2016年以来，累计输送到青岛的就业人数达1398人。

"亲戚越走越近"

青岛，地处胶东半岛、黄海之滨，是中国改革开放的前沿阵地。安顺，位于黔中腹地、高原之上，发展日新月异，但脱贫攻坚任务依然艰巨。

地处西南内陆大山深处的安顺，与地处黄海之滨的沿海开放城市青岛相隔数千里、山海遥相望。根据党中央、国务院的部署，青岛与安顺结为东西部扶贫协作对子，相距2200公里的青岛与安顺山海情牵，携手书写脱贫攻坚的新篇章，共同描绘全面小康的同心圆。

强对接，两地运筹帷幄，决胜脱贫攻坚

2020年5月26日，安顺市人大常委会副主任、市总工会主席罗晓红率总工会考察团来到青岛市市北区，就双方创业就业和消费扶贫展开洽谈。仅仅过去两天时间，5月28日，第12届贵州茶产业博览会——安顺市产销对接活动举行，青岛市代表团68人包机到安顺参加盛会，搭建两地茶产业产销对接合作平台。

青安两地，山海情深，源远流长，但像今天这样关系之紧密、联系之频繁、合作之深入，前所未有！原因何在？答案是：中央有决策，两地有行动！在两地高层的运筹帷幄之下，青安扶贫协作的精彩故事不断上演。

2016年10月，中共中央办公厅、国务院办公厅印发《关于进一步加强东西部扶贫协作工作的指导意见》，明确由东部上海、广州、杭州、宁波、苏州、青岛、大连7个发达城市对口帮扶贵州省遵义、六盘水、安

顺、毕节、铜仁、黔东南、黔南、黔西南8个市（州）。东西部扶贫协作让青安双方交流更上一层楼，两地联手共建日益紧密的合作机制，协调推进合作中的重大事宜。青岛各区（市）与安顺贫困区（县）结成"一对一"帮扶对子，动员各方力量带着感情、带着资源投身安顺扶贫开发。

"结对子"是青安扶贫协作的一大亮点与特色。多年来，青岛与安顺广泛开展部门结对、镇村结对、医院结对、学校结对、企业结对，构建起全方位结对帮扶网络。科技、人社、农业农村等多个部门分别签署协作协议，密织多层次、宽领域、立体化的结对帮扶网络，推动工作落实。2019年，在青岛市8个区（市）与安顺市7个区（县）结对全覆盖的基础上，73个经济强镇、236个强村（社区）、92家企业、25个社会组织、280所学校、78家医院分别与安顺市68个乡镇、372个贫困村、357所学校、93家医院实现结对，开展了丰富多样的帮扶工作。青岛各区（市）党政主要领导带队到安顺调研对接16次，安顺市各区（县）党政主要领导到青岛对接18次，结对区（市）援助财政资金3361万元，安排各类项目108个。

青岛-安顺共建产业园区大力推进基础设施建设、增强配套服务功能

位于青岛城阳的安顺绿色农特产品销售中心

2020年以来，两地受疫情影响，充分利用现代网络技术，"千里视频连线"共商扶贫协作工作。结对区（县）全部召开主要领导交流对接视频会，围绕扶贫协作重点深入沟通交流，助力安顺市高质量打赢脱贫攻坚战。4月，借力"青岛百日万店消费季"，青岛、安顺两市相关部门及青岛赴安顺挂职干部团队共同努力，以"爱心搭桥 安货入青"为主题的扶贫消费月活动在青岛利群集团网上商城启动。安顺市副市长王成刚走进直播间，向外推介安顺优质农特产品，并与青岛商贸界企业家"面对面"互动。本次推介活动，安顺销往东部地区的农畜产品总量达3232.65吨，销售金额达9890.5万元。

重民生，深化产业合作，加强优势互补

携手安顺，青岛没有将扶贫协作简单定义在"给钱给物"上。青岛、安顺在产业合作上坚持"所需"与"所能"结合，"输血"与"造血"并

重，因地制宜，突出精准，推进经贸合作、社会事业等领域齐头并进。

2018年初，按照贵州省委"来一场振兴农村经济的深刻的产业革命"的重大部署，普定县将韭黄作为"一县一业"重点发展项目，以水母河流域高效农业示范园为核心，规划面积10万亩，全力打造全国最大的韭黄生产基地。崂山区累计在东西部扶贫协作对口帮扶资金中列支2000余万元，支持普定韭黄产业发展。如今，全县韭黄种植面积达10万余亩，占全省韭黄种植面积的95%以上，累计带动贫困户4649户18596人增收。

劳务协作是扶贫最直接、最有效的手段之一。两地人社部门细致调研后，加大了劳务协作力度。2020年，面对突如其来的疫情，青安两地采取超常规手段促进劳务输出。由安顺向青岛提供贫困劳动力就业意愿信息，同时安排赴青岛（山东）劳务输出人员援助补偿资金480万元，用于对外出务工贫困劳动力的补助，帮助赴青务工贫困人口待得住、乐就业、稳脱贫。功夫不负有心人。上半年，安顺市专机输往青岛贫困劳动力477人，实现稳定就业人员307人。

解决"两不愁三保障"突出问题是脱贫攻坚的重点任务。2016年以来，青岛市累计投入安顺市财政帮扶资金10.99亿元。其中，2019年投入易地扶贫搬迁集中安置点教育和医疗基础设施建设资金13168万元，实施教育建设项目6个，医疗卫生建设项目7个，涉及普定、镇宁、关岭、紫云、黄果树5个区（县），覆盖建档立卡贫困人口42040人。

2600亩构树种植基地带动5个乡镇共10个村增收致富

2020年，青岛市在自身受到疫情严重影响的情况下，继续加大对安顺市的帮扶力度，截至目前，青岛市投入安顺市财政帮扶资金3.68亿元，2020年计划帮助安顺市实施帮扶项目86个，重点倾斜支持紫云深度贫困县和县以下基层解决"两不愁三保障"突出问题和产业扶贫项目，助力安顺市解决脱贫攻坚薄弱环节。

拓路径，强化人才交流，推进人才援助

人才交流是扶贫协作的重要内容。2019年，青安两地共选派党政交流挂职干部106名，其中，安顺选派74人，青岛选派32人。此外，选派659名专业技术人才开展交流互访、跟岗学习，其中，安顺选派423人，青岛选派236人。在这场跨越千里的脱贫攻坚战中，许多人默默奉献。青岛人、安顺人，像亲戚一样走动。

2018年4月，山东大学齐鲁医院（青岛）院长刘玉欣、党委书记马祥兴等一行28名国际、国内知名专家到普定县，开展影像科、神经内科、手足外科等18个学科的对口帮扶及义诊活动，近1000人次群众慕名前来咨询，共完成4台手术。

2019年，青岛市选派30名医疗专家赴安顺市开展帮扶工作，即墨区人民医院、中医院选派医疗团队赴紫云自治县人民医院开展帮扶，青大附院派出6批专家团赴西秀区人民医院帮扶，两地创新建立"医疗技术协作型医联体"7个。

2018年，两地教育教学人员互访超过34批3834人次，启动实施"乡村学校爱心帮扶工程"，安排安顺市偏远乡村288名校长、192名骨干教师赴青岛市跟岗培训。2019年，新增"手拉手"结对帮扶学校30所，青岛选派安顺支教校长、教师35人次，安顺选派青岛挂职、跟岗学习校长、教师74人次，胶州市第一中学、胶州市实验中学选派教师人才赴镇宁民中打造"胶州班"，收到良好社会效益。

"亲戚越走越近，感情越走越深；合作越走越多，道路越走越宽。"

跨越千里，山海情深。青岛与安顺在日益紧密的交往中，画出同心圆，共筑小康梦！

加码　加速　加温

是一份怎样的情怀，既牵系海滨之城青岛与黔中腹地安顺的发展大计，又承担起两地持续增强百姓幸福感、获得感的使命，让百姓增收致富、追求美好生活的梦想落地开花？

答案就在这里——2013年，新一轮东西部扶贫协作工作启动，青岛与安顺结为对口帮扶城市，在教育、医疗、卫生、旅游、人才交流等领域密切合作。

在青岛、安顺两地党委、政府的高度重视下，两地组织、人事部门加强沟通协作，密切联系，不断拓宽扶贫协作人才支援的广度和深度，形成"高层推动、部门联动、资源共享、全面协作、聚焦脱贫、助力小康"的工作格局，广泛开展挂职锻炼、教育培训、人才交流，为安顺市决战决胜脱贫攻坚提供了强有力的人才支撑和智力保障。

全领域人才支援交流　为扶贫"加码"

2019年11月19日至21日，首届"青岛专家走进安顺活动"画上圆满句号，而专家们留下的知识、技术、市场、人脉，却继续生根发芽、酝酿壮大。

3天行程，6名养殖专家，两地组织、人社干部，紫云、镇宁、关岭三地，蜜蜂、鲟鱼、牛、黑山羊4个产业，7个贫困村养殖点，几百名受益群众、村干部，未来可期的产业发展势头。

在每一站奔波的身影中，有一个人俨然是联系两地的纽带。因为他，一路车程欢声笑语。他就是青岛赴安顺挂职干部——市人社局副局长管建光。管建光是两地组织部门立足需求，多领域互派人才的第五批挂职干部之一。

结对帮扶以来，两地组织部门结合发展优势和帮扶任务实际，精准选优派强挂职干部人才，推进教育医疗、城镇建设、金融投资等重点帮扶领域和行业干部人才的互派挂职，建立两地区（市、县）"一对一"挂职机制，2019年先后互派66名党政干部挂职锻炼。

在医疗领域，2019年建成各类医联体7个，帮扶建设学科(专科)100余个，填补空白新技术项目60余项，指导省级科研立项5项。

在教育领域，2019年两地教育系统开展各类互动活动23批次，涉及干部、教师、学生3416人次，青岛派赴安顺支教校长、教师35人次，安顺派赴青岛挂职、跟岗学习校长、教师74人次。

在农业领域，两地互派555名专业技术人才开展交流互访、跟岗学习，其中青岛派往安顺294人，安顺赴青岛261人。

此次活动亦得益于此。安顺市组织部门收集各区（县）对农业专家的精准需求，青岛方面组织相关专家前来。把安顺所需、青岛所能结合起来，推动协作水平再上新台阶，助力安顺市脱贫攻坚进程，造福两地人民。

全过程技术指导培训　为脱贫"加速"

"蜜蜂如何越冬？""怎么分辨新蜂？""如何找到蜂王？"青岛蜜蜂养殖专家徐桂明在紫云自治县火花镇九岭村蜜蜂养殖场手把手教授，现场解答村干部的各种问题。

对于此前在脱贫攻坚报道中列明"产业跑不过时间、缺乏短平快产业"的九岭村而言，如今这300箱蜜蜂，与已平整投入使用的养鸡场、发放给每户的30只鹅一样，承载着九岭村加快脱贫步伐的希望。

村干部问得很详细，每个人拿着小本子记得很认真。"专家的建议和指导太实用了！尤其是刚才提到的青储饲料的储备方法——压边踩实，厚度20公分，揭开时候的注意事项，单料如何打磨……这些对我们在饲料环节压缩成本有很重要的意义！"

内行看门道。同是畜牧养殖专业，关岭牛投资发展有限责任公司分管生产的副总经理陈明飞对青岛市畜牧兽医研究所畜牧师、牛养殖专家刘锡武一进门看到饲料的储存方法当即提出的建议表示折服。

在上关镇关岭牛核心种牛场，刘锡武一进牛场，没有休息一分钟、喝一杯水，一口气走完所有仓库、牛栏，对牛饲料配比、储存，科学喂食，育种，驱虫，产仔护理等方方面面进行指导。"产后瘫痪问题该怎么解决？"有位牛场负责人问。"母牛临产期前两月开始适当减少30%的浓缩料，产后适当补钙。牛犊子先天弱的可以在产下当天打5毫升维生素AD。"所有牛场负责人和饲养员、养殖农户簇拥着刘锡武，一路走、一路问、一路听、一路学。

在镇宁自治县环翠街道办，前来听专家传授黑山羊养殖技术的农户坐满了整个讲习所。青岛市畜牧兽医研究所高级畜牧师程明以"肉羊养殖与常见病防治"为题，设计了详尽的PPT，讲理念、说案例，介绍其他地方村庄的成功经验。但村民听着那些专有名词很有距离感。程明马上发现问题，改变做法，放下PPT，改先讲后做为先问后讲、边问边讲，然后直奔环翠街道办黑山羊养殖场，和村民一起动脑筋、想办法。

全方位资源无私共享　为两地情"加温"

"你们养殖场的规模已经很大，下一步的重点放在市场销路方面。我的建议呢，一方面在县城开一家小饭店自己做直销，我把我的深加工技术免费传授给你们；另一方面要拓宽销路，我的市场资源也可以共享给你们。"在镇宁自治县江龙镇最大的鲟鱼养殖场，作为此次来访的鲟鱼养殖专家，青岛鲟龙生物科技有限公司的董事长王永山捞起池内的鱼仔细观察，抓起鱼饲料用鼻子闻、用手捻，详细询问长势、市场、技术、密度、水质、投食次数、水温、鱼苗情况，随后在行业发展趋势、深加工技术、饲料成本控制方法等方面提出实用建议。

王永山口中可以免费提供的深加工技术，是他的企业高薪聘请的中国海洋大学教授团队研发出来的成套成熟加工技术。作为企业的产品之一，加盟费是68000元。他无私地分享给安顺的同行。在本寨镇岩下村鲟鱼养殖场，王永山更是当场致电，把自己深耕多年的合作伙伴牵线搭桥给养殖场负责人，为养殖场开拓出新的销路。

在关岭自治县冬足村，从事蜜蜂养殖的干部、群众纷纷抓住机会，向专家抛出自己最关心的问题，寻求答案。"蜜蜂烂仔病怎么处理？"自办合作社和公司、带动近70人就业的农户黄润珍询问。"这个就是冠状幼虫病，减脾、做好保温、在喂食的糖水里面适当加盐和醋。"徐桂明当即回答。

时间不够。好些农户掏出手机，纷纷添加专家的微信。"老师您好，我们加个联系方式，以后我有问题再请教，可以吗？"……车子即将离去，热情的农户、村干部相送专家至车门口，两相挥手依依告别。

"每天晚上，专家们回去连夜整理书面意见和建议，修改、完善ppt，让村里留存备用。"此次活动的青岛方组织者——青岛市人社局专业技术人员管理处四级调研员曲荣研介绍。安顺市农业农村局提出急需鲟鱼专家时，一度难倒了青岛市人社部门，他们的专家人才队伍里同样没有鲟鱼养殖专家。通过朋友圈寻访、专家推荐、比对，才寻觅到养殖、销售均有丰富经验的王永山。

"这次活动很成功。下一步，我们还会探索更多途径和方式，将其他领域的专家力量输送到安顺，加强两地人才交流合作，为安顺市脱贫攻坚做我们力所能及的事。"曲荣研表示。

山巍巍，海迢迢，山海相连情相牵。三天行程转瞬即逝，一个个贫困村、一个个养殖点前，淳朴热情的农户，积极好学的村干部、企业负责人，倾囊相授的专家，随行奔波的组织干部，伴随相机的"咔嚓"声，留下一张张见证两地交流融合的合影。

退伍兵的新战事

脱贫攻坚收官之年，青岛吹响决战决胜"集结号"。

2020年5月9日，青岛市举行退役军人赴安顺、陇南智力扶贫志愿服务队送行仪式。经过组织报名、资格初审、组织考察，28名具备履职条件的自主择业军转干部，组成两支工作队，奔赴青岛东西部扶贫协作地贵州省安顺市和甘肃省陇南市，开展为期一年的智力扶贫志愿服务活动，向脱贫攻坚收官战发起最强总攻。这是退役军人系统首次组织退役军人开展智力扶贫活动，是贯彻落实习近平总书记打赢脱贫攻坚战的重要指示精神的具体实践，也是青岛市运用平台思维开展东西部扶贫协作的创新举措。

选人做到优中选优

根据安顺市、陇南市扶贫工作需要，青岛市扶贫协作办积极协调有关部门，经过严格的考察，确定最终人选。工作队队员均为中共党员，平均

青岛市举行退役军人赴安顺、陇南扶贫志愿服务队送行仪式

年龄43岁，全部为本科以上学历，其中硕士研究生3名，博士研究生1名。工作队队员在服役期间全部为营团级以上干部，政治素质过硬，工作经验丰富，作风扎实务实，具备帮扶当地困难群众脱贫致富的工作能力和实际经验。

自主择业军转干部崔瑞银主动请缨参加此次志愿服务活动。他说："军人的意义从不止于保家卫国，无论我是否穿着军装，都会时刻保有坚毅、果敢、冲锋在前的军人品格与作风。今年是全国脱贫攻坚的收官之年，希望我能通过自身专业特长、资源优势，坚守为民服务的初心，在扶贫战场上再立新功。"

自主择业军转干部任波谈道："参加扶贫工作，不能只坐在办公室里扶，要准备一双便鞋深入百姓家中倾听诉求，要准备一个记事本随时记录百姓呼声，要随身带一个大水杯长时间扎根基层开展工作。"

用人做到人尽其才

青岛市以"靶向治疗""精准灌溉"为原则，根据工作队队员的专业特长、从业经历，精准下沉到市、县层级，各展其才、各显其能。

当好"贴心人"。在部队从事过政治工作的队员主抓精神文明建设，做到扶贫的同时"智志双扶"。

当好"指导员"。从事过医学工作的队员将参与医疗卫生协作帮扶，重点向乡镇卫生院延伸，传技术、帮管理、带服务。

当好"技术员"。计算机专业的队员协助打造电商营销模式，为具有当地特色的高质量农产品打通线上销售渠道，解决困扰农户的"卖难"问题。

当好"推销员"。转业后从事个体经营的队员，通过项目引进和产业落地，筑牢长期稳定脱贫不返贫的基础保障，用产业发展托起当地群众"稳稳的幸福"。

当好"智囊团"。高学历者参与到当地科技研发、教学等工作中，拓宽教育扶贫、深耕智力援助，立足当前、着眼未来，打造更具后发优势的协作扶贫路径。

管理做到精准到人

工作队建立临时党支部，由当地党委、政府和青岛市赴安顺、陇南挂职干部工作组、青岛市退役军人局共同管理。指定专门联络员，为支援服务队员到达协作地后建立长期联络制度，定期跟踪。为保障工作队队员安心工作，顺利完成扶贫志愿服务活动，青岛市通过走访家庭、召开座谈会等形式，听取队员们的意见建议，帮助解决了日常生活中的实际问题。积极与安顺市和陇南市当地职能部门联系，将工作队员到达当地后的食宿、医疗、交通等问题一一进行了落实。

智力扶贫是彻底脱贫的重要推手，也是阻断返贫的重要途径。在脱贫攻坚决战决胜、攻城拔寨的关键节点，同时面对新冠肺炎疫情对脱贫攻坚工作带来的新挑战，青岛市充分发挥退役军人的政治优势和智力优势，通过党建、支教、援医等工作，促进与安顺、陇南等协作地的观念互通、思路互动、技术互学、作风互鉴，用实际行动深刻诠释退役军人"卸甲"后的忠诚、大爱和担当，助推协作地全面高质量打赢脱贫攻坚战。

吹响精准帮扶集结号

2020年是全面建成小康社会的关键时期，也是打赢脱贫攻坚战的决胜期。青岛市市北区紧紧围绕"做出示范样板，走在全国前列"的要求，聚焦目标任务，严格对标对表，狠抓工作落实，确保东西部扶贫协作工作有序推进。

市北区克服疫情影响，5月底向东西协作地——贵州省安顺市西秀区和甘肃省陇南市西和县派出支医、支教及各类专业支援人才共计41人，是青岛市第一个派出人才的区。目前，市北区在两地共有47位各类支援人才，忙碌的身影穿梭在贵州和甘肃的山间地头、村庄森林。

东西部扶贫协作和对口支援工作，是以习近平同志为核心的党中央作出的重大战略部署。市北区总工会与安顺市西秀区总工会紧紧围绕精准扶贫、精准脱贫出实招、谋实效，探索"'输血'与'造血'结合，支援与协作并举"的出路。

统筹安排帮扶资金，拓宽消费扶贫"主渠道"

为确保东西部协作专项帮扶资金早落地、见实效，市北区总工会和西秀区总工会主要领导实地考察调研，建立工会组织扶贫协作联席会议和协调推进机制，共同商定扶贫协作方案。市北区总工会为西秀区总工会扶贫专用账户捐款130万元，为西秀区岩腊乡三股水小学捐赠物品合计20万余元，消费扶贫合计230余万元，发动工友创业联盟采购劳模工匠扶贫产品120余万元。

2020年5月13日，在西秀区岩腊乡三股水小学开展爱心捐赠，助力解决学生们的穿衣和住宿问题，传递了情系教育、爱献山区的深厚情谊。在市北区总工会与西秀区总工会的积极协调下，青岛超银中学、青岛洮南路小学分别与西秀区岩腊乡三股水小学结为扶贫协作单位，双方教育系统的劳模对接沟通，携手推进教育帮扶工作，实现东西部文化的交流碰撞与互学互鉴。

市北有需求，西秀有产品。2020年以来，市北区总工会探索采用"互联网+消费扶贫"模式，定向采购安顺茶叶、金刺梨汁等特色农副产品，开展夏送清凉线下品牌活动、"齐鲁工惠"APP惠工扶贫线上抽奖活动。通过直播销售、微信公众号、微信群等互联网途径配合宣传，提高安顺品牌知名度和美誉度。在扩大工会普惠服务覆盖面、传递工会对职工关爱的同时，解决扶贫产品销路问题，让更多信誉好、质量优的安顺特色资源"走出深山"。

携手打造扶贫车间，增强就业扶贫"动力源"

为激励职工广泛开展技术创新，充分发挥劳动模范在创新发展中的示范、引领和辐射作用，市北区总工会定向捐助由西秀区劳模创新工作室牵头创办的6个扶贫车间，让车间进乡镇、进农村，吸纳不能外出务工的农村劳动力在家门口就业，也为残疾人提供脱贫出路。累计带动100余名困难户实现就业增收，建档立卡贫困户26人实现脱贫。

绣娘坊蜡染刺绣培训班、傩雕技艺班开在农民家门口，劳模面对面讲给农民听、做给农民看、把技艺交到农民手里，让农民搭上就业"直通车"奔小康。就业培训，不仅提高了劳动者自身素质和就业能力，挖掘了劳模的扶贫资源，又丰富了扶贫路径，增强了脱贫致富的内生动力。

积极推介文化产品，擦亮产业扶贫"精准牌"

市北区总工会与西秀区总工会签署合作框架协议，依托市北区橡胶谷园区大中型企业集中优势力量和工友创业联盟电商平台优势，在橡胶谷园区设置安顺农产品、工艺品展销区域，搭建起"安货入青"销售平台，在拓展安顺特色产品销路的同时，也给青岛当地企业提供新的思路，通过融合与创新，以现代时尚方式演绎非遗文化，在相互交流中实现双赢。

2020年7月31日，在橡胶谷举办的安顺·青岛东西部协作劳模工匠扶贫产品推介会，吸引了周边企业、市民、工友创业联盟企业代表及媒体记者200余人到场。推介会现场邀请了西秀区当地蜡染、傩雕、竹编等劳模工匠大师布展非遗特色工艺品现场制作，开展东西部协作促销活动及风土人情宣传推介活动，对强化东西部文化融合、提升市民对安顺特色产品的认同感发挥了积极的促进作用。

土生土长的安顺人，拥有蜡染非物质文化传承人、"西秀十大名匠"等多个头衔的杨婷婷所在的蜡染工艺展区在推介会当天引来了众人的围观，手握蜡刀的她笔触流畅、手法娴熟，只用几笔，一只活灵活现的吉祥鸟便跃然而出。杨婷婷告诉工作人员，见惯了商场时尚服装的都市人如今越发偏爱天然印染服饰，同时越来越多的年轻人加入到团队创作设计中，近几年他们搭乘市北对口帮扶的快车，通过参加展销会、网络直播不断拓展销路。

享誉全国的青岛品牌团队郝建秀小组也参展其中，这支成立了68年的团队带来了时尚与舒适兼具的天丝、木代尔、绢丝等产品。说起参加此次推介会的初衷，团队负责人姜才先介绍说，希望通过这次产品文化交流，将蜡染工艺和傩雕图案融入到产品设计中，通过购买设计产权、聘请当地民间手工艺者、帮助当地拓展销路等方式，实现东西协作扶贫和文化艺术的充分融合。

本次推介会的伴手礼采用融入蜡染、傩雕元素图案特别定制款青岛啤酒，用安顺特色蜡染环保无纺布手提袋包装，实现安顺非遗文化与青岛啤酒文化的完美融合。在后续品牌推广的过程中，青岛啤酒也将携手安顺非遗文化漫游世界，助力安顺非遗文化世界腾飞。

乘着国家"一带一路"倡议东风，借助橡胶谷园区作为集国际贸易中心、会展中心、信息中心、创业孵化中心为一体的高端行业平台和信息集散地优势，安顺非遗特色工艺品、农产品有机会走出国门，填补国外市场空白。

山海相连，携手情深。市北区总工会与西秀区总工会将继续拓展协作的深度和广度，聚力擦亮安顺特色名片，吹响精准帮扶集结号，助力攻下脱贫攻坚战最后山头。

东西协作的"扶贫+"

2018年4月,在崂山区的大力支持下,普定县人民医院正式揭牌"山东大学齐鲁医院(青岛)帮扶协作医院"。齐鲁医院(青岛)影像科、神经内科、手足外科等18个学科的28位国内外知名专家现场为普定县老百姓进行健康咨询及相关病症义诊,前来咨询就诊的群众达1000多人次。

2017年以来,崂山区秉承"民生优先"原则,安排帮扶资金,援建普定县贫困村美丽乡村建设、村组道路硬化、危房改造、产业扶贫、贫困村卫生室、教育教学等一批惠民生、强基础、补短板的项目,包括小河村、朱雀村等14个贫困村道路、村民文化设施和教育、医疗器材等,涵盖基础设施、教育教学、医疗卫生、灾害恢复、文化设施等关乎民生的方方面面。在资金支持的基础上,崂山区还采取"扶贫+"模式,聚焦精准、多极支撑,瞄准受援地短板发力,创新实施"扶贫+医院""扶贫+学校""扶贫+企业""扶贫+社会"等举措,打造了扶贫协作的"崂山模式"。

"扶贫+医院",扫除"因病致贫"风险

针对受援地基层卫生技术人才严重短缺的问题,探索建立健康扶贫制度,组织协调9所医院与受援地卫生机构签署结对协议,通过实施远程医疗、培训医生等技术指导,帮助受援地提高医疗服务水平。定期选派专家赴受援地进行技术指导,通过手术示教、疑难病例讨论、专题讲座、医疗文书书写等各种临床带教形式,为受援地培养了30余位优秀的医护专业技

术人才，有效提高了当地医护水平。齐鲁医院专家赴普定进行的胸椎结核手术和唇腭裂手术填补了当地这两项手术史上的空白，取得了良好的社会反响，得到当地百姓的一致好评。援建陇财村卫生室、白岩镇管小村卫生室、茗兴村卫生室等13所村卫生室，有效改善了受援地区基层医疗卫生条件，改变小病拖大病，大病没钱治的现象，从根源上拔掉困难群众因病致贫、因病返贫的"穷根"。

"扶贫+学校"，切断贫困代际传递

依托崂山区教育资源，探索建立教育扶贫制度，组织中小学、幼儿园与受援地39所学校、幼儿园建立手拉手结对关系。通过举办专题报告、同课异构、业务培训等将先进教育理念、科学管理机制、成熟办学经验、优质教育资源引入受援地，加快当地教育事业发展。组织崂山六中、沙子口小学和崂山区实验幼儿园的校长及教学能手赴普定三中、普定第五小学和普定幼儿园，开展结对帮扶交流活动，举办"现代教育发展'342模式'初探"专题报告，并捐赠学习用品。改善办学条件，打造教育"硬环境"。援建马关镇中心小学教学楼、张鲁集乡轩楼小学教学楼、白关乡硬各坝小学宿舍楼、鸡场坡镇白桥小学学生宿舍楼，改善贫困地区学校办学条件，让孩子们在良好的教育环境中学习和成长。

"扶贫+企业"，夯实持续发展动能

协助引进青岛善扶供应链管理有限公司农业项目，进行规范化、订单式种植，种植规模已达275亩；引进鲁南制药集团中药材收购项目、青岛天成中药饮片中药材收购项目和"青岛小镇"农业养生综合体项目，有效解决农产品市场不对称、销售渠道闭塞的问题，彻底避免了农产品滞销带来的损失，大大提高了当地种植户收入；引进青岛娜堃涛制衣有限公司服装加工项目，有效解决留守妇女、富余劳动力的就业问题，一期用工150—200人。协助青岛国标环保、青岛深蓝代理记账等公司在受援地开设分公司，为当地企业发展提供服务，提高自我发展能力。

"扶贫+社会"，激发脱贫攻坚活力

2018年，在受援地组织召开9场招聘会，提供就业岗位5000余个，500多人达成就业意向，输出务工人员300多人，人均工资4000元以上。组织青岛高凤翰美术馆、青岛华夏星辰集团、青岛鹏达工艺品有限公司、微尘基金、心海公益组织联盟、孔子基金、青岛红十字玫瑰基金等企业和社会公益组织向受援地贫困村、学校、留守儿童等捐款捐物60.6万元；总投资3.2亿元的修文外国语学校建成后每年接受部分贫困家庭子女免费入学，并向贫困人员提供学校就业岗位。

青安旅游比翼飞

"这一趟安顺之行整体体验非常不错,两天走了四个景区都免门票。今年虽然受疫情影响部分景点未开放,但并不影响我感受黄果树大瀑布的雄壮和安顺独特的少数民族风情,计划在安顺待上半个月。"2020年端午节前夕,61岁的青岛市退休职工李成兰携家人来到安顺市旅游。在感受过黄果树大瀑布的雄伟壮观、安顺少数民族人民的质朴热情后,李成兰对安顺市的旅游氛围赞不绝口。

山海相连一家亲,青安旅游比翼飞。其实,早在2016年3月,贵州旅游推介团走进青岛市,安顺便针对青岛市民发布了凡购买黄果树、龙宫2个5A级景区门票者,享受"一次旅行,终身免费"的感恩回馈政策。该政策一经传播便"引爆"青岛,青岛市民便随即起了到安顺旅游的热潮。

一趟专列开启的旅程

"嘟……"2016年3月19日早晨,一声长长的火车汽笛声划破了青岛市长空,800多名青岛游客乘坐的"追梦青岛·走进安顺"号旅游专列开始了赴安顺旅游对口帮扶的旅程。同时,也标志着"追梦青岛·走进安顺"号旅游专列开行安顺进入常态化。

在"追梦青岛·走进安顺"号旅游专列启程前,青岛市举行了简短的开行仪式,向赴安顺旅游的青岛游客代表送上鲜花,并给列车长授予"追梦青岛·走进安顺"号旅游专列开行牌。3月21日,专列顺利抵达安顺,安顺市组织了隆重的接车仪式，并协助安排了随车游客们的吃、住、行、游等相关事宜。

青岛与安顺是结对帮扶城市，早已结下了深厚的兄弟情谊。一直以来，青岛市始终带着真心实意、真金白银，对安顺市各方面的发展给予极大支持。随着两地交集不断增加，安顺良好的生态、宜人的气候、秀丽的风光、多彩的文化，也逐渐进入了青岛广大市民的视野，黄果树瀑布、龙宫、天龙屯堡、紫云格凸河等一大批安顺景区也得到了青岛游客们的频频点赞。

"起初是来安顺旅游，但来到安顺后被这里的风光和淳朴的人们所吸引，于是便决定留下来。几年来，在安顺找了工作、安了家，也算是成为了'新安顺人'。"2017年跟随旅游专列来安顺旅游的青岛市民张国祥，谈到自己因来安顺旅游，被安顺吸引，与安顺结缘时，回味悠长地说，"感激三年前的那一趟安顺之旅，是它改写了我的人生。"

近年来，青岛市荣获"首批国家级旅游业改革创新先行区"等荣誉称号，安顺市也进入国家级全域旅游示范区创建名单，安顺和青岛良好的旅游资源互补和差异，为兄弟城市间开展多元化、深层次的旅游合作交流奠定了良好的基础，提供了广阔的发展空间。

多个项目推动"大手牵小手"

旅游合作，是青岛对口帮扶安顺工作开展过程中双方找到的契合点之一。经过多年来的共同努力，青岛、安顺两地旅游主管部门和旅游企业分别签订了多项加强旅游合作的协议，全面提升在旅游推荐、资源共享、智慧旅游、产品开发等方面的合作。

2016年，由安顺市委、市政府主办的"山海情深·青安共赢"安顺市青岛招商引资推介会在青岛市黄海饭店举行，包括"青岛小镇"建设项目、黄果树风景名胜区悬挂式轨道交通项目等在内的10个项目正式签约，协议投资总额36.4亿元。

2017年，安顺与青岛文旅局签订了旅游结对帮扶协议，双方就劳务互通、项目共建、客源互输、定点采购、培训互融等方面达成了长期友好合作协议。同时与山东万达国际旅行社有限公司等5家当地旅行社签订了结盟合作意向书，就旅游线路开发和客源输送方面达成共识，共促发展。

2018年，在青岛、安顺两地的共同努力下，实现关岭自治县花江大峡谷旅游开发合作投入190万元，带动帮扶城市来安顺旅游7299人次。

2019年，第十四届贵州旅游产业发展大会期间，青岛、安顺两地文旅主管部门签订了战略合作协议。同时在青岛市文旅局的协助下，邀请了10家青岛市文化旅游企业赴黔参加大会，其中3家企业签订了购买安顺文化旅游产品框架协议。9月24日，市北区文旅局携手区内中国国旅（青岛）国际旅行社、青岛旅行社、青岛中海国际旅行社、山东心悦国际旅行社、山东和易国际旅行社，赴安顺市西秀区开展"西秀市北——山海相连一家亲"旅游产品市场开发活动，双方旅行社代表还就深挖资源，互通有无，加强宣传推广、企业合作、文旅业务交流等事宜达成了共识，并签署了企业合作意向书。

2020年8月1日，安顺文化旅游产业招商推介会在青岛黄海饭店国际会议中心隆重举行，推介会进一步宣传安顺，展示安顺良好的营商环境和经济发展潜力。同时，向与会来宾介绍安顺投资环境，搭建公开、公平、可持续发展的经贸合作平台，让各位企业家进一步了解安顺，共享安顺的发展机遇，共谋发展，实现互惠共赢。

2020年9月4日，安顺市赴青岛市文化展示交流招商活动在青岛市博物馆正式启动。活动分为"瀑乡文蕴——安顺风物"藏品展、非遗项目展演、文旅项目招商推介活动三个部分。"瀑乡文蕴"展览共展出各类展品106件，从安顺蜡染、地戏面具、屯堡银饰、贵州铸币以及安顺奇石、人文古迹等多个角度进行；非遗项目展演共带来国家级非物质文化遗产代表性项目9项，省级代表性项目59项，市级代表性项目147项，为岛城人民全面呈现了安顺市的风土人情、人文风貌。

一个个旅游共建项目落地、一份份合作协议签订，既是青岛真实帮扶安顺的体现，也是两地间深厚情谊的展示。作为沿海发达城市的青岛市，结合安顺市独有的良好旅游资源优势，通过项目共建、旅游产品产销对接等方式，不断地加大旅游扶贫帮扶力度，让安顺旅游走进了更多人的视线，越来越多的安顺群众也搭上旅游顺风车，得到了真正的实惠。

旅游帮扶花开正艳

在2020年端午节小长假里，安顺市西秀区龙宫镇桃子村粽子飘香，农家乐、农家旅馆火爆非常，该村20余家农家乐、农家旅馆入住率达80%以上，村民们拿到可观的收入后欣喜不已。

8年前，桃子村还是一个贫困村，尽管离安顺中心城区较近，背靠龙宫5A级风景区，但经济发展一直没有起色。2012年之前，全村没有一条像样的村道，房子也很烂，农民收入低，经济来源主要依赖外出务工。"那个时候村里穷，守着金山银山，却过着穷困潦倒的日子。"桃子村党支部书记黄信林打趣地说道，"说是皇城脚下当乞丐也不为过。"

转机出现在2013年，青岛对口帮扶安顺，桃子村迎来新的发展机遇。青岛累计投入帮扶资金240万元，支持桃子村"美丽乡村·四在农家"建设，全面改造升级村庄基础设施，鼓励有条件的农户发展家庭旅馆。7年的时间，村民人均年收入从2011年的3280元增长到2019年的2万余元，桃子村不仅摘掉了"贫困村"的帽子，还一跃成为"全国最美丽休闲旅游乡村"。

桃子村的巨变，是青岛市对口安顺市旅游帮扶的一个缩影。新一轮对口帮扶工作启动以来，青岛、安顺两市注重创新工作模式，丰富对口帮扶内涵，建立工作推进机制，完善政策推进制度，以"园区共建、引企入安、职业教育、人才培养、旅游合作"五项工作为重点，将青岛的资金、技术、人才、管理等优势与安顺的资源、劳动力、市场等优势结合起来，大力发展特色优势产业，挖掘两地合作潜力，拓宽合作领域，不断提高安顺市自我发展能力。除直接注资打造示范点外，青岛市还通过《两岸》杂志、青岛电视台、《青岛日报》等宣传平台，积极引导广大市民到安顺旅游。

本着增进两地群众感情、感恩回馈青岛市民的初衷，安顺市制定了系列旅游优惠政策。自2016年以来，安顺市持续推出针对青岛市民的"一次旅行，终身免费"感恩回馈政策、青岛香山旅游峰会期间面向岛城市民的优惠旅游政策、"青安一家亲"感恩回馈优惠政策、青岛市职工疗养优惠政策等。

24年的兄弟情谊，青岛始终与安顺情相连、心连心，尽"青"之所有，助"安"之所需；24载携手耕耘，春华秋实，青岛依托安顺的旅游资源优势，致力帮助安顺完成从旅游大市到旅游强市的转变；24个冬去春来，青岛与安顺脚踏实地，仰望星空，朝着理想与目标，奋力前行。

安顺机场"水门"迎接青岛直飞航班

2020年9月15日中午，QW9885航班划过天空，平稳降落在安顺黄果树机场的跑道上，标志着青岛至安顺直飞航线正式开通。这是面对疫情冲击复工复产后，安顺开通的又一条航线，机场以"水门"仪式隆重迎接。安顺市委、市政府有关领导在机场热情迎候首批乘坐直航航班的177名青岛游客，向每名乘客赠送了直航开通纪念封、民族木偶和旅游手册，并向机组人员献上鲜花。

青岛和安顺是中央确定的东西部对口帮扶协作城市，山海相连，携手"黔"行，共同发展。24年来，青岛市围绕资金援助、产业引入、就业安置、人才帮扶、消费扶贫、携手奔小康等方面倾情支持，为助力安顺打赢脱贫攻坚战注入了强劲动力和活力。

进入2020年，面对决战脱贫攻坚必答题和抗击疫情加试题，安顺机场主动作为，继市委、市政府面向青岛市民出台旅游优惠政策后，在青岛挂职干部的帮助下，积极对接青岛航空公司，顺利申请开通了青岛至安顺直飞航线，有效解决了困扰两地文化旅游合作的时空问题，拉近了青安两城的距离，方便了青岛市民畅游中国瀑乡、探秘神秘龙宫、领略独特的民族风情，方便了安顺市民凭海临风喝鲜啤酒，感受青春之岛、创业之城，将有力地促进两地全方位交流。

此前，青岛至安顺航班都要经停南京，耗时5个多小时。新开通的直航航线由青岛航空公司执飞，机型为波音737-800，每周3班，周二、四、六执行，08:40由青岛起飞，12:05抵达安顺；12:50由安顺起飞，15:15抵达青岛，飞行时间比经停南京缩短了一个半小时。

"我是第一次来安顺，就有幸坐上了青岛到安顺的首个直航航班，这是青岛到安顺最快捷的路线了，速度很快，体验非常棒。"青岛游客庄世金激动地说。

青岛-安顺直航航线的开通，为两座城市架起了便捷的空中桥梁，提供了更加有利的交通保障，丰富了两地旅游航线网络，可以进一步深化东西部协作，通过文旅交流助推脱贫攻坚，实现两地旅游、经贸、文化资源共建共享、互惠共赢。

跨越山海的战"疫"情

疫情无情人有情。2020年1月30日上午，农历正月初六，在全国防控新冠肺炎疫情的关键时期，满载着青岛人民深情的4辆集装箱车从青岛汽车东站出发，将价值600万元的医疗物资运输至东西部扶贫协作和对口支援帮扶城市，紧急送到战"疫"一线。其中，向贵州省安顺市运送口罩20万只、护目镜500副、医用面罩500个、消毒液5吨。2月6日，根据安顺市关于协助采购应急医疗防控物资及药品的请求，青岛市迅速协调相关医药企业落实采购事宜，坚决助力安顺打赢这场没有硝烟的阻击战。这充分体现了青岛与安顺两地帮扶协作24年来山海相连、心手相牵的深情厚谊。

面对突如其来的新冠肺炎疫情，全国各地都在全力以赴控制疫情、救治患者，千方百计保障各类物资供应。在自身防控压力巨大、医疗物资供应储备紧张的严峻形势下，青岛市仍然心系扶贫协作地和对口支援帮扶城市的疫情防控工作。市委、市政府有关领导同志专门作出指示要求，第一时间指挥调度，各方迅速行动、千方百计筹措，紧急调集医疗物资驰援安顺等扶贫协作地。这一批批物资包含了青岛人民对安顺人民的关心，安顺市第一时间将已到物资合理分发到疫情防控第一线，让奋战在疫情阻击前沿的所有人一起感受这份跨越千里的山海情。

疫情就是命令，防控就是责任。在这场分秒必争的保卫战里，青岛市和安顺市众志成城、协力克难。青岛市扶贫协作办按照市委、市政府的部署，连夜组织防控用品，协调运输企业，与东西部扶贫协作和对口支援帮扶城市联系对接。承担此次驰援任务的青岛交运集团，连夜安排人员分装物资，挑选驾驶经验丰富、身体素质好的驾驶员，确保将医疗物资尽快顺利运送到目的地。

哪里有需要，哪里就是战场。挂职干部协助采购应急医疗防控物资及药品、支医人员主动中断假期冲到疫情防控前沿、援派干部提前返回安顺……青岛第五批赴安顺挂职干部积极发挥桥梁纽带作用，前后联动、协调推进，倾情助力安顺打赢疫情防控阻击战和脱贫攻坚战。挂职干部领队在青岛交运集团运输车队出发前给驾驶员送去慰问品，并要求安顺市有关部门做好医疗物资接收准备。青岛大学附属医院主任医师葛均华、张妍和市北区人民医院护士长董勇主动中断假期，战"疫"逆行，集结返程，迅速投身西秀区人民医院工作岗位，冲到疫情防控最前沿。青岛市人社局援派干部管建光为安排推动劳务协作，提前返程安顺，在做好自身防护的同时，积极运用"互联网+"等方式，通过线上对接引导招聘求职，为新一年度青安劳务协作做好铺垫。城阳区援派干部栾绍斌、胶州市援派干部王铎身在青岛，心系协作地，通过各种渠道主动筹措医护用品寄往挂职的关岭自治县、镇宁自治县，同时还积极参加派出单位的职责工作，认真执着地在辖区市场监管、交通值守的岗位上守护一方平安。

疫情防控与脱贫攻坚"两手抓"。青岛第五批赴安顺挂职干部团队强化责任担当意识，待命不怠工，工作不停摆，既要助力打赢疫情防控阻击战，更要助力高质量打赢脱贫攻坚战。一方面，认真学习习近平总书记重要指示精神和中央决策部署，跟踪关注疫情发展变化，加强形势研判，主动对接沟通协作地所需。另一方面，结合青岛所能、安顺所需，明确十大重点产业合作项目和消费扶贫新模式，逐一研究带贫效果、资金配套、实施路径、责任分工等，一旦条件允许，立即推进实施，确保快速落地见效。同时，认真梳理总结青岛、安顺24年山海情，提炼典型经验样板，确保高质量打赢青安扶贫协作攻坚战。

向深度贫困堡垒发起总攻

时间转眼来到2020年，脱贫攻坚进入决战决胜的最后冲刺时刻。在举国即将全面进入小康社会的关键时刻，面对深度贫困县脱贫摘帽的艰巨任务，青岛与安顺持续深入开展东西部扶贫协作，瞄准国家挂牌督战的紫云自治县精准发力，从财政帮扶、社会帮扶、金融创新等多方面多角度，携手向深度贫困堡垒发起总攻。

财政资金援助，精准助力攻坚

紫云自治县是贵州省14个、安顺市唯一的深度贫困县，也是国家挂牌督战的52个深度贫困县之一。青岛市及即墨区不断加大对紫云的财政帮扶力度，2018年以来累计援助紫云自治县扶贫协作资金3.2亿余元，实施项目130余个，精准助力紫云自治县打赢脱贫攻坚战。

即墨区通过加强项目精准对接、加快项目落地落实、严格项目资金管理，助力解决"两不愁三保障"突出问题，充分发挥援助资金效益。2020年，在市级财政帮扶资金安排过亿元的基础上，即墨区又援助财政帮扶资金1100万元。同时，注重强化财政资金的引领作用，带动青安两地银行资金和社会资本积极注入，有力助推脱贫攻坚决战决胜。

在紫云自治县云岭街道、猫营镇的易地移民搬迁安置区，由青岛援建的学校和卫生院拔地而起，崭新的楼房、完善的设备，极大地解决了移民安置区群众的教育和医疗问题。在乡镇产业项目点上，门口简介牌上红彤彤的"五月的风"显得格外醒目，工人们忙里忙外，精气神十足，将紫云自治县林下菌、林下鸡、林下蜂蜜等纯天然的特产发往全国各地。行走在紫云自治县，从城市到乡村，从医院到学校，从基础设施到产业项目，青岛印记、即墨印记随处可见。

凝聚社会力量，构建大扶贫格局

凝聚社会各方力量参与扶贫协作，是助力脱贫攻坚的有效途径。青岛市广泛动员，鼓励党政机关、企业、社会各界和爱心人士等公益力量参与扶贫助困活动。尤其针对紫云自治县辖区的13个乡镇、53个深度贫困村、14所医院、122所中小学实现结对帮扶全覆盖，从资金支持、人力支援、产业合作、消费扶贫、助贫助困等多个方面开展帮扶工作。即墨区民政局、即墨区地方金融监管局、即墨区红十字会等共组织捐赠社会帮扶资金超过600万元。

2020年，为进一步加强社会帮扶力度，经前方指挥部沟通联系，青岛市民营企业协会与紫云自治县扶贫办组织开展结对帮扶工作，由青岛市民营企业协会牵头，积极发动青岛市民营企业与紫云自治县21个未出列贫困村结对，鼓励和引导民营企业承担社会责任，积极参与精准扶贫，助力紫云自治县打赢脱贫攻坚战。结对的民营企业充分发挥自身特点和优势，结合贫困村实际情况，因地制宜，在资金、物资、消费扶贫等方面给予帮扶，出实招、干实事、求实效。

金融政策导航，振兴产业发展

在脱贫攻坚决战决胜的关键期，在实施乡村振兴战略的机遇期，青岛积极发挥金融资本的作用，用好用活金融政策，为决战决胜保驾护航。

2020年6月，青岛市扶贫协作办、安顺市扶贫办、国开行青岛分行与山东新希望六和集团有限公司共同签订了《开发性金融支持东西部扶贫合作协议》。根据该协议，国开行青岛分行将立足开发性金融机构定位，充分发挥融资、融智优势，积极向山东新希望六和在贵州安顺的产业扶贫工作提供金融服务，帮助贫困群众增收脱贫。

2020年初，经青岛在紫云挂职干部多方协调，银河期货青岛营业部与紫云自治县合作开展鸡蛋产业"期货+保险"县域全覆盖项目，对7家蛋鸡养殖合作社（含产业公司）鸡蛋分批次投保，预计投保数量3000吨以上，保障金额2500万元以上，带动贫困户793户。这是贵州省首次开展"期货+保险"项目，该项目依托"东西协作+金融创新"，有效规避了鸡蛋价格波动带来的风险，为稳产增收提供了有力保障。

微微星芒　汇聚成光

2019年10月22日，微尘基金的理事们前往安顺发放阳光少年助学金、入户走访当地阳光少年。通往孩子家的土路坑坑洼洼，一路颠簸，车辆过后，沙尘蔽日。

"现在的路可比以前好多了，前些年刚刚来安顺走访阳光少年的时候，泥石流、塌方、半路修车推车，这些事经常碰到；现在不仅是路越来越好走，学校硬件、学习环境也越来越好。"老微尘人安慰着第一次参与山区助学的理事。

在贵州安顺这片土地上，微尘基金作为青岛社会组织的代表，一路走来，见证着安顺每年的发展变化。而这一点一滴的变化，就是微尘理事们不分职业和身份，跋山涉水、风雨兼程、无怨无悔坚守这条公益之路的意义所在。

汇聚细微善举，照亮孩子们的未来

从2010年起，微尘基金就开始资助贵州安顺，从援建灾区抗旱与安顺结缘，到资助学校物资，再到执行阳光少年和博爱小学项目，该组织不断探索扶贫扶智与扶贫扶志相结合的帮扶项目。

这些年，微尘基金一直倡导教育扶贫，以教育阻断代际贫困为重要途径，引导爱心资源倾向安顺扶贫区域：2012年资助阳光少年339人，2015年400人，2017年600人，再到2019年966人。微尘基金连年资助阳光少年从未中断，每年资助的人数也不断增加。10年来，微尘基金在贵州安顺资助阳光少年3945人次，发放助学款222万元，资助博爱小学3所，加上其他定向资助项目，共捐助爱心资金386.5万元。

就像微尘标志的寓意一样，微尘基金用爱的力量聚沙成塔，汇成爱的海洋，用一举一动，打破地域界限的藩篱，在山海之间搭起一座桥梁，只为让大山深处的孩子看到更加广阔的世界。

浇灌希望之花，做孩子理想的守护者

贵州安顺，重峦叠嶂的大山、家庭微薄的收入，阻隔着孩子们和外面的世界。大部分孩子的爸爸妈妈外出打工，爷爷奶奶在家种地，八九岁的孩子在家做饭做家务，还得负责带弟弟妹妹。他们渴望学习，希望有人伸出援助之手。只要多汲取一份知识，就会让他们的人生多一种可能。一份微小的助力，或许能改变他们的一生……

2012年，微尘基金推出"阳光少年"助学项目，一直致力于这样的改变：微尘阳光少年以困难家庭及留守学生为帮扶对象，通过联合当地教育局，为每个孩子提供500元助学金（高中生1000元），助力他们的求学梦想。同时，为确保捐款百分之百到达被救助人手里，微尘基金每年都安排理事到贵州安顺实地走访，并参与救助金发放过程，从未间断。每一次走访，都让爱心理事更加贴近那群孩子，望着那些溢满渴求的目光，爱心理事却愈发感到紧迫的责任感。

这是微尘基金在贵州安顺执行阳光少年项目无数次实地走访中的一个片段：在安顺平坝上小学四年级的唐凯，苗族，从小母亲改嫁，父亲一直带着他在外打工，直到父亲因病去世，村里人都不知道他家有这个孩子。回到村里，9岁的他才开始上学。唐凯家的房子几年前因年久失修，已经坍塌，现在住的房子，是村里给他的安置房。因为没有经济来源，唐凯的生活全靠亲戚朋友和政府资助。唐凯小小年纪，一个人借住在阴暗的屋舍里，所有的生活都靠自己，生活虽然艰苦，却是井井有条。破烂不堪的屋子里，墙上手写的励志名言既是装饰，也是陪伴。大山里夜深人静，一个娃娃的独居却已是习惯。

和唐凯同班的刘智，家庭因遭变故，妈妈改嫁，现在她和弟弟、奶奶一起生活，爸爸还欠下几万元的债务。14岁的姐姐辍学打工，已经好久没有音讯。对于一个无经济来源，主要靠政府救济的家庭，几万元犹如一座大山。就是这样的一个苦娃娃，却是满脸的坚强与笑容。她是班长，表示要好好学习，最大的梦想是能当一名老师，可以挣工资，帮爸爸还债。当工作人员告诉她，爱心理事来自千里之外的青岛时，刘智说知道青岛微尘！因为2017年微尘曾经资助过她的生活，她也给青岛的微尘写过信，信里说明了自己的状况，并表达了感激之情。

微尘基金的爱心理事们纷纷留下自己的个人电话，希望两个孩子能好好学习，不要因为家庭原因辍学，如果上学或者生活上有什么问题可以直接和他们联系。其实，公益不仅仅是钱，500元也不多，改变不了他们面临的困境。但是，更想传递的是希望和爱。通过走访，尽可能地温暖他们，让身处困境的孩子们知道，他们并不孤单，远在千里之外，有那么一群人在支持他们，坚信他们一定能跨越逆境，未来有一天可以展翅高飞！

微尘基金理事团身体力行，执着践行着成立之初的那份承诺，用行

2014年6月3—11日，微尘基金"阳光少年"贵州安顺助学活动

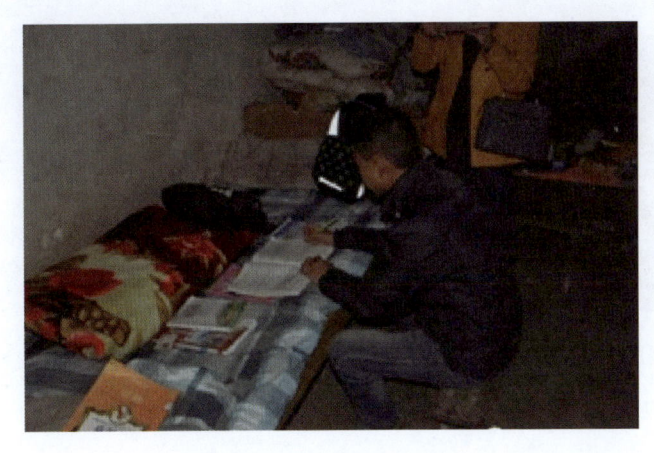

动诠释愿景，每年深入受助学生家庭，用脚步丈量着学子们的求学长路，用心感受着孩子们的求学梦想，把来自无数"微尘"一点一滴铸成的大爱，亲手送到大山深处孩子的手里。无数"微尘"，用爱点亮了大山深处的这些孩子们的希望，照亮温暖了无数家庭；也因为无数"微尘"爱的滋养，改变了众多孩子生命的走向。

用床当书桌写作业的唐凯

凝聚社会资源，助力打好脱贫攻坚战

"微尘"从最初一位数次捐款不留姓名的普通青岛市民，到一卷徐徐展开的爱心群像，是青岛社会精神风貌的缩影，代表着"一座城市的良心"。微尘基金作为一个青岛本土的慈善组织，2008年由认同"微尘"公益理念的爱心人士共同发起成立，12年累计支出款物已经超过1亿元。

这些善款、物资都是由一点一滴的"微尘"汇聚而成，单笔捐款超过10万元，在微尘基金都算大额捐款。因此，微尘基金一直是普通而平凡的百姓善意的结晶，在安顺的扶贫行动，正彰显出青岛这座城市所蕴藏的爱心力量。微尘基金通过透明、有效的专业化运作，把分散的爱心集结起来，不断创新、升华"微尘"内涵，使"微尘"品牌发挥出更大的召唤力。

在决战决胜脱贫攻坚的冲刺阶段，微尘公益基金会助学扶贫故事还在不断续写。在现有帮扶形式、内容、成效的基础上，微尘公益基金会不断

2017年贵州平坝助学走访时，理事们给孩子们留下联系方式

微尘基金理事长于海波、秘书长丁德亮为孩子们发放助学金

探索更多有效形式，加大助学帮扶力度，形成更多良性互动。通过项目资助、赋能、联结与整合社会资源，将助学扶贫项目更多、更好地落地贫困县，推动社会组织深耕扶贫"最后一公里"，助力打赢打好扶贫攻坚战。

一个公益组织的力量虽然有限，但是爱心理事们希望通过自己的微薄之力，做一支杠杆，不断撬动更多优秀的、有责任感的企业和社会力量参与到公益事业中，集结更多的社会资源来关注需要帮助的人，传递社会爱心，弘扬社会正能量。

让"指尖技艺"变成"指尖经济"

一把蜡刀，几笔勾勒，一只活灵活现的吉祥鸟便跃然而出，寄托了对美好生活的憧憬与希冀。追寻非物质文化遗产蜡染背后的文化内涵，青岛市总工会、安顺市总工会开展东西部扶贫协作的故事从这里开始娓娓道来。

2019年6月19日，青岛市总工会及工友创业联盟企业家考察团来到安顺市西秀区锦绣一条街调研，听取非遗传承人的详细介绍，大家对琳琅满目又各具特色的非遗文化产品表现出浓厚的兴趣。青岛市总工会、安顺市总工会决定在青岛举办安顺·青岛东西协作劳模工匠扶贫产品推介会，由市北区总工会、西秀区总工会具体承办。

"婷婷，赶快设计好新颖独特的产品送到青岛去展示。"推介会日期敲定后，西秀区的劳模工匠们日夜设计赶制最具特色的文化产品。推介会当天，杨婷婷所在的蜡染工艺展区吸引了大量人员围观。她说，见惯了商场时尚服装的都市人如今越发偏爱天然印染服饰，越来越多的年轻人加入到团队创作设计中，近几年搭乘青岛对口帮扶安顺的快车，通过参加展销会、网络直播等不断拓展产品销路。

杨婷婷是仡佬族人，1985年出生，家住西秀区蔡官镇梅家庄村。她从八九岁就开始跟着长辈练习画线条，因为长久以来乡间流传一句谚语："三岁学搓麻，七岁学纺纱，九岁种麻学点蜡，自己穿着不能做，不准到婆家。"自小跟着奶奶杨金秀学蜡染的杨婷婷，手指轻盈，动作飞快，暗灰色的蜡汁离开铜刀，遇布凝固，10多分钟，一只姿态优美、栩栩如生的凤凰就能成型。凭借着这门手工技艺，她逐渐在各类赛事上崭露头角，

2015年从贵州民族大学美术专业毕业，先后荣获贵州省高级工艺美术大师、贵州民族民间工艺大师、贵州省十佳青年民间艺术家、蜡染非物质文化遗产传承人、贵州名匠等称号，多幅作品发表于《人民日报》《中国民族报》《当代贵州》《贵州都市报》《贵州画报》等报刊，她创作的蜡染作品《桃园三结义》被国家博物馆收藏。

工作之余，杨婷婷充分发挥学之所长，积极投入农村妇女蜡染蜡画手工技能指导培训，将蜡染、蜡画、刺绣等艺术融入现代生活用品、旅游商品的创新设计研发中，努力提高当地妇女手工蜡染蜡画技能，解决了部分返乡妇女及留守妇女的就近就地就业问题，得到广大群众的赞许和认可。除了不断学习充电外，她还带着家人和工作团队到西秀区蔡官镇春晖小区易地扶贫搬迁点新建蜡染、刺绣培训就业基地，为当地妇女搭建学习传统技艺和自主创业的平台，成为脱贫攻坚大潮中的一朵浪花。

杨婷婷带着"妇女能顶半边天"的坚定信念，实地走访春晖小区的贫困妇女及留守妇女，详细了解她们的家庭环境和精准扶贫措施，鼓励动员大家前来基地报名学习、免费培训。结合当地妇女的特点，组建了一支老弱病残的绣娘队伍，取名"绣娘坊"，采取传、帮、带的形式举办培训，并宣讲扶贫政策。为了让大家真正学到有用的技艺，她放弃周末陪孩子、陪家人的时间，扎根培训基地，通过与妇女从业者深入沟通交流，更加深刻地体会到她们生活的难处，也更能为她们着想。一批批妇女通过培训上岗劳动，你追我赶、相互学习、共同进步，并通过老师手把手指导，逐渐成长为技术熟练的优秀学员，实现"培训一人、脱贫一户"。"绣娘坊"现有员工22人，其中建档立卡贫困人口10人，2019年为当地绣娘带来120万元的收入，建档立卡贫困户全部脱贫。

2020年疫情防控期间，杨婷婷将宣传抗疫的标语和苗族传统图案融合创作，制作出3600多件绘制有"齐心抗疫，静待花开"宣传口号的衣物，通过宣传部、工会、妇联等赠送给一线医护人员和志愿者，为疫情防控加油助力的同时，也将安顺蜡染文化宣传出去。她的事迹刊登在《人民日报》《中国民族报》上。

谈及初衷，杨婷婷说："选择做精准扶贫工作，首先与我的家庭背景有关。我从小生长在蔡官这片土地上，家乡在我看来是一个生活简单快乐、民风淳朴的地方。我们蔡官当地人心灵手巧，我之所以能坚持免费教授广大妇女手工技能，是因为这样做能够使妇女手工业者更快、更好地就近就业，提高妇女收入水平，提升妇女职业素质。"

在杨婷婷看来，扶贫首先就要扶志，只有把好思想、好手艺传授给她们，让她们的精神变得富有，才能够有更好的创新，把蜡染刺绣做得更好，让更多非遗文化产品"飞入寻常百姓家"。市北区总工会给予的10万元帮扶资金缓解了"绣娘坊"的压力，基地从之前的100余平方米扩建到现在的360多平方米，新增25套培训课桌椅，60余套绣染制作工具。新研发出近10款手工新产品，让"绣娘坊"信心倍增，也让贫困户稳定下来。在青岛市和市北区总工会的帮助下，安顺市和西秀区总工会共建立了蜡染刺绣扶贫车间等6个扶贫车间。

青岛、安顺两地工会携手并肩，推动东西部扶贫协作不断深入，既富裕了安顺市的一方群众，也推动了当地的非物质文化遗产向年轻化、时尚化、多元化方向发展，不断焕发出强劲的生机活力，让更多劳模工匠的"指尖技艺"变为"指尖经济"，让更多的"杨婷婷"为非物质文化遗产注入新鲜血液，也为打赢脱贫攻坚战贡献了工会智慧、工会力量。

人物点滴

夏有波：他让"红星"闪耀安顺

凭着"深思熟虑，说干就干，干就干好"的韧劲和风格，他用不到一年的时间，拓荒式地建成了国内首家集种子培育、推广种植、生产加工、市场销售、新产品开发为一体的全方位规模化提供高质量辣椒油树脂和辣椒红色素高新技术企业。

他的企业更是因短时间内取得的卓越成绩和效果，被评为"贵州省脱贫攻坚先进集体""安顺市重点龙头企业"，并扛起了"贵州省重大科技专项牵头单位"的大旗。

2019年5月，辣椒加工厂区全景

他叫夏有波,现任青岛红星化工集团有限责任公司副总经理,兼任青岛红星物流实业有限责任公司和青岛红星化工集团天然色素有限公司董事长、贵州红星山海生物科技有限责任公司总经理,负责青岛红星集团投资贵州安顺对口支援和扶贫协作项目的建设及运营管理全面工作。

从不停歇的开拓者

他是响应号召,勇于投身对口帮扶的"弄潮儿"。

2017年初,青岛市发起开展对口帮扶、助力安顺脱贫攻坚向纵深推进的号召,青岛红星化工集团立即做出反应,迅速启动在安顺推广种植高辣度辣椒并配套投资建设辣椒油树脂和辣椒红色素萃取深加工项目。夏有波心中服务东西部扶贫协作的信念愈发坚定,背上行囊,离开家乡来到了"瀑布之乡"安顺。

2018年7月,夏有波(右二)在现场指挥深加工一期工程施工

"在时代需要时,他乡即故乡。我只想为国家推动东西部协调发展、协同发展、共同发展的大战略和精准扶贫、精准脱贫的大举措贡献一点绵薄之力,同时也为红星集团能够在安顺市落地生根、开花结果添砖加瓦。"夏有波回忆起来安顺时的初衷,坚毅的脸庞上露出笑容,"虽然这两年自己苍老了许多,但从目前企业的发展和帮扶的成绩来看,不辱使命。"

夏有波勇挑重担,担任项目总负责人,从项目选择、市场调研、规划设计,到推广种植、基础建设,再到企业运营……每一项工作,他都要亲自谋划、亲自指挥、亲自部署,保证各项工作扎实、稳步推进。从零开始、从无到有,在克服了重重困难后,红星山海生物公司在安顺顺利落地。至此,青岛企业服务安顺人民的美丽新篇章渐渐铺开。

几经风雨终见彩虹

"要想真正找准这个项目、做好这个工作、完成这个使命,首先要自己的意志坚定,要有干事创业、甘于奉献、造福一方的决心。"

作为一名共产党员,夏有波深知自己身上责任重大,他时常用"深思熟虑、说干就干、干就干好"的座右铭鞭策自己。

担任项目负责人的夏有波开始了夜以继日的再次创业之旅,凭着坚定不移的意志、顽强拼搏的精神、吃苦耐劳的体魄,克服了两地环境、气候、生活习惯等差异引起的身体不适。

"南北生活习惯的差异时常会让身体'亮红灯',但我不觉得这是影响工作的理由。身边许多人都劝我适当休息,但我觉得自己肩上的担子太重,不能辜负组织的信任,不能辜负安顺百姓的期望,我得尽快将项目带上正轨。"夏有波回忆起初到安顺的艰难苦楚,他说再多的困难在过后都可以付之一笑,但失去亲人的伤感却总是让人久久难以忘怀。

到安顺两个月后的一天晚上,正带领团队开会研究项目规划的夏有波突然接到家中打来的报丧电话：从小将他抚养长大的外祖母离世了，这对夏有波来说无疑是一个晴天霹雳。悲痛中他安排好工作后，迈着沉重的脚步踏上回家的路途，来回仅用了3天。处理完外祖母的后事，便匆忙从青岛赶回安顺，继续其任重而道远的事业。

"对于家庭，我始终是抱有遗憾和愧疚的，无论是长辈过世前的最后一面，还是自己孩子的成长陪伴，我都只能选择舍小家而顾大家。"谈到相隔千山万水如何照顾家庭，夏有波的眼眶里闪烁着泪光。

2018年是项目所有工作推进的重要阶段，但此时也恰是夏有波的儿子高考冲刺的关键时期。

青春期里的男孩子随着学习压力变大，并且长时间缺少父亲的教育引导，身心变化也逐渐增大，时常会出现叛逆的想法。内心焦急的夏有波每天下班后，都会抽出时间通过电话或者视频连线远在千里之外的儿子，对其进行引导，没有一次因为家事而放下工作返回青岛。

"我或许不是一个好父亲，但我的孩子一定是个好儿子。很庆幸自己的孩子能够理解我作为父亲的苦衷，也很庆幸他能够体会我远赴安顺工作的意义，使我迅速地全身心投入到后续的工作中去。"

风雨过后，彩虹初现。夏有波"舍小家顾大家"的精神渐渐感染了团队中的每一个成员，团队凝聚力日益增强，创业干事能力也得到质的提升。经过团队的辛勤付出，项目建设各项工作均保质保量提前完成，整体建设时间较同行业同类项目缩短一半以上。

创新思路造福一方

历时9个月，2019年3月，青岛红星集团投资贵州安顺的对口支援和扶贫协作项目正式建成投入运营。

"贫困地区多数在农村、贫困人口多数是农民，我们的项目要让更多的农民参与，要让更多的贫困群众受益。"项目建成当天，没有鲜花彩旗，没有喧天锣鼓，等待夏有波的是如何解决让困难群众增收的难题。

"破题，得先进行周密的推算。"夏有波在心中敲定主意后，便带领项目团队多次到云南、重庆、新疆等地进行深入调研，近两个月的时间里，每周都要往返各地三次左右。宿舍是办公室，目的地是办公室，路途也成了办公室，没有休息，只有工作。收数据、看环境、作分析、找出路，不断思考和谋划、反复推敲和论证，最终确定了在安顺打造国内首家集种子培育、推广种植、生产加工、市场销售、新产品开发为一体的全方位规模化提供高质量辣椒油树脂和辣椒红色素的高新技术企业，并将其发展为一个世界级的全产业生态链基地。

从源头抓起。夏有波和他的团队采用"种植+深加工"模式精准立项，通过种植环节带动更多的农民参与进来，让更多的困难群众地有所种、种有所依，得到产业发展带来的实惠；通过深加工环节广纳当地贫困户劳动力就业，让他们变为产业工人的同时，也能更好地推动区域社会经济发展。

正当各项工作向好的时候，正在云南考察辣椒深加工的夏有波因积劳成疾，难以继续正常工作。"那个时候的夏有波身体消瘦异常，失眠成了常态。"贵州红星生物科技有限责任公司行政副总经理潘秀成回忆道。

在调理身体期间，夏有波依然没停下手中的工作，不断地思考企业未来发展。他结合公司自身条件，分析当地的资源优势和市场环境，创新性地提出了"企业+农户"绑定发展的新理念。通过采用保底定价收购方式，消除价格风险，打消农民"增产不增收"的顾虑，锁定农户收益。同时还确定了以贫困村和贫困人口帮扶作为扶贫工作核心，努力实现加工带动种植、种植促进加工深层次融合的良性发展理念，最终实现农户、地区、企业共赢目标。

春华秋实。夏有波及其团队通过两年多的努力耕耘，发展出了以安顺

2018年7月，夏有波现场查看公司推广种植的高辣度辣椒长势情况

市镇宁自治县为中心，辐射周边安顺市所属其他区县规模种植高辣度辣椒的大好局面。自2018年以来，贵州红星山海生物科技有限责任公司辣椒种植带动1600户近7000名困难群众实现增收，项目建设期间带动当地300余人增收，企业运营已直接吸收当地30余名贫困群众实现稳定就业。

"近几年内我们计划将种植面积扩大到5万亩，可实现产值2亿元以上，预计可带动当地1.6万农户5万名群众实现增收，其中，可带动贫困户2600户脱贫，项目全产业链将直接和间接带动稳定就业3000余人。"谈及未来的发展方向，夏有波信心满满。

但愿苍生俱饱暖，不辞辛苦出山林。

夏有波是青岛市"真心实意、真金白银"帮扶安顺市的一个缩影，他以企业平台为载体，牢记"发展绿色产业、助力精准扶贫"使命，勇于担当，以强烈的事业心和社会责任感，将汗水挥洒在安顺的土地上，生根发芽、开花结果。

陆培师：异乡人　故乡情

朝夕相处330余天，8250余个小时，11个月……

在陆培师眼中，贵州这个陌生的地方，俨然变得熟悉，"真挂实干"，助力平坝区脱贫，就是此次挂职的责任和使命。出发前，陆培师就为自己定下了工作"基调"。

2019年7月，作为青岛市第五批赴安顺挂职的扶贫干部，时任市南区金门路街道党工委副书记的陆培师，告别了即将上初中和幼儿园的两个女儿，从青岛来到安顺，开始了他为期两年的挂职帮扶工作。

陆培师（中）在种植大棚考察

"年底迎接国家东西部扶贫协作专项考核。"走马上任的第一项工作，就是迎接"大会考"，检查2014年至今的脱贫工作。"分工不明确，基础材料不完善，归纳总结从何开展？""工作该怎么开展？"再繁琐也要有头绪。陆培师要按照抽查到平坝区的标准来开展扶贫协作工作。

万事开头难，难在不了解。陆培师打足精神，从"问"入手，找准点上问题，协调两地互访，从帮助提升基础设施转变为全面深化产业合作，实现两地学校、医院、乡镇（街道）"三个全覆盖"。协调两地学校结成帮扶对子31对，两地医院结成帮扶对子5对，市南区9个街道与平坝区9个乡镇（街道）全部结成帮扶对子，并将结对延伸到贫困村，形成手拉手奔小康的帮扶格局。

2019年底，平坝区代表安顺市迎接国家东西部扶贫协作专项考核，以优异成绩进入"好"的行列，实现了青岛、安顺两市既定的考核进位争先目标。

巩固提升脱贫成效。"扶贫，是拄着拐杖走路，要让平坝独立行走，产业是排头兵。"陆培师紧紧围绕平坝产业特点，紧扣产业结构调整方向，积极争取青岛的资金、技术支持，从"输血"向"造血"转变。2020年争取青岛资金1900万投入青庄坝区，整合青岛市和市南区对口帮扶资金460余万元投入天马食用菌种植项目。"采用收益反哺形式，产生的收益全部用于平坝区8个深度贫困村的贫困户，带贫益贫更加精准。"陆培师说。

走访中发现，农户只喜欢种自己熟知的品种，对新品种不放心、不认可，种植方法粗放。面对这一问题，陆培师邀请青岛市农业专家到平坝区考察试种+技术培训，让农户跟合作社不"盲种"，"传帮带"一批懂技术的农技人员，为当地留下一支"带不走的农技队"。试种的100亩胶州大白菜，3个月就端上了安顺人民的餐桌。

打赢脱贫攻坚战，必须注重长效机制，推动消费扶贫正是其中的重要一环。陆培师积极协调市南区各单位参与扶贫协作，通过各种渠道，发动社会力量共同参与，推进"黔货出山、安货入青"。在青岛金茂湾开设"屯堡味道"农特产品专卖店，大米、茶叶、辣椒、豆腐乳等优质特色农产品销售良好。已经实现"安货入青"销售额3000余万元。

只要能对平坝发展有所助益，对地方经济提升有效，陆培师都会千方百计争取。他善用方法，因地制宜，亲手抓的工作件件有落实，样样有成效。"幸好，今年排洪沟淤泥提前清除了，近期大雨天周边菜地不会再被水淹。""我们有学校，有多媒体教室、图书室、电子阅览室啦！""合作社+养殖大户，发展林下养鸡，整合50万元资金建设基础设施。"……

在包保的十字乡大院村，陆培师事无巨细，把贫困群众当家人、当亲戚，带着感情帮、带着真情扶。在新冠肺炎疫情防控中，他想方设法募集护目镜100副、N95口罩6000个、普通医用口罩12000个发往平坝。

作为20多年的老党员，陆培师用实际行动践行"不忘初心　牢记使命"主题教育成果，并将其作为永恒的课题。

山海情深，携手"黔"行。"接下来，将重点围绕'三个一'开展工作，即共建一个脱贫攻坚陈列馆、共建一个现代农业产业园、共建一所优质学校，进一步深化市南和平坝的交流合作，在更高水平、更宽领域、更深层次开展合作，实现携手并进、互利共赢。"陆培师信心满满。

李明：两年关岭人　一生关岭情

2017年3月，在青岛市城阳区招商局任职的李明被派到安顺市关岭自治县挂职县委常委、副县长，开始了为期两年的青安对口帮扶之旅。

"杂交构树林料畜一体化项目"在关岭成功落地，带动5个乡镇共10个村建设构树种植基地2600亩，为关岭争取到青岛市及城阳区两级财政帮扶资金2786万元，引进6个优质产业项目，为关岭贫困村、学校募集爱心物资、资金共计336.4万元。两年时间，城阳、关岭两地扶贫协作工作成效明显。

面对成绩单，李明表示，对口帮扶干部要身在基层，更要心在基层。他对自己的要求是：工作要出实招，作风要严和实。

既然领导信任，就一定竭尽全力干好

"真不好意思，刚从书记的办公室出来，请示青岛与关岭旅游协作及投资项目的相关工作。"

2019年3月12日，李明前一天刚从青岛对接工作回到关岭，虽然为期两年的帮扶工作马上就要结束了，他却依旧闲不下来。"在关岭帮扶工作一天，就要尽好一份责。"李明笑着说道。

"关岭的环境气候好，人也很淳朴，但是刚到这边时生活和工作还是有许多不习惯。"2017年3月，刚到关岭工作，不管在语言上，还是在饮食方面，李明感觉到不太适应。如何完全地融入关岭的帮扶工作与生活，成为他帮扶工作中遇到的第一道难题。

万事开头难。刚来关岭时，李明先从了解这边的风土人情和关岭正在开展的脱贫攻坚工作开始，深入各乡镇基层调研，并向关岭的领导干部请教。"当你要开展一项工作时，可以先去全面地了解这项工作，再着手去做。"李明说。通过长达三个多月的充分调研，了解了基层的情况之后，工作很快就打开了局面。

"当然，最重要的是得到了关岭自治县委、县政府主要领导的充分信任及城阳区委、区政府领导和青岛第四批挂职干部党支部的关心与支持，这给了我竭尽全力干好每一件事的信心！"李明说。在两年帮扶工作期间，他提出的科学决策几乎都得到了关岭自治县委、县政府主要领导的信任与支持。因为这份信任与支持，才让他两年的帮扶工作取得了明显的成绩。

敢于担当，"产业招商"扶真贫

"在脱贫攻坚的冲刺关头，帮扶工作的重点就是要帮助贫困群众尽快脱贫致富。"刚来到关岭，李明便想方设法加紧"输血"，认真组织实施好立竿见影的扶贫协作项目。

有一次，李明率队深入到花江、新铺等乡镇调研扶贫产业发展情况，了解到当地农民有种植构树的传统，但由于没找到好思路，构树的产业效益没得到充分实现，老百姓种植积极性也不高。

"原先失败的原因是没有找准构树的产业链，没有充分实现构树的效用。"在通过认真分析与研究后，李明得出结论，要发展关岭的构树产业，必须延长产业链，提高构树附加值，让农民增收。

于是，李明通过协调各种资源，成功引进安之源生态科技有限公司，在关岭实施"杂交构树林料畜一体化项目"，并通过青岛帮扶资金支持，把该项目作为城阳、关岭两地东西部扶贫协作的重点项目推进。该项目采用"订单种植，按照每吨600元保底收购方式"，确保了合作社及贫困户利益。

李明多次带队到各个项目点深入督导调研，强力督促各乡镇推进项目实施。关岭已有5个乡镇共10个村建设构树种植基地共2600亩，花江镇花嘎村构树项目已初具成效，饲料加工厂已经投入使用，构树及构树饲料生态猪长势喜人，各乡镇也因此重拾发展构树项目的信心。

"杂交构树林料畜一体化项目"的引进与成功落地，只是李明产业招商工作的一个缩影。在帮扶工作中，李明面对关岭经济基础薄弱、招商优势不突出、招商工作困难的情况，结合自身多年积累的招商工作经验，根据关岭产业实际需要，认真琢磨钻研，带领关岭投促部门积极整治营商环境、精心设计招商项目。两年的时间，关岭招商工作成效明显，青岛鑫源环保、山东寿光龙耀公司、香港新亚行集团公司、安之源生态科技有限公司、特变电工、中节能、江苏盱眙科技有限公司等多家优质企业在关岭成功落地。

真情服务，热心架起"山海"连心桥

"组织上把我派到关岭来，我就要只争朝夕，在有限的时间内做更多的事。"李明在分管关岭招商引资、协管卫计、扶贫车间等工作的同时，还担当起联络员和协调员，架起协作两地之间的"连心桥"，积极推动两地在各层次、各领域和各部门之间的协作交流。

挂职两年多，在两地党委、政府的关心支持下，他促成两地高层领导互访调研8次，共同召开联席座谈会议4次；两地技术人才交流72名；为关岭争取到青岛市及城阳区两级财政帮扶资金共计到位2786万元；通过城阳资源为关岭引进6个优质产业项目；同时为两地积极搭建产销渠道，推进"关货赴青"，促进消费扶贫；为安顺市牵线搭桥，在城阳区农产品批发市场设立"安顺绿色农特产品（青岛）销售中心"及"安顺·青岛扶贫协作农特产品体验馆"，帮助关岭往青岛销售火龙果、刺梨酒、跑山鸡等多种农产品；帮助关岭中职学生104人前往青岛实习就业，帮助23名贫困户前往青岛稳定就业；促成关岭18个贫困村与城阳区18个社区达成结对帮扶关系，促成7个企业与9个村达成结对帮扶关系；协调青岛慈善机构、企业等社会组织为关岭贫困村、学校捐赠物资、资金共计336.4万元。

城阳区委、区政府高度重视扶贫协作工作，在派出15名干部长期挂职帮扶的同时，持续加大专业技术人才的交流力度，先后多次派出支农、支医、支教人员支援安顺建设，大家克服了"饮食关""语言关"及地区环境差异，迅速融入，与当地干部群众携手脱贫攻坚。

对当地干部来说，李明这样的挂职干部对企业及群众的服务意识，解决问题的思路和角度给了他们很多启发。"这就不光是带资金、带项目，还带思路、带方法。"关岭自治县委宣传部副部长周雪梅如此评价。

挂职干部深入基层考察扶贫产业发展情况

"两年关岭人，一生关岭情。"为期两年时间的帮扶工作结束了，李明说，回忆起这两年在关岭工作和生活中的点点滴滴，美好的回忆值得永远珍惜和留存。

正是由于李明在帮扶期间的真心真情真力帮扶，给贵州安顺人民和政府留下了深刻印象并获得好评，他先后被评为"全省脱贫攻坚优秀共产党员""安顺市荣誉市民"，被安顺市政府记三等功一次。

周舒姚：心许紫云 爱心耕耘

周舒姚是即墨区南泉中学教师。2018年9月，她被选派到紫云自治县第三小学支教；2019年8月，她又主动申请到条件相对艰苦的乡下学校格凸河中学支教。

参加支教以来，周舒姚克服了两地气候差异和饮食习惯不同带来的各种身体不适，不忘初心，牢记使命，爱心耕耘，默默奉献，以饱满的热情，全身心地投入，充分发挥"传、帮、带"作用，在教育教学一线为紫云自治县脱贫攻坚事业贡献了自己的力量。

立足课堂 教书育人

在紫云自治县支教期间，周舒姚同当地老师一起，积极探讨教育教学方法，实践先进的教育教学理念，转变学生学习方式，全面提高学生综合能力。她坚持每周和本学科组同事们一起讲同课异构公开课、研究提高课堂教学效率新途径，随时随处和同事们一起研讨教育教学工作中的问题和经验，和同学科的老师们一起把先进的教育教学理念和教学方法同当地学生实际相结合，探索发挥学生主体作用的最优路径，让每个学生都积极参与到获取知识的全过程，提高课堂教学效率。

办公室、教室、操场、餐厅、校园内的一条条小路，都曾是周舒姚和同事们的教研场所。青年教师王忠雷要出公开课，周舒姚主动和他认真讨论教学设计，从每一个教学环节的设计意图，到每一张PPT的设计，甚至每一句课堂谈话、每一个课堂预设都精雕细琢,以至于多次错过了用餐的时间。在他们的共同努力下,王忠雷老师公开课取得圆满成功,教育教学能力也得到很大提升。

在紫云教育局组织的骨干教师培训活动中,周舒姚承担了示范课,无私交流自己提高课堂教学效率的体会和做法:认真观察研究,从根源上寻找学生不愿意思考问题、上课缺乏参与感的原因——因身为留守儿童、家长教育经历不足等,很多孩子没有养成良好的学习习惯,更谈不上要做学习的主人。从学生的这些实际情况出发,她在所任教的班级做了一些认真的探讨和研究,总结出如下两点课堂教学可行性经验:一是加强对学生说的训练,以语言带动思维。鼓励、引导学生在感性资料的基础上,理解数学概念,通过数量关系,进行简单的判断、推理,从而掌握最基础的知识。把这个思维过程用语言表达出来,以纠正学生思维过程的缺陷,促使全班学生参与到获得知识的整个过程中来。鼓励学生多说,通过让学生多说增强学生学习兴趣,优化课堂气氛,培养思维能力,提高教学效果。二是充分发挥课堂口头评价的作用,激发学生学习数学的信心,培养学生对数学的学习兴趣。学期结束,周舒姚和同事们所任教班级学生的学习成绩都有了很大提高。

关爱学生　　无私奉献

用慈母般的爱心,严爱优等生,善待学困生。周舒姚经常利用课后和周末时间,辅导学生学习,让优秀的学生更出色,让学困生树立起进步的信心。她特别关注每一位学习困难的学生,用爱的清泉,去滋润孩子们的心灵。

班里有一个叫杨仕龙的孩子,不知道从几岁开始就成了留守儿童。也许是长期的营养不良,这个三年级的孩子瘦小得像幼儿园小朋友。因为长期独处，这个孩子几乎和任何人都不说话，更不用说上课积极学习了。

为了让杨仕龙及像他一样的孩子感受到温暖、感受到爱，周舒姚特意制造出很多和他们独处的机会，帮他们洗干净瘦弱的小手，再往他们手里放一个自己制作的小点心（周舒姚老师了解到有些学生经常不吃早餐），或者拉拉他们的手，整理一下他们凌乱的头发，再和他们说几句悄悄话，努力给孩子们补足缺失的母爱。

慢慢地，很多次课间和放学后，孩子们都会悄悄围拢过来，有时候不说一句话，只是拉着他们周老师的手，依偎在他们周老师身边……

学期初，周舒姚买来许多学习用品，但没有直接送给孩子们，而是奖给各方面有闪光点的孩子，每个孩子都可以通过自己的努力得到奖品。这样，学生们体验了更多的成就感，上进心也越来越强。

关爱留守儿童，给孩子们妈妈一样的爱。格凸河中学60%以上学生是留守儿童，有的初一年级的孩子从记事起就没有见过妈妈。为了让学生感受母爱、感受朋友般的信任，周舒姚除了在日常生活中多关心他们，还常利用晚饭后自习前的时间，给他们理发。有青春靓丽的发型，还能品尝到老师做的家乡饭，学生们不只是把他们的周老师当成妈妈和老师，更把她看成最好的朋友。

汇众聚力　　倾情资助

周舒姚十分关心学生的日常生活：没钱坐车回家的，没吃早餐的，没有生活用品的……学生们遇到困难时，他们的周老师都会及时相助。这个学期的学习生活被突如其来的疫情打乱了，远在青岛的周舒姚没法按时返回紫云，但她的心早已飞回孩子们身边。她买了60套篮球训练服寄给初三困难学生，鼓励他们克服疫情带来的各种困难，充满信心努力备战中考。

周舒姚还发动家乡社会力量帮助困难学生。有一位企业家朋友2019

年专门到紫云捐助了价值2万元的物品，资助困难学生，慰问老师们，并计划长期资助。

　　作为脱贫攻坚的参与者和见证人，周舒姚由衷感到自豪！她时时刻刻以一名优秀共产党员的标准严格要求自己，发挥自身特长，以更加饱满的热情和坚定的信心，为紫云教育事业的发展贡献应有的力量。

徐涛：支教，无悔的选择

规范学校大课间内容，自编健身操，积极参加教研活动，疫情期间积极开展空中云课堂……

45岁的徐涛是青岛市平安路第二小学的一名体育老师，从教26年来，多次获得教学能手、先进个人等荣誉称号。2019年9月，徐涛主动申请到安顺市西秀区启新学校支教。他克服了语言不通和饮食不习惯的困难，脚踏实地，推动东西部教育理念更好更快地融合。2019—2020学年度，他被西秀区政府评为优秀支教教师。

西秀区启新学校2018年才投入使用，师资配备不足，学校没有专职体育教师，在体育教学上心有余而力不足。在这种情况下，徐涛就担起了专职体育教师的工作，担任一、二、四、六年级的体育老师，每周12节课。徐涛发现，学生95%都是精准扶贫户，基本没有上过比较规范的体育课，学校的大课间活动也很不规范，他就开始设计规划大课间的内容。

他利用课余和晚上休息时间，对大课间学生出教室的路线进行规划，并实地考察，设计了适合每个班从出教室一直到操场的路线图。他把每个班级的位置，每名排头的位置，每个学生站的点，排头间隔的距离，用卷尺一个一个地精准测量，制作了一套完整的平面图。随后，他冒着强烈的日光，用防水漆一个一个地标注，精确到每个班的位置、每个人的站位。努力终有回报，一到九年级有班级的大课间队形全部布置到位。

他根据学校原有大课间的内容，利用业余时间自编了一套适合一年级到九年级的健身操。花了一个月的时间，使得这套健身操在全校教师和学生中得到普及。

"每天要跳健身操十几遍，毕竟是45岁的人了，一天下来饭也没胃口吃，回到宿舍就一动也不想动。"徐涛说，"当我第二天站到学生面前，看到他们认真可爱的样子，那一刻我的身体又一下子充满了力量，一切的疲劳瞬间消失了。"

徐涛还积极参加教研活动，促进东西部教师之间的相互交流。疫情期间，他主动回到启新学校，承担起体育与健康学科的线上空中云课堂的课件制作任务，顺利实现了市北区平安路第二小学与西秀区启新学校停课不停学的课件共享。

说起支教的初衷，徐涛表示，作为一名教师，想为西部地区的教育做一些贡献。当时提出支教申请时，家庭情况不太允许他离开一年之久。当时，他家的老人刚离世不久，他的妻子也是老师，工作相当忙碌，他的儿子刚刚上高中。他这一走，所有的家事和照顾岳父母的活都压在妻子身上。岳父母心疼女儿，不希望徐涛到这么远的地方支教这么长时间。

考虑到老人的心情，他就慢慢做老人的思想工作。因为孩子高中是在市区，学校不要求住校，他就找到孩子的学校，把自己的情况说明，学校知道情况后给孩子安排了住宿，让他很感动。因为妻子非常忙碌，家里一般是徐涛负责做饭，他一走，妻子的吃饭问题就凸显出来了。但是徐涛的妻子作为一名老师，非常理解支持丈夫，说："你放心地去支教吧，孩子住校了，我自己的吃饭问题好解决。"

就这样，徐涛克服了家里所有的困难来到了安顺。"成为一名支教教师，是我无悔的选择，这段经历将是我人生道路上浓墨重彩的一笔，将照亮我今后的人生道路。"

蔺延良：跨越千里，从"心"出发

你可能不知道，在你沉醉梦乡不知归处之时，多少人早已整装出发。他们怀揣或大或小的梦想，整装、启程、跋涉、落脚，停在哪里，哪里就会燃起灶火。

2020年8月20日，青岛五十八中党委书记蔺延良带领他的支教团队落脚在安顺市普定县第一中学。在跨越千里的这片新的土地上，已年近花甲的蔺延良有了新的目标和新的责任，他在普定一中担任党总支书记、校长，将支教帮扶两年。在这里，他不忘初心，从"心"出发，走进了普定一中人的心里。

走进学生的心里。由于普定一中的食堂容纳量有限，蔺延良担心有的学生们吃不上饭，便时常到食堂察看学生们的用餐情况，确保每一位学生都能正常用餐。看到学生宿舍和厕所外围地势不平，没有防护措施，就第一时间安装好防护栏。晚自习下课后，学生们常走的那条小路没有照明设施，就及时安装路灯。为了提高学生的成绩，蔺延良准备积极推进培优补弱和强基计划。他做的这些事情，学生们看在眼里，牢记在心里，倍受感动。

走进家长的心里。来到普定一中后，蔺延良了解到，很多学生的家长常年在外打工，留守的孩子特别多。为了更好地了解学生的情况，他加强了家访力度，深入社区进行走访。

走进老师们的心里。在关心学生生活和学习的同时，蔺延良不忘走进课堂，带领支教团队与一线教师进行深入学习和交流。为了解决教师在学校备课不方便的问题，他特意叮嘱在备课室为老师们准备电脑，方便老师们查阅资料。为了促进教师业务水平的提高,他还经常深入一线教师课堂听课指导,积极开展同课异构活动,筹备实施教师干部素养提升工程。

通过蔺延良及其支教团队的共同努力,普定一中在短短的两个月当中已渐有起色。升旗仪式从毫无生机,到每周都有不同主题的国旗下讲话,教师或学生井然有序地轮流发言;课堂教学从满堂灌,向以"教师主导,学生主体"靠拢;校园从杂乱无章,到整洁如画……每一点的变化都刻在老师和学生的心里,也让蔺延良感到欣慰。

2020年9月14日,为高质量筹备好全省东西部教育"组团式"帮扶推进会,贵州省教育厅有关人员到普定一中开展调研并召开座谈会。蔺延良说,青岛、安顺教育资源各有优势,普定一中有深厚的文化底蕴和良好的校风、师风,在今后的工作中将会把青岛市的课堂优势带入普定;同时,将从普定一中选派一批优秀教师到青岛学校跟岗培训,促进县教师队伍专业化发展。通过开展"组团式"帮扶工作,在教育扶贫协作机制上架起"高速路",全面推进普定县教育高质量发展,探索出一条既符合自身实际又具备教育管理经验的现代化路子。

刘慧媛：教育让生命更美好

带着对教育的热爱和对支教的梦想，2020年5月，刘慧媛被市北区教体局选派到安顺市交流，进行为期三个月的短期扶贫支教工作。

5月9日早晨，刘慧媛一行告别了熟悉的青岛，飞抵2000公里之外的安顺。下午，刘慧媛和长阳路小学的吴玉杰、重庆路第三小学的邵磊、陵县路小学的杜松等老师顺利到达目的地——安顺市西秀区启新学校。

经过简单的休整，支教老师马上投入到新的工作中。西秀区启新学校是2017年易地扶贫搬迁城区集中安置点（彩虹社区）配套建设项目，是安顺市唯一为保障易地搬迁户随迁子女入学问题而特建的九年一贯制学校。学生来自于周边大山里的14个乡镇，贫困孩子多、留守儿童多，家庭教育

西秀区启新小学全景

缺失严重；部分搬迁群众不稳定，学生流动性大。

由于处于疫情期间，学生都要在家上网课。不知出于何种原因，有些学生从头至尾就没上过网课。课余时间，刘慧媛跟随当地老师进行家访，边走、边聊、边看：一排排整齐的楼房，社区医院、超市、文化广场等配套设施齐全。进入学生家，电视、洗衣机、沙发等一应俱全，当地老师说，这些全部是国家免费为搬迁户提供的。刘慧媛深深感受到国家为脱贫工作做出的巨大努力，以及作为一名教育工作者此行的重大意义。

"控辍保学"，这个词在刘慧媛教学的三十年里极少听说，可来到启新学校后，这是听领导、老师们说得最多的一个词。由于孩子们来自大山，进入学校后，部分孩子跟不上学习，也有个别孩子厌学，班级中经常有学生不来上课。作为老师，就要利用课余时间去找学生，做好思想工作，保证学生能按时上学。

雨后的一天，刘慧媛跟随学校领导和老师去找寻一个一周没来上课的初一学生。先来到他在彩虹社区的家，没有人，邻居说他经常回老家住。于是，老师们驱车赶往他的老家。沿着泥泞的山路，车子在盘山公路上艰难地行驶。经过一个多小时，终于找到孩子的爷爷家，却依然没有见到人。邻居告诉他们，孩子没回家，爷爷也没回来，爸爸妈妈在外地打工……最后，村干部留下老师的电话，说晚上再来看看。回去的路上，刘慧媛的心里沉甸甸的，再一次感受到扶贫先扶智的重要性，教育改变命运，教育要从小抓起。

初到学校时，小学生还没有复课，支教老师首先参与了"西秀区空中云课堂"的录制工作。刘慧媛接到任务后，当晚便开始认真备课，制作课件，反复试讲、修改，每天都到下半夜。经过几天连续奋战，终于高质量、高水平完成任务，录制的四年级语文《海的女儿》准时在"西秀区空中云课堂"播出，受到广大师生的好评，展现了市北区教师的风采。

接下来，刘慧媛马上投入教师培训工作。经过三天的反复演练、修改，5月19号，在启新学校大会议室，她以"与经典同行，和圣贤为友"

为题，做了"互联网+"背景下整本书阅读研究的培训会，来自启新学校、虹湖小学、黑石头小学、安大学校的一百余位老师参加了培训。

5月23日，学生复课了。刘慧媛承担一年级的语文教学任务，从接班的第一天起，她便全身心投入到教学工作之中，每天忙于备课、上课、批改作业。她对一年级的教学并不陌生，但陌生的是学生的学习态度和学习基础，班级中每天能按时完成作业的孩子只有十几个，更有甚者，有几个孩子一个字都不会写……

万丈高楼平地起。要让每名学生都能打下坚实的基础，只能每一堂课、每一个字、每一个拼音从头讲，她边讲边帮助学生掌握识字方法和读书方法，不断地鼓励学生多质疑，做到有问必答。

对于后进生，则给予更多的尊重，生怕哪句话说重了，打消他们的学习积极性。刘慧媛买了铅笔、橡皮等文具作为奖品，学生只要按时完成作业，书写认真，就可以得到奖品。渐渐地，孩子们上课能认真听讲了，书写工整了。两周后，除了两三个学生外，其余同学都能按时完成作业，书写也很认真，无论是学习还是纪律都有了较大的进步。

刘慧媛还和优秀的年轻教师饶红结成师徒，除完成学校布置的任务外，在平时教学中，随时随地进行交流，有时在教室门口，有时在操场，有时在餐厅……刘慧媛把管理班级的经验和教学经验毫无保留地告诉饶红老师，同时也从饶红老师身上学习到一些新方法，相互学习，共同提高。

在这期间，刘慧媛还为学校的语文老师上了"想象作文"和"专项复习—词语"两节公开课，供老师们学习研究。在学校举行的"加强学生思想教育及班级管理方面的经验交流会"上，她做了《班主任的一天日常》的经验交流。

经过推荐选拔，6月30日，刘慧媛和长阳路小学的吴玉杰代表青岛市市北区支教教师参加了在普定县第四小学举行的"青岛·安顺教育教学帮扶主题教研"活动。刘慧媛所执教的是五年级语文《城南旧事》整本书阅读导读课。她从了解文本梗概、精彩片段选读、传授阅读方法、激发整本书阅读兴趣等方面着手，精心选择教学内容、设计教学环节，为听课教师展示了课外阅读指导的典型课例。在课后的研讨会上，观课教师积极参与，氛围热烈，都觉得受益匪浅。

三个月的支教生活，不仅圆了刘慧媛的支教梦，更让她与学生们建立了深厚的感情。在期末考试的前一天，孩子们精心为支教老师准备了告别会，听着那稚嫩的歌声，望着那清澈的眸子，支教老师的眼眶湿润了……

感恩的种子已在他们心里发芽，美好的生活在向他们召唤。教育改变了同学们对世界的认知，开启了他们对未来的新的憧憬，让生命美好，让未来可期。

刘慧媛在告别会上与学生们合影留念

刘玉姣："医"心扶贫　妙手回春

2019年6月25日，胶州市妇幼保健院产科主任刘玉姣远赴镇宁自治县人民医院开展结对帮扶。来到镇宁，她迅速投入工作，快速熟悉该院情况，了解辖区内人口疾病特点，用心、用情、用力开展医疗保健服务。

精准救助实现新突破

每天一上班，刘玉姣先参加科室交接班，会诊疑难危重病人，然后参加白天查房，再开展手术，晚上还要参加夜查房，处理危重病人。

有一次，她接诊了一位怀孕37周、腹痛的急诊孕妇，检查发现该孕妇全身水肿，尿蛋白三个"+"，血压160/100mmHg，属于典型的妊娠合并高血压，风险很大，于是她建议该孕妇剖宫产终止妊娠。但该孕妇以计划生二胎为由拒绝了她的建议。

住院期间，虽然对该孕妇进行了对症治疗，但该孕妇的血压还在升高，随时都有发生抽风的危险。因为语言不通，始终无法说动该孕妇接受手术，刘玉姣急得团团转，只好求助当地同事，直到晚上8点多，该孕妇开始出现头晕症状，才在妇产科主任苏慧的帮助下做通了思想工作，进了手术室。刘玉姣参与了手术，术中出血1000余毫升，输血3.5个单位，孕妇顺利渡过了危险期。但是分娩出的新生儿体重过低，只有2300克，且呼吸不畅，只能转到上级医院治疗，由于抢救及时，孩子情况逐渐好转。

随着对医疗帮扶的不断深入，帮扶内容从原来的技术帮扶发展到管理帮扶。镇宁是一个典型的山区县，有汉族、布依族、苗族、仡佬族等23个民族。人们的医疗保健意识不强，孕前检查及孕期检查不规范，很多患有地中海贫血的孕妇没有及时诊治，造成贫血、产后出血、新生儿窒息等危急重症。针对这些问题，刘玉姣提出了自己的管理建议，受到该院领导和同事的重视与肯定。

送医到家　不畏艰辛

在镇宁帮扶的日子，刘玉姣每一天都过得忙碌且充实，逐步熟悉了当地的风俗人情和疾病状况，有条不紊地开展着各项工作。

在产科帮扶小组，她会诊了一个怀孕30周完全性前置胎盘的孕妇和一个妊娠合并重度贫血的孕妇。经过详细询问病史及认真检查，给她们制定了合理的治疗方案。

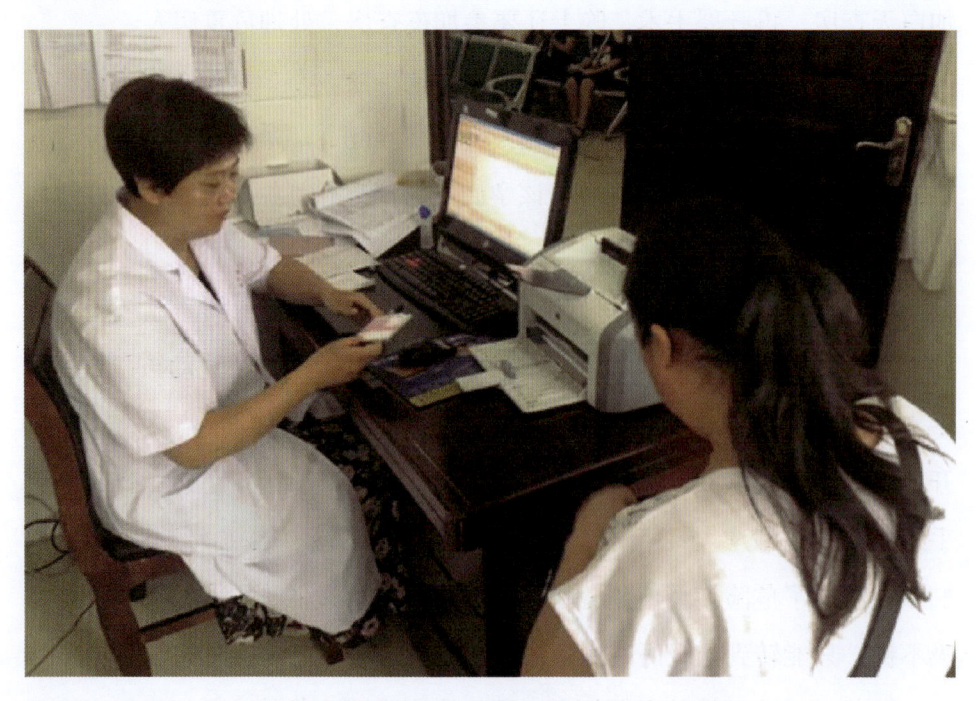

刘玉姣在镇宁自治县人民医院产科为病人看病

根据《"健康中国2030"规划纲要》精神，当地医疗卫生部门把工作延伸到每个镇（街）道、村（社区）和家庭。蜿蜒山路、悬崖峭壁、塌方碎石，这是在2个小时车程当中时刻映入眼帘的惊险景象。有的地方道路崎岖实在开不进汽车，刘玉姣和同事们为了不耽误时间，毅然选择步行进山。经过半小时的跋山涉水，大部队终于抵达目的地。

这是一个位置相当偏僻的小村落，经济落后、交通不便、信息闭塞，留守在家的均是老弱病残孕和孩子。60岁以上的老人基本没出过山，一些弱势群体的健康状况太令人担忧了。面对眼前的景象，刘玉姣不禁潸然泪下。不过值得欣慰的是，在贵州省委主要领导的督导下开展的异地扶贫搬迁，让最贫困地方的老百姓也搬进了新盖的集体安置房。

刘玉姣和当地的负责人简单沟通后，便徒步爬过一个个山坡，一户户地挨家走访，重点针对慢性病、精神病、癌症病人进行查体、送药，并做好登记。老人们感受到专家团队的热情服务，很是激动地说："感谢党和政府，感谢你们！"

当天晚上，刘玉姣作为特邀嘉宾，参加了当地医院组织的"建党98周年文艺晚会"，深切感受到了党的政策给当地群众带来的翻天覆地的变化，以及医疗卫生事业取得的巨大成就。

全心全意为了老百姓

随着对周围环境和新同事们的日渐熟悉，刘玉姣手头的工作也走上正轨，每天过得既充实又紧张。除了完成日常的诊疗工作，她还成功抢救了多名高危孕产妇。

一位孕妇由于自身知识水平有限，对孕期保健知识和自身病情了解甚少。刘玉姣接诊后发现了她的高危症状，如果再继续拖延，病情恶化，可能会危及孕妇和胎儿两条生命。经过刘玉姣一番耐心的沟通和讲解，该孕妇最终同意，及时实施了剖宫产，术后母子状况良好。

又一次，刘玉姣参加了一个因前置胎盘导致的大出血急诊抢救手术，凭借多年的临床经验，刘玉姣迅速找到了出血点，成功实施手术止血，产妇顺利娩出胎儿，完成缝合，并将新生儿转至儿科监护室持续监护。

一位产妇羊水过少，胎儿宫内窘迫，需要紧急抢救。接到通知后，刘玉姣一刻也不敢怠慢，再次洗手上台进行手术。这一例产妇的情况比上一位还要凶险，产后胎盘粘连、宫缩乏力、产后出血等多个危急状况同时出现。刘玉姣临危不乱，逐个击破，经过两个小时的抢救，产妇转危为安。

这一个又一个急诊抢救，就像一场又一场惊心动魄的战役。刘玉姣利用自己丰富的临床经验和过硬的医疗技术，化解了一个又一个难题。晚上回到宿舍，刘玉姣拿出自己的笔记本，将这些天遇到的高危患者的病情变化、处理措施、心得体会逐一记在本子上。每天总结分析，短短半月，写了厚厚的一本。整理完成工作笔记后，往往已是半夜12点多钟。

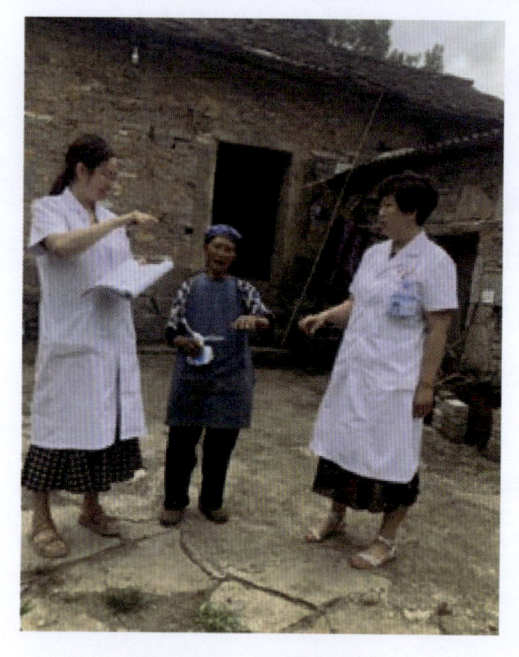

刘玉姣（右一）与同事送医下乡

作为一名医务工作者、一名共产党员，刘玉姣深刻地认识到，健康扶贫责任重大，今后要将压力化为动力，激励自己更加全心全意地投入到健康扶贫工作中去。

李昂：既当医生又当"老师"

2020年4月22日，在安顺市普定县补郎乡卫生院，一场中医药适宜技术培训正在进行，讲课的是来自青岛市崂山区社区卫生服务中心的李昂医生。

2019年，李昂主动报名参加贵州贫困山区的医疗扶贫计划。同年8月，他被单位派往地处偏远、群山环抱的安顺市普定县补郎苗族乡卫生院。

补郎乡位于普定县城西北部，面积80.78平方公里，辖16个行政村、108个村民组、405个自然村寨，总人口21680余人，苗族、仡佬族等少数民族人口占全乡总人口的32.5%。

几年前，补郎乡卫生院为响应国家号召，建起了中医科，但由于缺少中医医生而闲置。这次李昂到补郎乡卫生院的一个主要任务，就是盘活卫生院的资源，重新组建中医科。

虽有豪情壮志，但现实是残酷的。尽管卫生院已具备了开设中医科的基础硬件，但还缺少相应的医疗器械和医疗软件，加上李昂听不懂当地方言，沟通十分困难，工作开展的难度很大。面对困难，李昂并不气馁，反而更加激发起他在苗乡，可谓是困难重重的热情。随后，卫生院领导亲自带着李昂，到其他有中医科的乡镇医院学习取经，并积极安排采购设备、调试软件，还为李昂配备了开展诊疗工作的翻译助手。

经过近一个月的努力，中医科开始接诊。由于卫生院暂时招聘不到其他的中医医师，所有的诊疗程序如挂号、登记、看病、治疗、开药、抓药、记账等都需要李昂亲力亲为。由于诊疗效果得到附近村民的普遍认可，大家口口相传，有不少患者从几十里外慕名而来，不到半个月时间，单日诊疗人数就近40人次。

为了让远道赶来的病人少等些时间，李昂每天都要加班加点，中午常常不能按时吃饭。食堂做饭的大姐每次都把饭菜捂在锅里保温，有时还主动请人把饭菜送到他的办公室。

李昂印象最深的是，2019年10月的一天，已经中午12点半了，一位年近70的老人，只身一人来到乡卫生院。她家住在石阶村，是补郎乡最边远的行政村之一，离乡卫生院有十几里山路。听说这边来了位中医大夫，老人舍不得坐车，步行3个多小时山路过来看看。

"我这个毛病好多年了，时时感觉有股热气从腿上冲到胸口，很难受。这些年，为了看病去了好几个地方，都没治好，这次来看看。"她说，如果看不好就不治了。

这份信任让李昂很是感动，也倍感压力。他顾不上一上午的忙碌和疲劳，也顾不上还没吃午饭，立即为患者进行诊疗。由于病史较长，病情复杂和语言不通，经过近半个小时的详细询问和诊断，才为其确诊为丹毒后遗症。病情确诊后，李昂果断采取了中医放血疗法。治疗刚刚结束，老人就感觉好了许多。

半个多月后，老人满面笑容地拿着两个煮鸡蛋来看李昂，对他说："现在身上已没有什么不舒服的感觉了，太谢谢了，是你治好了我的病，你是个好医生啊。"

虽然这次治好了老人的顽疾，李昂却陷入了沉思。这种情况在农村肯定不是个别现象，怎样才能及时、准确、方便地解决患者的病痛呢？春节回青探亲期间，李昂依然苦思冥想着解决办法。

突如其来的新冠肺炎疫情，打断了他的思绪。许多交通工具停运，想早日返回补郎的想法也无法实现了。疫情面前不分地域，既然不能返岗，在哪也应尽一份医生的职责。李昂主动请缨，要求参与到疫情防控一线。从2020年1月31日至重返贵州前，高速测温、留验站、入户随访、复工复产等都留下了李昂的身影。他说，只要工作需要，24小时待命，保证随叫随到。

疫情期间，李昂虽然不分白天黑夜工作在抗疫岗位上，但始终没有中断和补郎乡同事的交流。当得知当地防护物资已所剩无几时，立即协调单位在紧缺物资中捐赠一批给补郎乡卫生院，包括一次性隔离衣100套，医用口罩500个、医用帽子100个、医用手套200双。当李昂跟随这批捐赠物资一起回到补郎乡卫生院时，院长感动地说："这批物资太及时了，我们的口罩已经好久没换了，感谢崂山的战友们。"

疫情期间，李昂仍坚守岗位

李昂一直没有放下以前的困惑：有什么方法可以让有需要的病人不用再走三个多小时的山路来看病呢？一个新想法进入了他的脑海：举办中医药适宜技术培训班，把自己已掌握的中医知识和医疗工作经验传授给各村村医，将安全有效的技术留下来。当他把这个想法汇报给县、乡及卫生院领导后，得到了一致肯定和大力支持。

事不宜迟。经过多方咨询和与当地村医交流，李昂发现整个普定县的中医药适宜技术仍处于起步状态。适时举办培训班，把中医药适宜技术传授出去，不断提高基层中医药服务能力和水平，非常必要。于是，李昂整理材料、制作课件、安排教室、下发通知……

在各级领导和同事们的支持下，4月22日在补郎乡卫生院举办了第一期中医药适宜技术培训班。李昂深入浅出地详细讲解了一些安全、简易、有效的中医药适宜技术，如：小儿推拿、艾灸、拔罐、耳穴压豆、中药代茶饮、冬病夏治等中医的优势治疗方法和病例，使学员初步了解、掌握了相关中医药适宜技术知识。通过每人不少于1周的实践学习，使理论与实践结合，学以致用，更好地满足了基层群众对中医药服务的需求。

李昂表示，举办培训班并不是终点，而是起点。他会在培训结束后与各村村医保持联系，解决他们遇到的实际问题，还会常去各村卫生室带教，让村医能用好中医，让群众能从中受益。

郭丰利：让法律更有温度

2020年5月，山东润杰律师事务所的律师郭丰利作为青岛西海岸新区组团帮扶专业技术人员之一，来到安顺经开区开展为期三个月的帮扶工作。在帮扶期间，他主动服务，倾情帮扶，充分发挥律师专业特长和资源优势，深入企业、学校、社区开展法制宣讲及培训活动。他用饱满的热情和不辍的努力，用心呵护着当事人的安危冷暖，用正义维护着法律的尊严，确保法律帮扶工作取得实效。

来到安顺经开区后，郭丰利迅速转变角色投入到工作中来。他在深入企业考察调研时了解到，经开区国有平台公司贵州聚福菌农业发展有限公司尚未建立企业经营法律顾问咨询制度。作为农业产业化国家重点龙头企业，同时又是"安货入青"的平台企业，公司在未来的经营发展中难免会面临一定的法律风险。于是，他主动沟通对接，促成山东润杰律师事务所与贵州聚福菌农业发展有限公司签订法律援助协议，由该律所为公司提供5年的免费法律服务，助推企业法治化建设。

贵州聚福菌农业发展有限公司负责人陆贤凯表示："这个协议的签订，会为我们企业和企业员工解决涉法问题提供有力的帮助和法律保障，对我们今后处理法律问题具有重大意义，特别是能对我们公司'安货入青'的法律咨询和法律帮助提供很强的法律保障，进一步加强企业和员工的法治意识，营造企业发展的良好环境。"

"我来到这里以后，一个任务就是进行法律咨询、法律培训、出具法律意见书。如果公司需要的话，我们可以通过建章立制来规范，还可以提供审查合同、起草合同等等一系列的法律服务。通过律师提供这种规范的法律服务，可以让聚福菌公司减少一些法律风险，提高法律风险的防控意识，对公司的长期发展有助推作用。"郭丰利说。

郭丰利还围绕安顺经开区司法工作中的重点、难点、热点问题，找准短板，发挥特长，积极开展帮扶工作。一方面，快速融入对口帮扶单位，经常为单位同事答疑解惑，传授工作经验，并针对工作中存在的问题，提出指导建议。另一方面，积极开展送法律进校园、社区矫正人员专题讲座等一系列法制宣讲及培训活动。特别是针对新颁布的《民法典》，通过开展专题讲座，就《民法典》编纂的重大意义、基本结构和内容进行了讲解，并结合社会热点问题对《民法典》的若干新制度进行了全面解读。

"郭丰利律师毫无保留地与我局的工作人员在法律知识上进行了多方面全方位的交流，针对不同的群体分别开展了六次法制宣讲，特别是《民法典》的专题讲座进行了两次，对我局的法制工作的提升起到了很大作用。"经开区司法分局社教科和法治科负责人张克勇介绍。

如今，郭丰利在安顺经开区的对口帮扶工作已结束。他表示，将会继续加强与经开区的联系和交流，更好地为经开区相关部门和企业发展提供良好的法律服务。"在安顺经开区挂职三个月期间，我觉得收获很大，经开区的领导干部奋斗的精神非常强，干部年轻化，很有担当，非常非常优秀，大家都千方百计地想办法来致富，所以我觉得安顺，特别是经开区走上小康就在眼前，马上就能实现。"

于秋成：真情助力就业脱贫

2017年是东西部扶贫协作工作全面展开的重要一年。青岛市就业服务中心扶贫干部于秋成没有想到，在原有工作任务不减的情况下，又要承担起与安顺市的劳务协作任务。但他丝毫没有退缩，而是主动挑起重任，始终把劳务输转这项硬任务紧紧挂在心上、抓在手上，成为安顺来青务工人员的贴心人、热心人。

做好劳务协作，最好的途径就是在政府的引导下，通过市场化对接机制，促进贫困劳动力与就业岗位精准匹配，通过劳务输转促进就业，以就业带动脱贫。于秋成立足职能职责，积极推动建立劳务协作站，搭建劳务协作平台，畅通青岛与安顺的劳务对接渠道。他五次奔赴安顺市，深入了解当地贫困劳动力现状，了解他们的实际求职需求，最终将劳务输转岗位锁定在制造行业和家政行业。

于秋成经常与青岛市的国有企业、民营企业进行对接，收集适宜的企业岗位，组织赴安顺开展大型招聘会20余场。2019年"春风行动"期间，他组织青岛9个区（市）与安顺市对口区（县）同时举办9场招聘会，协调五菱集团、红领集团、三元集团等113家企业参加招聘会，提供就业岗位1.9万个，为安顺的贫困劳动力铺设了一条就业新道路，送去了脱贫的新希望。2017年以来，安顺市已有748名贫困劳动力转移到青岛就业，实现了"一人就业、全家脱贫"。

2019年7月，烈日炎炎，于秋成自掏腰包购买了西瓜和矿泉水，租来小推车，汗流浃背地穿梭于青岛的多个建筑工地，给安顺籍建筑工人送上清凉和温馨。他与工人面对面沟通交流，详细了解他们在青务工情况，讲解就业稳岗政策，鼓励引导工人们带领家乡亲人和朋友来青务工，给大家留下了深刻印象。

2020年5月的一个周末，他正在家里为爱人、孩子做晚饭，手机铃声突然不断地响起。他接通电话得知，有两名来青务工人员声称在企业待得不顺心，要立即返乡。他二话没说，关上炉火，开车前往企业了解情况。原来是这两人对扶持政策理解有误，认为只要到了青岛，就能立刻领取就业补贴；而他们已经来青几天了，还没有领到补贴。于秋成耐心地给他们解释，他们终于理解了，表示一定会安心在企业工作，争取赚更多的钱。在家人看来，这样的事情已经习以为常。有时为了安慰来青务工人员，他的电话一打就是1个多小时。参与了扶贫工作，他不自觉地忽视了家庭，牺牲了照顾老人、陪伴孩子的时间，常常对老人孩子、对爱人满怀愧疚。但每每面对爱人的抱怨，他总是这样回答："扶贫协作是我的工作，只要是和扶贫工作有关的事情，我就得往上冲啊。"

2020年，突发的新冠肺炎疫情给打赢脱贫攻坚战、给东西部扶贫协作出了一道"加试题"，劳务协作的压力也进一步加大。如何妥善解决人员流动受阻的实际困难，推进贫困劳动力来青岛稳定就业，确保脱贫攻坚目标任务按期完成？他茶饭难进，日思夜想，深入调查研究，多方征求意见，制定工作方案，联系企业，安排路线，对接安顺市人社部门，采取有组织的劳务输转，创新开展包机包车"点对点"定制式运输服务，全力保障安顺市贫困劳动力来青岛返岗复工，创造了有速度、有温度的劳务服务新模式。

2020年2月26日，首批155名安顺市贫困劳动力，通过政府包机包车直接送达青岛企业，实现"家到企"精准输转。该批劳务人员直接输送至青岛海信视像科技股份有限公司、青岛国恩科技有限公司等多家企业，实现了企业复工复产和贫困劳动力就业的双胜利。

来自安顺市紫云自治县建档立卡贫困户小韦夫妇就是首批"家到企"精准输转的受益者。小两口有两个可爱的女儿，孩子尚小，由老家的父母照看，兄弟三个都没有自己的房子，和父母住在一起，他们的理想就是努力赚钱，为孩子创造好一点的生活环境。小两口和安顺籍务工人员一起乘坐政府包机来到青岛，在即墨区一家企业实现了就业。现在，小两口每月的收入加起来有8000多元，加上政府给予的补贴，每个月能拿到15000多元。小韦说，感谢青岛市人社部门帮助他们实现了就业，他打算用在青岛赚下的钱盖新房，还有剩余就回到家乡搞养殖。小韦夫妇这样的例子还很多。2020年，共有315名安顺籍贫困劳动力来青务工"淘金"，创下历年新高。

每次通过包机包车输转安顺籍贫困劳动力来青务工，于秋成都亲自到现场，在机场、车站指导协调，让贫困劳动力安心，让企业放心。由于疫情初期贫困劳动力输送任务艰巨，工作辛苦，他没日没夜地制定方案、反复对接、赶赴现场……导致多年没复发的旧疾突然复发。医生建议他卧床休息，但面临关键时刻，他把药装进口袋，毅然冲到了一线，坚持到目标任务完成，他才松了一口气。后来仅仅休息了5天，又立马返回工作岗位。于秋成说，最高兴的事，就是用自己的行动和付出，让贫困劳动力"求职有门、就业有路、困难有助"。

领队访谈

王清春：踏石留印促发展

  青岛对口帮扶安顺，始自1996年。24载山海相连，携手"黔"行，青岛始终带着真情实意、真金白银，与安顺同发展、共进步。2013年，国家启动新一轮对口帮扶。正是在这一年，时任青岛市政府办公厅综合室主任的王清春率队赴安顺市挂职锻炼，挂任安顺市政府副秘书长、办公室党组成员，主要负责协助分管农口、民政、扶贫等方面工作。

  王清春，青岛赴安顺首批挂职干部领队，现任青岛市政府副秘书长、市政府办公厅党组成员。2013年8月，王清春与青岛市首批挂职干部于兴慧、李义、王海刚、单文进、尹起新、赵可涛、郑晖、刘鹏、孙慧燕等同志一道来到安顺，推动新一轮帮扶工作全新开局、全面起势。真情在翻山越岭的奔波中流露，关怀在顶风冒雨的跋涉中彰显。

谋划全局　新一轮帮扶全面起势

  作为首批挂职帮扶安顺的干部，王清春坦言，当时相关扶贫工作的经验不多，工作开展的难度较大，挂职干部怎么定位？新一轮对口帮扶如何开局？这是他当时带领的青岛挂职干部团队首先要解决的问题。

  "在深入调研的基础上，我把挂职干部的主要职责定位为：牵线搭桥、建言献策和协调服务。"王清春说，"同时，要找准帮扶的重点和突破口，紧紧围绕两市确定的共建产业园区、引企入安、职业教育、人才交流和旅游产业合作五项合作重点和安顺市'四化同步'战略，同频共振，积极作为，促进两市的全方位合作。"

　　围绕这一角色定位和工作重点，王清春团结带领青岛挂职干部俯下身子、撸起袖子、甩开膀子、迈开步子，深入开展调查研究，创新工作格局，理顺工作机制，协调青岛、安顺对应区市、部门签署合作协议，形成"1+30"的帮扶与经济合作总体框架，即1个市级层面的战略合作协议，30个部门、区县层面的对口合作协议。同时，他协助调整完善了安顺帮扶和经济合作领导和工作机制，制定了安顺市交流合作和对口帮扶工作方案，对应成立了安顺帮扶和经济合作各工作组，推动两市帮扶和经济合作协议的落实，探索形成了由单向帮扶向双向合作转变、由"输血"式帮扶向"造血"式帮扶转变、由以政府帮扶为主向社会多元帮扶转变的"青岛-安顺模式"。

　　2014年3月在北京举行的对口帮扶贵州工作恳谈会上，贵州省委主要领导对青岛帮扶工作给予高度评价。3月20日的《人民日报》（海外版）刊发了《青岛牵手贵州安顺》一文，回顾了青岛对口帮扶安顺17年来取得的成就，介绍了在新一轮对口帮扶中共建青岛-安顺产业园、实现"造血"帮扶等重点内容，展现了两市特色产业对接、集聚发展的美好前景。

双向合作　　激发特色农业活力

　　王清春回忆道："到安顺的时候恰逢火龙果采摘期，一个个比成人拳头还大的火龙果挂满山间地头。对当地百姓来说，这不仅是一季水果，更是脱贫致富的指望。"这个场景已深深烙进他的脑海，成为其扶贫挂职工作的一段鲜活记忆。

　　在谈到青岛与安顺的扶贫产业合作时，王清春举例说："安顺农业资源丰富，其中关岭自治县的气候和当地砂质土壤尤为适合火龙果生长。在挂职干部的推动下，青岛城阳路通物资储运有限公司、青岛华彩飞扬包装有限公司等6家企业到这里投资火龙果种植项目，建设标准化示范园2万余亩，总投资2.8亿元。"

壮大当地火龙果产业，只是扶贫挂职的序曲。王清春还带领挂职干部按照产业对接、优势互补、合作共赢、转型升级的要求，牢牢守住发展和生态两条底线，重点围绕电子信息、现代农业、特色轻工、医药健康、文化旅游、建筑建材等产业发展方向，通过多种形式引导更多的青岛企业到安顺投资，促进产业结构优化升级。

王清春说，率先落地的是众多的特色生态农业项目：青岛平度禾广里农庄和贵州蓝天农业综合开发有限公司（青岛）在平坝县分别建成一处农业观光示范园；青岛精诚消防集团与安顺西秀区签订万亩玫瑰花种植意向协议，进行玫瑰花、特色农产品和中药材深加工；青岛丰盈投资公司的《金刺梨项目商业计划书》在当地顺利实施；青岛即墨妙府老酒成功研发薏仁米老酒，与西秀产业园区鑫龙食品厂签定1000吨薏仁米采购协议，利用安顺资源生产薏仁米老酒。

关于这一系列特色产业扶贫的收益，王清春算了这样一笔账："依托安顺自身优势，引进成熟农业项目，形成规模产业，最少为农户带来土地流转、投资分红、岗位就业三块收入。这就让扶贫资金一次性投入，变成了活钱，为当地居民带来持续、稳定的脱贫收入。"

王清春带领挂职干部，充分运用青岛对外开放的优势，帮助安顺农产品开拓销路，将特色农业资源盘活了，令农产品产量大幅增加。通过组织安顺企业外出参展推介、组织青岛商贸企业登门对接等多种形式，为安顺农特产品走向全国市场搭建平台，加快了安顺品牌商品、企业融入外部市场的步伐。安顺鑫龙食品、牛来香食品、高原颂食品、明英茶业、春来茶业等分别与青岛利群、维客集团签订代理或购销协议，企业年均增加销售收入1000多万元。青岛中苑集团与镇宁黔牛香食品达成品牌特许加盟协议，推动"黔牛香"地方品牌成功打入北方市场。

引企入安　"造血式"赋能当地经济

产业扶贫是从传统"输血"式扶贫跨越到"造血"式扶贫的有效途径。在安顺，一场"青"字号企业打头的产业扶贫攻坚战硕果累累。

在安顺市西秀区，有一条"青岛路"。夏日烈阳下，这条全长3800米、宽30米的道路贯穿青岛—安顺共建产业园，无声地展示着安顺与青岛东西部扶贫协作的勃勃生机。

谈起青岛安顺产业园，王清春不禁感慨道："共建产业园区、引企入贵是新一轮帮扶的关键，万事开头难，着实不容易。"在安顺挂职的一年多时间里，他带领挂职干部坚持规划先行，多次参与安顺青岛产业园区规划与推进工作座谈会、调度会，对开发模式、建设时序等，积极提出意见和建议。2014年5月，青岛华通公司在安顺注册成立"安顺市青安产业投资开发有限公司"，作为在安顺项目投资、建设、经营管理的主体，融资10亿元，建设青岛安顺产业发展园产业中心综合体项目。

王清春说，当时，以园区建设为重点载体，"引企入安"成为他和所有挂职干部挂职安顺期间的主要工作。每次回青，他们都带着招商需求，走访对接企业、行业协会商会，介绍安顺投资环境，推介项目，招商引资，探索合作途径。产业园动工建设当年，青岛合府华生健康生态产业园、青岛禾软科技股份公司科技园等项目即签约。园区之外，"引企入安"的"造血"式扶贫项目也遍地开花。在一年挂职期间，挂职干部共引进青岛投资合作项目30个，意向总投资约179.7亿元，其中落地项目12个，计划投资27.6亿元。

他同时强调："当时在引进的过程中，有一个原则需要坚决贯彻，便是产业必须兼顾生态环保。这是引企入安的前提,绝不能牺牲生态求发展。"因此,在盘活安顺优势资源的同时,一个个"青"字号节能环保项目先后落户于此。继青岛冠中生态公司成功投资山体生态恢复项目后,青岛海诺水务科技股份有限公司投资建设的北城区污水处理厂、西秀产业园区中水回用以及环保装备制造3个项目相继落地;青岛特利尔新能源有限责任公司园区供气项目投资超1亿元。这些项目科技含量高、经济效益好、资源消耗低、环境污染少,也有利于人力资源优势得到充分发挥,在项目储备上做到了早起步、早谋划,为推动安顺后发赶超、跨越发展打下了坚实基础。

品牌推介　打造两地旅游升级版

"除了帮扶以外,还要注重文化的交流。"这是王清春着重关心的另一个问题。旅游是安顺的品牌,他和挂职干部在当地搭平台、引项目,利用多种场合、多种形式,着力宣传推介安顺旅游资源,大力发展旅游产业,努力打造青岛安顺两地旅游升级版。

据王清春介绍,为了促进两地的文旅交流,当时的扶贫团队主要做了以下工作:

一是积极搭建旅游合作平台。协调对接青岛崂山风管局与安顺市黄果树风管委、龙宫风管委结成对子,先后成功举办多项旅游资源及产品推介活动,有效助推两市旅游合作发展;抓住2014青岛世园会的重大机遇,组织扶贫、文局、商务等部门研究制定相关的文化、商贸活动方案,以此作为推介安顺的重要平台;采取商旅文合作的形式,大力开展"山海游""婚纱摄影游""节日联动游"。

二是积极引进文化旅游项目。促使前湛投资管理有限公司签定投资建设平坝县喜客泉西南国际体育文化生态公园项目的意向协议,青岛凯旋四季庄园多次到安顺考察，就投资开发云山屯堡，建立"政府+公司+农民旅游协会+旅行社"的开发模式，打造"候鸟"型度假旅游品牌提出了方案。

三是积极宣传安顺旅游文化资源。组织开展"山海情韵——青岛美术家赴安顺写生采风"活动，以艺术作品宣传安顺旅游文化资源和城市形象。综合运用多种媒体，加大旅游资源宣传力度。青岛两岸文化传播公司在《两岸》杂志刊登《生态看黔中 财富新沃土》《西部灵秀——安顺屯堡文化》，推介西秀产业园区、文化旅游情况，直投全国118个台商协会、高校商学院，并在台湾发行。

多元帮扶　一枝一叶总关情

针对当地总体贫困的情况，王清春还指出："最关键的是教育脱贫，教育是阻断贫困代际传递的根本。"

平坝县城关一小是一所百年老校，备受当地居民认可。多年风吹日晒，使得学校一栋主体教学楼逐渐变为D级危楼，严重威胁1700多名学生及130多名教师的生命财产安全。

了解到这所学校的情况后，王清春积极支持在平坝县挂职的李义广泛联系，多方协调，最终争取到青岛市南区3000万元资金支持，把平坝城关一小打造成了具有现代教学设施标准一流的学校。面对焕然一新的百年老校，当地老百姓对青岛挂职干部竖起来大拇指："青岛来的人，办实事，办好事，真行！"

王清春说了他当时的想法："通过增加投资、结对交流等方式，特别加强了职业教育合作，一方面是为了让安顺的孩子们掌握专业技能，方便他们就业；另一方面也是为即将落地的产业，提供更多的优秀产业工人。"经过多方联系，他和挂职干部最终促成青岛大学、青岛理工大学分别与安顺学院和安顺职业技术学院签订对口帮扶协议，在学校建设、专业设置、师资培训交流、合作办学、定向招生、毕业生就业指导等方面给予支持帮助，实现共同发展。

挂职的一年时间里，王清春和挂职干部积还极参与公益帮扶事业，广泛发动定向募捐。青岛慈善总会捐资建立安顺青岛慈善基金，专项用于困难救助和希望工程建设，其中，首批300万元慈善基金专款用于养老设施建设。协调青岛广播电台，面向安顺留守儿童，举办"歌声与微笑"两地公益帮扶互动活动，捐助各类助学资金、物资50余万元……

最后，王清春动情地说道："挂职帮扶有期限，东西协作无止境。经过历任挂职干部的接力奋斗，一个个合作平台成功搭建，一个个重大项目落地建成，一件件民生实事产生效益，青岛扶贫协作的印记遍布了安顺的山山水水、村村寨寨，成为东西部扶贫协作的示范样板。我是农家子弟出身，是带着真感情来做扶贫工作的。安顺的山山水水，安顺群众的音容笑貌，深深刻在我的脑海。虽然挂职结束了，对安顺的帮扶会永远在线，对安顺的感情永记心间。"

孙宗子：一心一意干实事

孙宗子，青岛赴安顺第二批挂职干部领队，现任青岛市退役军人事务局党组书记、局长。

2014年10月，孙宗子挂职担任安顺市委常委、副市长。他同青岛市第二批挂职干部一起扎根安顺，带着使命帮、带着感情扶、带着责任干，按照"抓招商、引项目，惠民生、利长远，强交流、促合作"的总体思路，全力以赴推进青安对口帮扶与友好合作再上新台阶。

吃透市情民情　全身心融入地方

到安顺后，为尽快进入角色，打开工作局面，孙宗子和挂职干部第一时间拜访安顺市四大班子成员，走访市直有关部门和各县区，认真倾听他们的发展思路和想法，全面征求对口帮扶的意见和建议，积极争取理解和支持。由此，初步了解了安顺的市情民情，促进了工作上的交流，为在最短时间内融入地方打下了基础。

为确保帮扶工作更有针对性和可操作性，在广泛与市级、区县级领导班子加强联系和沟通的同时，孙宗子和挂职干部注重深入基层，听民意、察民情、看民风。他先后走访了安顺市大部分乡镇、40余个不同类型的村寨和部分农户，全面了解基层的经济发展、社会事业、民情民风，了解群众的所需、所盼，并帮助他们解决生产、生活中遇到的各种问题。他参与遍访贫困村、贫困户活动，与村干部进行座谈，深入农户家中开展扶贫帮困调查；开展"四在农家·美丽乡村"活动，协调资源帮助安顺开发区宋旗镇石板村做好村寨河道规划，不断改变村容村貌，提高农民生活水平。

企业是地方经济发展的支柱，是深入开展帮扶工作的一个切入点。为让引进来的企业在安顺能落户、能扎根、能发展，孙宗子和挂职干部认真履行"服务员"的角色，经常深入企业开展调研，及时了解企业的发展经营状况、发展中存在的问题。对需要政府协助解决的问题，及时协调市有关部门帮助解决；对涉及企业长远发展的问题，积极为企业牵线搭桥，促成企业之间的"联姻"，改变企业的单一发展模式。一年间，他深入走访了30余家企业，为企业解决了20余个问题，有力推动了企业的发展。

工作之余，孙宗子研读了大量的资料和书籍，全面了解当地的历史文化、民俗民风，增进与当地群众的感情，努力做到身入心更入。同时，他与当地群众进行更为广泛深入的交流，深入思考当地欠发达的深层次原因，深入思考对口帮扶的突破口和着力点，深入思考如何将青岛的资本、企业家、市场营销、产业技术等优势和资源与安顺的能矿、生物、旅游、劳动力等资源和特色产品、市场优势有机结合起来，发挥最大的帮扶效益，确保帮扶工作取得实效。

在广泛深入调查研究的基础上，孙宗子和挂职干部准确把握帮扶工作的新形势、新特点，研究新措施、新办法，制定了便于操作、利于实施的帮扶工作计划，明确了帮扶工作的方向和思路。

坚持规划先行　助推共建产业园

按照青岛市与安顺市共建产业园区的工作目标和总体部署，孙宗子和挂职干部积极协调青岛市规划设计院，高起点、高标准规划共建产业园区，园区规划面积由37平方公里拓展到103平方公里，功能布局更加科学合理；编制完成《核心区控制性详细规划（5—8平方公里）》，并协调做好园区规划与安顺市城市总体规划和贵安新区规划的衔接工作，为园区持续健康发展提供了科学依据，奠定了良好基础。

青岛—安顺共建产业园的基础设施建设由青岛华通公司和红星化工集团组织实施，总投资10亿元。孙宗子和挂职干部积极协调有关部门，加快完成一期400亩建设用地内房屋拆迁、土地征收和出让工作；完成园区西五号路开工的前期筹备、招投标等工作；包含四星级酒店、写字楼和公寓楼等功能的城市综合体工程加紧建设。青岛华通集团国有资产运营平台支持园区建设的模式开创了产业帮扶的先河，园区建设在东部八城市支持贵州八城市中处于领先水平。

做好对内对外宣传　　广泛开展招商推介

孙宗子和挂职干部把招商引资作为挂职工作的重中之重，充分发挥青岛的资源优势，紧密结合各个区位的特点，全力以赴抓推介、抓招商。

主动走出去招商，先后在济南、青岛、台湾筹划举办大型外出招商活动。2014年12月，借全国工商联十一届三次执委会在济南召开之机，举办了安顺市招商推介活动，与30余家中国百强民营企业进行了座谈对接，拜会了全国工商联副主席、科创控股集团董事局主席何俊明，伊利集团董事长潘刚，全国旅游业商会会长、北京中华博物院院长王平，重庆宗申产业集团董事长左宗申，天津大通投资集团董事长李占通等国内知名企业负责人，邀请他们到安顺考察投资。2015年3月初，在青岛举办了台湾企业家联谊会，组织200余家台湾企业家参会，安顺市政府主要领导率团参会并进行了招商推介；3月底，在台湾举行安顺市大型招商活动，拜访了台湾重要商协会和工商界知名人士，达成意向性项目和合作事项28个。

请进来考察招商，邀请青岛各级领导、企业负责人到安顺考察，吸引企业到安顺投资。项目落地后，又通过他们向外地客商进行宣传，实现

"以商招商"，推动安顺发展。挂职一年间，先后邀请工业、农业、服务业等200余批次约350人次客商到安顺投资考察，促成16个项目落户安顺，总投资约29亿元。

市县联动抓招商，把青岛等地的客商资源向安顺推介，引导有意愿、有实力的企业来安顺投资兴业。2015年5月，组织安顺各区县和有关部门在青岛市举办面向全省的招商活动，500余家企业参加招商活动。此外，还到韩国，广东东莞、安徽滁州、山东临沂和重庆等地开展招商推介活动，向客商广泛宣传安顺、推介安顺。

创新机制，实施资源共享。统筹青岛挂职干部团队招商资源、安顺市各部门招商资源、大型外出招商活动积累的招商资源、中直机关和北京等地派驻安顺市挂职干部招商资源等各方资金，实现信息共用、资源共享、整合力量，充分放大招商成效。在挂职干部团队内部实施招商引资协调机制，哪名同志有好的投资项目，如果这个项目不适合在所在区位投资，可以到其他同志所在的区位投资，招商成果归最初洽谈项目的同志，极大地调动了各个区位同志们共同参与招商引资的积极性。

一手抓招商推介　一手抓项目建设

孙宗子和挂职干部把项目建设作为生命线，全力推进重点项目开工建设。始终瞄准国内外产业发展前沿和当地发展之急需，着力引进产业竞争力强、科技含量高、市场前景好的项目入驻安顺，并全力做好服务工作，推动项目早落地、早开工、早投产。

安顺市第一个世界500强项目签约落地。洽谈引进世界排名第75位的500强企业德国巴斯夫公司与青岛宏达塑胶总公司合作建设可降解塑胶和薄膜项目，落户青岛安顺共建产业园区。企业生产的可降解塑胶为国家重点推荐使用的环保材料，生产技术世界第一，产量全国第一。项目一期投资1.5亿元，建成投产后，年产量6万吨，预计销售收入18亿元，将成为全国最大的降解膜生产基地。为满足企业用工需要，从当地招工约100名赴青岛开展3个月的集中培训，培训合格后上岗，解决了当地就业问题。

安顺市第一个颐高电商产业园项目达成协议。项目由颐高集团与安顺合力城合作建设。颐高集团是中国IT连锁第一强，中国专业市场10强IT类第一名，中国电子商务百强企业，项目建成后将有效提升安顺在电子商务方面的整体竞争实力。

西南地区第一个国际啤酒节成功举办。协调青岛资源，助力成功举办首届黄果树国际啤酒节，创造了啤酒节的"四个第一"，即第一个在国家5A级旅游景区举办的国际啤酒节，全国唯一一个以中外游客为参节主体的啤酒节，国内首届举办就实现完全市场化运作的啤酒节，全国啤酒节赛事奖项价值最高的啤酒节。通过啤酒节的举办，进一步提升了安顺的旅游知名度，黄果树景区旅游人数与同期相比大幅提升。

贵州省规模最大的农业产业园项目开工建设。促成投资3.1亿元的莱西市果蔬商会农业种植、加工基地项目落户西秀区东屯乡。项目集良种培育种植，农产品冷藏、加工、出口外销和农业观光为一体，建成后将进一步提升安顺农业产品的整体竞争实力，推动安顺农业发展。

搭建桥梁和平台　　促进多元化合作

孙宗子和挂职干部充分发挥"信息员""联络员"的作用，搭建青岛与安顺交流合作的桥梁，推动多层次、全方位的交流合作。

积极推动青岛市教育、卫生、旅游、质监等部门与安顺市对口部门的联系，深化两地在职业教育、人才培养、文化旅游、现代农业等方面的对口帮扶和交流合作。相关行业部门和县区之间、乡镇之间签订了对口帮扶合作交流协议，实现了互派干部、考察学习等，促进了对口帮扶战略合作协议落实。

以扶贫助困为宗旨，协调青岛市卫生局、残联、科协及各区市的40余个部门、社会团体等到安顺考察对口帮扶事项。青岛有关方面、社会各界累计捐助爱心帮扶资金2926万元，支持安顺教育、医疗和残疾人等社会事业发展。市南区捐助1500万元援建平坝一小；即墨市捐助100万元援建紫云自治县坝羊乡中心小学；青岛国恩科技捐助100万元援建关岭顶云龙洞小学；青岛"爱基金"投资200万元，启动实施"我爱图书"活动。

孙宗子带领青岛市第二批赴安顺挂职干部，把团队自身建设摆在极为重要的位置，积极发挥优势特长，用好对口支援政策，用活青岛各项资源，为当地群众办实事办好事，着力提高当地"造血"能力，真正将挂职成效体现在百姓生活水平的不断提高上。

管成密：找准帮扶的"接口"

管成密，青岛赴安顺第三批挂职干部领队，现任青岛市供销社党组书记、理事会主任。

2015年10月，管成密带领第三批赴安顺挂职干部正式报到，他挂任安顺市委常委、副市长。在一年的挂职工作中，管成密和挂职干部找准对口帮扶的"接口"，坚持"硬件与软件"相结合、当前与长远相结合、"输血"与"造血"相结合、政府与社会相结合，从"园区共建、引企入安、职业教育、人才培养、旅游合作"等多个方面入手，协调推动青岛安顺交流合作向基层延伸、向民间延伸、向深度融合，提升了对口帮扶的广度、深度和精度。

开拓创新，拓展两地交流合作新领域

针对两地市直和区县相互交流多，镇街、社会层面交流不够的实际情况，管成密和挂职干部主动协调沟通，在深化合作交流机制上积极探索，为两地镇街以及区县部门沟通交流搭建平台，补齐对口交流的"短板"，协调两地46个镇街和146个区县部门建立起了对口交流合作关系。

推动市北区与西秀区开展社区结对帮扶合作试点。先后多次组织西秀区20名民政、街道、社区工作人员赴市北区学习社区建设、管理、服务等先进经验。按照青岛市先进社区建设模式，投资160万元对2500平方米的北山社区原有社区功能室进行调整改造，增设了服务功能软件、宣传培训、党员活动室、社区治理等设施，完善社区集中办事大厅、社会组织服务和社区活动场所三大职能，将社区硬件打造成高标准、全方位、多功能服务的一流精品。同时加强社区软件建设，把青岛好的社区管理服务等先进理念和机制引入北山社区。

2016年4月，经过精心筹备，安顺市青岛商会正式成立，共有27家青岛籍企业加入商会，促进了在安顺的青岛企业之间的沟通交流，增强了青岛企业与安顺社会各界的联系和沟通。充分发挥商会的平台优势，加强商会会员之间、行业之间的交流合作，开展以商招商，千方百计吸引投资者到安顺投资兴业，加大了两地经济和投资各领域的深度合作。

攻坚克难，全力推进招商推介和引企入安

青岛–安顺共建产业园是两地对口交流的重要平台和标志性成果。针对制约产业园建设的手续问题，管成密和挂职干部坚持问题导向，主动靠上想办法，破解了制约项目进展的规划、土地、建设等一些瓶颈问题，产业园建设不断提速。园区内青岛宏达塑胶总公司项目投资1.2亿元、年产2.5万吨的多功能生态包装、农地膜项目，2016年4月开工建设。这个项目已被纳入国家专项建设基金项目申报平台，项目达产后，年可实现营业收入3亿元、利税2000万元。青岛华通的三个项目中，产业中心城市综合体项目于2016年1月主体封顶；400亩工业用地土地证办理完成；园区西五号公路工程于2016年3月开工建设。

立足安顺良好的投资环境，管成密和挂职干部认真梳理安顺具有优越投资条件的重点项目，全力推进招商推介和引企入安。2016年3月下旬，在青岛成功举办了"山海情深·青安共赢"招商引资推介会，中粮可口可乐、崂山矿泉水等200多家企业参会，共推介大数据、大扶贫、大健康、大旅游等重点产业项目20余个，其中西秀区双堡镇的生态示范观光牧场等

10个项目成功签约，计划投资总额36.4亿元。

　　一年间，先后协调青岛澳柯玛集团等50余家青岛企业到安顺投资考察。青岛金翅鸟集团正式落户西秀产业园区豪德工业园，计划打造国家级农业电商平台，两年内引进100家国内外知名电商企业入驻，预计交易额达2亿元，带动200人就业。崂山矿泉水公司计划在5A级龙宫风景名胜区建设矿水项目；青岛银河集团在安顺选点做农村污水处理试点项目；青岛茶商计划在青岛安顺共建产业园区建设茶叶批发市场。

真抓实干，扎实推进青安对口帮扶合作

　　管成密和挂职干部精心组织，深入推进互访交流合作。重点是通过互访交流、交流挂职、科研交流、专题培训等方式，开展教育、卫生、民政等各领域人才及干部教育交流合作。在县区、部门交流层面，两地组织互访交流237次、3400人次，互派200余名干部交流和学习培训，帮扶资金和物资约4200万元。在校际合作方面，两地90所中小学校建立了"手拉手"对口交流关系，10所职业技术学校启动了师资培训等方面的交流合作。在教育交流方面，青岛选派33名教师到安顺支教，安顺选派8批次112名中小学校长赴青岛挂职锻炼，两地共42批350名教师互相交流学习，组织开展高端论坛、经验交流等教育教学交流活动76批次。安顺市1.8万名中小学教师免费同步参加山东省中小学全员远程研修教育，安顺全体幼儿园教师也参加了远程研修教育。在医疗健康方面，两地卫生计生系统签订了加强人才培养合作协议，平坝区选派13名医务人员到青医附院进行为期3个月到1年的进修学习；即墨人民医院、妇幼保健院为紫云自治县56名医生进行为期3到6个月的业务培训；胶州市4名主治医生在镇宁自治县进行为期3个月的业务交流学习。

　　为加速两地启动实施"区市结对帮扶贫困村"计划，管成密和挂职

干部坚持"点、线、面"结合，协助安顺市各区县确定了10个一类、4个二类和2个三类贫困村，协调青岛相关区市与这些贫困村对接，确定了精准扶贫的工作思路和任务，全力做好跟踪、服务和落实工作。经过多次交流洽谈和科学论证，帮助平坝区乐平镇塘约村引进寿光市龙耀食品有限公司，设立安顺龙耀农业科技有限公司，建设山地农业蔬菜产业示范园，计划投入资金5000万元，其中一期投入1170万元，2016年7月19日开工建设；协调市南区对塘约村投入500万元资金，在产业和基础设施等方面重点帮扶。协调黄岛区帮扶安顺经济技术开发区幺铺镇龙井村和磊跨村开展香菇种植产业扶贫项目投资270万元，建成大棚25个。

集聚各类资源，加强民生项目帮扶。协调市南区与平坝区政府按照9∶1的比例，共建专项扶贫资金100万元，用于支持平坝区因病、因灾、因残、因学等特殊困难家庭。崂山区投入约640万元专项扶持资金帮扶普定县下坝村和草塘村。即墨市投资730万元帮助紫云自治县新驰村和打饶村实施人畜饮水工程等基础设施项目。针对安顺市大批农村劳动力流入城市造成的大量"留守儿童"问题，将对留守儿童的关爱作为精准帮扶的重点之一，整合政府、社会等各方面力量，按照5万元左右的标准配置，建成"亲情聊天室"6家，逐步实现"留守儿童"学校全覆盖，架起留守儿童与家长之间相互沟通的"连心桥"。

精心谋划，多措并举开展产业帮扶

安顺市茶叶种植面积大，品质好，但销路不宽、质好价低。为发挥青岛作为茶叶销售大市和中国北方茶叶集散地的辐射带动作用，推动安顺茶叶产业做大做强，拉动就业和农民增收，管成密和挂职干部主动邀请青岛茶叶协会到安顺考察，在青岛及周边地市建立了5个茶叶直销点，设立专门的安顺茶经销点，并减免摊位费。李沧区和安顺市农委建立了两地茶商与茶叶基地微信平台。2016年3月在青岛举办了一系列安顺茶推介活动；4月，青岛5个茶叶批发市场的11家茶商到安顺考察，就在青岛天都茶叶批发市场规划安顺茶宣传销售区等达成初步合作意向。协调黄岛国际茶叶交易市场开设1个安顺茶形象旗舰店。通过这些措施，逐步提高安顺茶在青岛乃至中国北方茶叶市场的份额，提升安顺茶的知名度和附加值。

旅游产业是安顺的优势产业和支柱型产业。为进一步向青岛市民推介安顺旅游资源，使青岛成为安顺旅游重要的旅客来源地，2016年3月21日，青岛到安顺的旅游专列正式开通。3月24日，安顺旅游推介会在青岛举办，正式向全国首发大黄果树山地全域旅游系列产品，并面向青岛市民推出了"一次旅行，终身免费"的优惠活动。两地旅游部门和旅行社分别签署了合作协议，联合策划主题线路和产品。同时，加大对安顺全方位宣传推介力度，《青岛日报》等青岛主流报刊以较大篇幅专版推介安顺旅游资源，深度推进旅游产业合作。

山海相连，兄弟情深。管成密表示："挂职干部依托两市政务资源平台，搭建两市发展联系的桥梁，在许多工作的协调落实、全面互动中起到了关键作用。"

夏正启：同心共抒山海情

2017年，国家出台东西部扶贫协作政策进入第5个年头，青岛对口安顺也进入第21个年头。经过前期的探索，青岛对安顺的扶贫举措从点对点互助转变为全方位、立体化的整体性帮扶，展现出国家的扶贫事业正朝向系统化新阶段迈进。

夏正启是青岛赴安顺第四批挂职干部领队，现任青岛市政府副秘书长、市政府办公厅党组成员。2017年3月初，夏正启挂职担任安顺市委常委、副市长。在抵达安顺的第一个工作日，夏正启、宋茂明、何玉莹、朱晓辉、辛守涛、李明、杜军、张志栋、孙森、赵宁、武宗科、谭瑞勇、孙伟、姜杰、薛嘉诚等全体挂职干部暨全体党员会召开，成立了中共青岛市赴安顺市第四批挂职干部党支部，由领队夏正启担任书记。该支部是全国对口帮扶贵州省挂职干部队伍建立的首个支部。

健全帮扶机制　　夯实党建促攻坚

"'把支部建在挂职队伍上'是全贵州首创。"夏正启强调，"这是受到'把支部建在连上'的启发，充分发挥基层党建的组织优势和引领作用。"

夏正启表示，支部的迅速建立和规范化，是为这两年工作的开展奠定坚实的组织基础和制度保障。只有心往一处想、劲往一处使，打造一支凝聚力强、战斗力强、善做善成的挂职干部团队，重点围绕高层互访、人才支援、社会帮扶、产业合作、劳务协作、携手小康、旅游协作七项工作，干实事、出实招，动真情、用真心，才能开创全方位、多层次、立体化的对口帮扶工作新局面。

2018年7月1日，贵州省委召开全省脱贫攻坚表彰大会，青岛赴安顺第四批挂职干部党支部荣获"全省脱贫攻坚先进党组织"荣誉称号，这是东部城市对口帮扶贵州的八个城市中唯一受到贵州省委、省政府表彰的挂职党支部。

当好桥梁纽带　　推动科教帮扶

令夏正启感到最自豪的是他们在教育和医疗方面实施的帮扶："教育和医疗是我们当时干得最好的，也是开局的、最有突破性的工作。"挂职两年间，夏正启和挂职干部十分注重发挥桥梁纽带和沟通协调作用，推动两地交流长期化、制度化、常态化，着重从党政干部培训、教育、医疗等方面加大帮扶力度，优化智力支持。青岛各区（市）赴安顺各县（区）调研50余批次，新增结对乡、镇、街道或部门30多个，镇街结对总数达45个，贫困村结对总数达112个。

夏正启介绍，2017年以来，青岛与安顺两市市委组织部先后组织青岛拔尖人才35人到安顺举办"2017年度青岛拔尖人才读书休假暨对口帮扶活动"。安顺市委组织部在青岛干部学院举办两期人才工作者培训班，共计100人。针对安顺缺乏高层次人才的实际情况，青岛人社局连续2年邀请安顺市组团赴青岛参加"百所高校千名博士青岛行活动"，为安顺市引进高层次人才搭建了新的平台。

此外，为了加强教育人才协作，夏正启带领挂职干部们深化宽领域、深层次、立体化的教育帮扶格局，形成了组团教学式、实境跟岗研修式、学校结对式、大学附属式、远程全员培训式、空中课堂共享式、高校地方共建式等多种精准有效的机制。2017年以来，山东省和青岛市各级各类教育专家60余名来安顺举行专题报告会、学科示范公开课活动80场，惠及教师13000多人次。青岛市选派32名教师在安顺进行支教。安顺市中职学校师生2批次43人到青岛优质职业院校进行技能大赛赛前培训。

党的十九大召开期间，习近平总书记参加贵州省代表团讨论时发表重要讲话，特别提到要大力培训乡村骨干教师。夏正启敏锐地感受到这一信息，指出："这正是我们东西扶贫协作工作可以做的一项惠民生的实事，也是对习总书记重要讲话的积极回应。"于是，他和挂职干部迅速与青岛市教育局、爱基金、支教岛等部门单位和志愿者组织联系对接、争取支持，决定实施"安顺市乡村学校教师培训爱心帮扶工程"。2017年11月到2018年底，爱基金组织投入300万元实施爱心帮扶工程，安顺市偏远乡村学校校长、骨干老师共800余人到青岛市进行浸润式、实境性跟岗培训。山东省教师远程研修平台为安顺全市教师开放、提供培训，年度节省经费2000多万元。

夏正启提到，他们在当地"形成了学校与学校之间、区市与区市之间对口帮扶的常态化机制，基本为安顺市所有的学校都结成了对子。"如，协调推动青岛大学、青岛职业技术学院分别与安顺市政府、紫云自治县政府签署校地合作协议，挂牌成立了青岛大学附属黄果树民族中学，这是青岛大学省外唯一的一所附属中学，开创了高校帮扶地方的新篇章。

"医疗方面也是一样。"夏正启说，"我们给安顺市的主要医院——安顺市人民医院建了新学科，填补了学科的空白，加强了人员的培训，更是形成了远程的会诊，培养了一批带不走的人才。"青岛对口帮扶安顺卫生计生工作也实现了广覆盖。两地30家卫生计生行政部门以及相关医疗卫生单位实现"一对一"结对帮扶，搭建各类医联体7个，广泛开展两地医学人才双向交流以及各类培训、义诊、门急诊活动。开展填补医院空白的新技术49余项，指导省级科研立项5项。从结对帮扶到医联体建设、从学科共建到人才支援、从远程会诊到健康救助、从行政管理到技术支持，实现卫生健康对口帮扶全覆盖，推动实现青岛安顺健康扶贫协作"五位一体"新格局。

整合各方力量　推动社会帮扶

关于社会慈善方面的工作，夏正启谈道："我们专注于救助疾病儿童，这在全国也是第一批。"2017年度，青岛慈善总会爱基金、北京智善公益基金会、深圳崇德基金、民进青岛市委、青岛市总工会、青岛北琪集团等10余家单位捐助资金及物品折合人民币1143万余元。积极协调青岛证监局，创造性地提出将"上市公司履行社会责任与东西扶贫协作结合起来，上市公司业务战略布局与东西扶贫协作结合起来"的建议。2018年3月31日，青岛森麒麟轮胎、赛轮金宇集团等12家上市和拟上市公司共捐助安顺市16个社会公益项目近800万元。积极协调社会公益基金，先后争取中国红十字会捐助100万元，青岛市部分慈善机构和爱心企业捐助约50万元。2018年6月20日，"天使之旅—走进安顺"贫困儿童先天性心脏病集中救治活动在关岭自治县正式启动，目前已完成72例患儿的救治工作。智善公益基金会捐助300万元用于安顺市脊柱畸形患者进行手术，并与华仁医药、百洋药业等青岛上市公司进行项目合作，得到了当地人的高度赞扬。

着眼优势互补　产业劳务相促进

夏正启强调："扶贫干部一开始要做的，是将两个地方的供需对接起来，之后形成常态化。"青岛、安顺两地始终把产业合作作为东西协作的重点，夏正启带领挂职干部党支部先后组织开展4次招商活动，截至目前，共接待产业项目30多个。

其中有：红星化工集团高辣度非食用辣椒种植和建立辣椒油树脂萃取工厂项目总投资1.3亿元，青岛鑫源环保项目投资5000万元，北京东方园林开发经营关岭自治县花江大峡谷景区项目投资8亿元等。2018年6月23日，10余家青岛上市公司到安顺投资考察，共签约工业循环利用、商贸、新能源、大健康四个项目。更有青岛伟图节能科技有限公司与关岭自治县广盛源石材有限责任公司合作超薄石材加工项目，投资3000万元，于2019年1月成功签约；青岛辉佳旺食品有限公司在关岭建设占地20亩的食品加工项目，投资3000万元；青岛花田食品有限公司在关岭建设占地10亩的鸡蛋制品项目，投资2000万元；青岛军民融合食品保障有限公司与安顺签订农特产品购销协议，共有10大类34种产品入驻创新示范区安顺馆。这些产业项目的落地，有力地助推了脱贫攻坚，有效地带动了贫困户增收脱贫。

夏正启指出："安顺当地有着富裕的劳动力，与青岛的劳力所缺之间恰恰可以形成互补。"劳务输出既能解决安顺剩余劳动力的就业问题，又能缓解青岛劳动力短缺问题，有效地优化了两地的人力资源配置。夏正启和挂职干部把劳务输出作为精准扶贫精准脱贫的重要抓手，积极探索两地劳务协作长效机制，把劳务产业作为精准扶贫精准脱贫的重要产业进行培育，推动劳务协作落地见效。加强东西部劳务协作工作的统筹协调，定期召开专题会议，部署调度全年工作，明确扶贫部门、人社部门和各县（区）的职责，建立月调度机制，并对任务指标、细化方案、工作方法、营造合力、政策宣传、资料收集、精准调度各方面提出了具体要求。

夏正启提到几个例子，如：红星集团辣椒项目2018年直接带动1600多户贫困户、7000多人脱贫；构树项目直接带动1144户5240名贫困人口脱贫，带动就业435人；小龙虾项目2018年前次收益带动162户贫困户489名贫困人口实现脱贫；青岛熊猫精酿啤酒项目解决就业100余人，项目建成也加强了安顺上下游企业的合作力度；总投资4亿元、总建筑面积7万平方米的青岛安顺共建产业园直接带动1000多人就业。

此外，在青岛人社局的大力支持下，2018年1月在青岛揭牌成立青岛-安顺劳务协作工作站。3月13日，在青岛成立了贵州省青岛劳务协作服务站。2018年6月24日组织10余家青岛市上市和拟上市公司在安顺西秀区举行了招聘会。目前已经征集了青岛430家企业的18893个岗位，为安顺市

3000多人进行了工作推荐，有105人成功实现在青就业。

这些项目代表着"东西协作新样"重大举措的逐一落实，展示着安顺与青岛东西部协作的勃勃生机。

互为旅游目的地　山珍海味聚生辉

谈到优势互补，夏正启说道："两地优势互补做得最好的就是旅游产品。在旅游方面，我们形成了互为旅游目的地的格局。"夏正启和挂职干部主动协调，深化青安两地旅游双向宣传。利用安顺黄果树、龙宫等5A级景区和飞机场的LED大屏滚动宣传青岛旅游资源；在安顺通往黄果树景区高速路旁分设两块"我在青岛等你"高炮宣传广告牌。自筹资金拍摄的反映安顺旅游和东西扶贫协作工作的微电影《安顺故事》，荣获第五届亚洲微电影节七项大奖，中宣部社会主义核心价值观主题微电影大赛30分钟类别优秀作品二等奖。

夏正启还谈到，两地"在农特产品方面形成互补"，安顺的"山珍"和青岛的"海味"相结合，便形成了全新的产品特色。他带领扶贫干部积极协调搭建安货出山平台，通过市场运作、优势互补，开启了"携手合作、共奔小康"扶贫协作的新局面。当时，扶贫团队在青岛设立了以展示扶贫协作地区农特产品为主的各类展销体验中心、销售平台、展销中心，重点展示安顺70多种农副产品，包括镇宁波波糖、旧州香菇辣子鸡、黄果树矿泉水、生态黑茶、安屯手工牛肉、牛肉干、香菇、金刺梨系列等，有效宣传推介了安顺的本土产品。同时，立足安顺优质农特产品资源，以展区为中心向山东省乃至周边地区辐射销售，提高帮扶协作地区农特产品的影响力，迅速提升安顺农副产品在青岛乃至华东地区的知名度和销售量，帮助农民拓宽销售渠道，进一步促进精准扶贫。

忆起安顺扶贫时光，有苦有甜。夏正启说道："安顺是一个山区市，很多偏远山村交通不便。早晨起来，走四五个小时，中午才能赶到。马上开现场会、调研会，确定扶贫的技术方案和援建方案，协调完工作后再走四五个小时返程，迎着月亮上班，数着星星回家。这也是许多扶贫干部的常态。"令他印象最深的就是引进红星化工集团高辣度非食用辣椒种植和建立辣椒油树脂萃取工厂项目，做到了当年引进、当年建成、当年投产。从土地手续办理，到道路厂房建设，从培训老百姓种植辣椒苗，再到后期深加工，都要进行技术指导。工作虽然辛苦，但是成效十分显著。这只是安顺扶贫工作的一个注脚。

"小康不小康，关键看老乡。"在安顺开展扶贫工作时，夏正启走遍了安顺的山山水水，看望老乡。夏正启说道："参与东西部扶贫协作使命光荣，责任重大。必须不忘初心、牢记使命，以党支部统领挂职队伍，以抓党建促扶贫协作，在精准实施、落地落实和可持续发展方面下功夫，不辜负两地市委、市政府的期望，推动对口帮扶工作不断迈上新台阶。"时间见证历史，奋斗书写华章。扶贫工作组披星戴月的工作结出了丰硕成果。青岛对口帮扶安顺24载，让安顺彻底撕掉了千百年来的绝对贫困标签，昂首阔步踏向全面建成小康社会的新未来。

高嵘：协作攻坚，决战决胜

2019年，我国脱贫攻坚开始启动冲刺模式。2020年，突如其来的新冠肺炎疫情又给决战决胜带来了新的困难和挑战。在此机遇与挑战并存的关键时期，助力安顺按时高质量地打赢这场脱贫攻坚战，成为摆在第五批赴安顺挂职干部面前的首要任务。

2019年7月，高嵘作为青岛市赴安顺市第五批挂职干部领队，与滕安正、徐更新、刘海生、朱忠伟、陆培师、李新萌、栾绍斌、车增兴、徐永杰、薛嘉诚、王铎、袁鉴、于越、袁新国、管建光、傅震兴、陈宝利等一道，按照青岛、安顺两地市委、市政府的部署要求，带着责任、带着感情，迎难而上、精准发力，全力以赴投入工作，在脱贫攻坚"必答题"和控制疫情"附加题"两题联考中，用实绩交出了一份优异答卷。2019、2020年度国家东西部扶贫协作考核，青岛、安顺连续跨入"好"的等次。

精准聚焦　攻克最后贫困"堡垒"

安顺市的紫云自治县是国务院扶贫办挂牌督战的深度贫困县，是当地最后的贫困"堡垒"，也是此轮挂职干部团队重点作战的主战场。

高嵘说："我们团队认真参与研究了两个年度7.34亿财政帮扶资金使用情况，重点聚焦紫云自治县及其他贫困比较集中的县乡，确保支持力度只增不减。"资金围绕"两不愁三保障"、贫困村产业培育、村集体经济壮大、基础设施建设、致富带头人、劳务技能培训、贫困残疾人帮扶等方面，安排实施了288个援建项目，县均6200万元。从资金功能看，产业帮扶占比82%，带动相关社会资金33亿元；从县区看，倾斜深度贫困和贫困集中县5.06亿元，占比69%；用于县级以下基层6.98亿元，占比95%。

此外，高嵘表示，这次大家精准聚焦挂牌督战，动员青岛各方力量，凝心聚力，协作攻坚：青岛民营企业协会为21个未出列贫困村扶贫加油站捐款42万元；青岛园林技校与紫云自治县教科局签订"1+2+2"合作协议，为30名贫困学子打通了到青岛免费接受高等教育的通道；即墨紫云携手同行，贫困村、贫困乡镇中小学、乡镇卫生院实现100%结对帮扶，帮扶财物657万余元；推出贵州省首个金融助力新模式，开展紫云自治县鸡蛋产业"期货+保险"全覆盖项目，投保数量3000吨以上，联结贫困户793户，已根据市场价格波动赔付110余万元，增强了抗风险、稳增收的能力。

截至2020年底，该市1.82万剩余贫困人口已全部脱贫，21个剩余贫困村全部出列，紫云自治县高质量摘帽，安顺彻底撕掉了绝对贫困的标签。

倾情倾力　脱贫战疫两手抓

2020年的疫情给脱贫帮扶事业带来了新的挑战。高嵘回忆道："面对突如其来的疫情，我们马上行动，率先从对口帮扶贵州的东部城市协调、筹集援助物资，价值187万元的防疫物资于1月30日装车驰援安顺。"这令安顺市干部群众备受鼓舞、倍感温暖。攻坚之年，安顺还先后遭受雹灾、水灾。对此，高嵘表示："青岛市对口县区、相关部门、企业也是出手相助，及时筹集款物380余万元救灾援助。"

在救灾抗疫的同时，高嵘和挂职干部团队不忘两手抓两手硬，前方后方协调联动，巩固拓展支医支教组团式帮扶，建立健全稳定战贫长效机制，推动扶贫协作走深走实，努力让贫困群众获得感更加充实、更有保障、更可持续。

据高嵘介绍，挂职的这两年，青岛市派出了青医附院手术团队利用5G远程技术"隔空"给"躺"在贵州西秀区人民医院手术室内的71岁男性膀胱癌患者成功完成了世界首例5G超远程自主原研手术机器人辅助腹腔镜手术；以中医学博士史伥元创设治未病科带"火"安顺中医院、即墨大夫张友岩创设紫云自治县人民医院眼科造福当地群众为代表，引进新学科、新技术26项；"心耳康复·光明行动"已免费治愈安顺市贫困家庭白内障患者154人；安顺市急救中心在青岛市急救中心的帮助下，成为全球第255个、中国第16个、贵州省第1个通过绩优认证的中心。

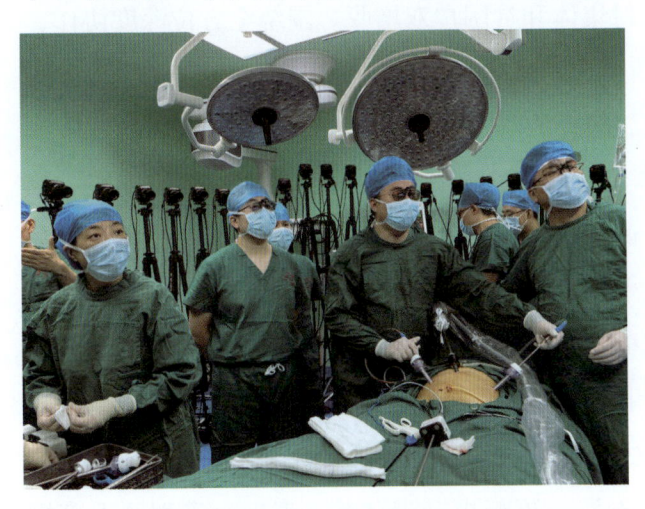

世界首例5G+国产原研手术机器人超远程泌尿外科手术现场

在教育方面，青岛五十八中学党委书记蔺延良到普定县一中任校长，这是东部协作城市高中在职"一把手"到贵州省内高中任职校长开展组团式支教帮扶的第一人；城阳支教老师集体递交请战书，提前返回支教岗位，运用自己的学科特长和专业特长，为关岭自治县学生上网课，在安顺市巡回开展心理辅导。

此外，高嵘提到，为了实现当地医疗、教育质量的长效提升，加大乡村公共卫生人员和中小学校长培训力度，先后安排安顺的104名基层医护人员和100名基层学校校长赴青跟岗培训，为实现决胜全面建成小康社会、决战脱贫攻坚目标任务创造条件。

强基补短　　打好三套组合拳

在助力安顺脱贫攻坚强基础、补短板方面，高嵘重点介绍了"打好产业合作、就业促进、消费扶贫三套组合拳"的举措，具体包括：

围绕产业合作"倍增器"，拓展合作深度。致力拉长产业链、提高价值链、完善供应链，2020年首推总投资8亿元的8个合作项目网上签约，组织总投资19.4亿元的18个协作项目集中竣工开工。其中，2020年投资最大的新希望六和生猪标准化养殖项目顺利实现当年签约、当年开工、当年建成、当年见效，促进当地村集体和贫困户双增收。围绕全方位深度协作，积极推动产业协作引导基金、跨境电商、陆铁海联运、共建安顺人才集团、工业互联网平台、文旅融合的落实，发挥好引领催化作用。

围绕就业促进"基本盘"，加大拓岗就业扶贫力度。组织山东省第一架跨省复工就业包机，两地电台直播助力，点对点、一站式输出安顺籍务工人员，先后有建档立卡贫困劳动力452人分3次包机赴青就业，其中稳岗3个月以上的369人。积极走访入安青企、扶贫车间，提供3500多个就近就地就业机会，利用累计援建的104个扶贫车间，吸纳带动就近就地就业13400人，其中建档立卡贫困劳动力6914人。

围绕消费扶贫"压舱石"，不断提升带贫益贫温度。策划网上直播带货，放大茶博会平台效应，推动黔货出山进军营，截至目前，共在青岛建设"黄果树·臻品"品牌实体店24个，开设农特产品体验店7家，建立各类农特产品直供销售基地66个，开展农特产品推介活动18次，销往青岛等东部地区特色农产品销售额达6.69亿元，同比增长57%，带动贫困人口3.82万人增收。

健全机制　　"四轮"驱动树样板

在挂职安顺的扶贫过程中，"建立健全保障机制，努力打造东西部协作青岛样板"是挂职干部组心中的重要目标。为了实现这一目标，尽全力将这项扶贫事业做到最好，临时党支部提出了"四轮"驱动的工作模式。

高嵘总结说："'四轮'驱动工作模式首先要树立'干'的导向，然后是坚持'严'的标准，注重'管'的效果，最后用好'爱'的激励。"树立"干"的导向，就是要顺应决战决胜形势需要，完善前方指挥部战时体系，引导大家深刻领会新时代提出的新要求，以时不我待、只争朝夕的历史担当，在大事难事面前践行初心使命，始终保持本色；坚持"严"的标准，是研究制定了总攻决战方案，与挂职干部逐一签订军令状，实行挂图作战，压实责任，一线冲锋，强化能力培训和实践锻炼，提高专业思维和素养，不断增强工作本领和创新能力，涵养担当作为的底气和勇气，激发大家一线作战的内生动力；注重"管"的效果，是健全了挂职干部、支医、支教、退役军人志愿者、专技人员等5个党小组，紧盯队伍建设，完善组织领导，把本年度援派在安顺的346名青岛人员全部纳入支部管理序列，不断加强援派团队政治、思想、组织、制度、作风建设；用好"爱"的激励，则是健全谈心交流、评先推优等制度，实施正向激励，保障身心健康，及时解决困难，让大家安心、安身、安业，振奋精神不懈怠，更好地履职奉献。2020年先后有31位青岛挂职干部和专业帮扶人员荣获省市表彰，7月1日，青岛第五批赴安顺挂职干部临时党支部获评贵州省和安顺市"脱贫攻坚先进党组织"。

成绩斐然　　居民安乐展新颜

经过一年的协作攻坚，助力冲刺，安顺市脱贫攻坚战取得决定性成就。

高嵘自豪地说道："今年的减贫进度是历史上最快的，脱贫成效最好，群众获得感也是历史上最强的。"这一年，安顺市累计减少建档立卡贫困人口54.58万人，贫困发生率从13.74%下降至0。安顺市农村居民人均可支配收入达到12000元，增幅10.5%，高于全省平均水平。完成8.2万人易地扶贫搬迁入住任务，就业、就医、就学全面配套落实，彻底结束了"一方水土养不起一方人"的历史。实现从学前到高校的贫困学生资助全覆盖，有效阻断贫困代际传递；建档立卡贫困人口参保率实现动态应保尽保，标准化卫生室和合格村医实现村（居）全覆盖，有效遏制和减少了因病致贫、因病返贫；安全住房实现全覆盖，累计完成农村危房改造9.06万户、老旧住房透风漏雨整治1.1万户，困难群众圆了"安居梦"；全市农村饮水安全实现全覆盖；在全省率先实现县县通高速、乡乡通油路、村村通水泥路、30户以上村民组通硬化路；新一轮农村电网改造全覆盖，所有行政村实现100%通光纤和4G网络覆盖，实现了从解决温饱、总体小康到全面小康的历史性跨越。

高嵘针对这一年扶贫的成果，谈了自己的感悟："这是决胜之年，也是我们第五批挂职干部协作攻坚经历的一个完整年度。脱贫攻坚战不是轻轻松松一冲锋就能打赢的，从决定性成就到全面胜利，面临的困难和挑战依然艰巨，决不能松劲懈怠。坚定信心才是我们决战决胜的制胜法宝，携手同心是我们的力量源泉，真抓实干是关键之举，作风建设则是决战决胜的根本保证。"

24年来，青安两市一批又一批干部携手"黔"行，接续努力，至今安顺市已实现贫困人口、贫困乡村和所辖县区全部脱贫摘帽。安顺市经济社会发展显著加快，当地群众收入大幅提高，城乡公共服务明显改善，治理能力迅速提升，山区群众的获得感、幸福感、安全感越来越强，发自肺腑地感恩党、感恩国家。

从2019年7月至今，第五批挂职干部凝心聚力，加大"战"的力度，青岛市各级各界广泛发动组织，真情实意、真金白银、真帮实扶、真功实效，按照青岛所能驰援安顺防疫所需所急，聚焦挂牌督战的最后贫困堡垒持续加大帮扶力度，努力打好产业帮扶、就业促进、消费扶贫组合拳，创新探索科技扶贫、金融扶贫、智志双扶新模式，凝聚起脱贫攻坚强大合力，形成携手攻坚克难的新格局。

后 记

好久没有见过这么闪亮的星空了。

星空下，苍山如海！

一场始于1996年的对口帮扶协作关系，将两座相距2000多公里的城市紧紧地联系在一起。24年，山海结对，扶贫协作催生全面合作；24年，青安携手，优势互补催生新的优势。

当安顺市所有贫困县实现脱贫摘帽，彻底撕掉千百年来的绝对贫困标签，与全国一起进入全面小康社会时，编辑出版《从青岛到安顺》一书，已经不仅仅是一个时代的记忆，更是串连起沧海桑田、一步跨越千年的历史记录。

从"红星模式"到"榕昕模式"，从"企业帮扶"到"组团帮扶"，从"金融扶贫"到"消费扶贫"……这里没有宏大的叙事，没有理论言谈，有的只是东西部扶贫协作中一个个鲜活的案例，一个个真实的个体，多少张面孔，无数个日夜，让感动在心底涌动。

今天的安顺大地，一所所学校、一个个卫生室在大山深处拔地而起，一条条公路连接山里与山外，一批批干部实干兴业，一个个合作平台成功搭建，一个个重大项目建成使用，一件件民生实事产生效益，青岛扶贫协作的印记遍布了安顺的山山水水、村村寨寨。

跨越千山万水，黔中大地与黄海之滨的故事，在时空中清晰定格，在薪火相传中永恒。

在安顺西秀区有一条"青岛路"，这段3800米、宽30米的路，贯穿青岛-安顺共建产业园区，成为一条无限延伸，连接山与海的路；在镇宁中心城区，一条因红星发展入驻而命名的"红星大道"，成为当地人跨越山海的平坦宽阔大道……

太多的故事无法逐一叙述，而新的故事又开始了。

扶贫工作是一项伟大的事业，站在"两个一百年"奋斗目标的历史交汇点，青安两地以党的十九届五中全会精神为指引，在国务院扶贫办的大力支持下，聚焦《青岛市人民政府安顺市人民政府深化东西协作推动高质量发展战略合作协议》等一系列协议，推动落实好"东部企业+贵州资源""东部市场+贵州产品""东部总部+贵州基地""东部研发+贵州制造"的"四+"合作模式，高质量推动扶贫协作工作，实现脱贫攻坚与乡村振兴有机衔接，共同打造扶贫协作的升级版，把青岛安顺扶贫协作做成全国协作典范。

感谢所有曾经为这片土地拼搏的人们，这本书中的每一篇章，都与你们每一个人有着千丝万缕的联系。希望在未来的岁月里，我们能继续把这些故事讲下去，讲给此时此刻的我们自己听。

由于时间紧促，编辑内容繁杂，书中难免有疏漏和不当之处，敬请广大读者批评指正。

编　者

2020年12月